ESPIÕES

MICHAEL FRAYN

Espiões

Romance

Tradução
Nina Horta

COMPANHIA DAS LETRAS

Título original
Spies

Capa
Angelo Venosa

Foto de capa
Hulton Archive/ Getty Image

Preparação
Vanessa Barbara
Beti Sawaya Kaphan

Revisão
Otacílio Nunes
Carmen S. da Costa

Os personagens e as situações desta obra são reais apenas no universo da ficção; não se referem a pessoas e fatos concretos, e sobre eles não emitem opinião.

Dados Internacionais de Catalogação na Publicação (CIP)
(Câmara Brasileira do Livro, SP, Brasil)

Frayn, Michael
Espiões : romance / Michael Frayn ; tradução Nina Horta. — São Paulo : Companhia das Letras, 2005.

Título original: Spies
ISBN 85-359-0676-2

1. Romance inglês I. Título.

05-4297 CDD-823

Índice para catálogo sistemático:
1. Romances : Literatura inglesa 823

[2005]

EDITORA SCHWARCZ LTDA.
Rua Bandeira Paulista, 702, cj. 32
04532-002 — São Paulo — SP
Telefone: (11) 3707 3500
Fax: (11) 3707 3501
www.companhiadasletras.com.br

ESPIÕES

1.

Ainda falta uma semana para o fim de junho e o cheiro já chegou, familiar e invasor. É uma doçura que nos invade todos os anos, por esta época. Sinto-a no ar quente da tarde, enquanto caminho ao longo dos jardins bem tratados da minha rua tranqüila, e por um instante viro criança outra vez e tudo ainda está por acontecer — toda promessa de vida, assustadora e meio incompreensível.

Deve vir de um dos jardins. De qual? Nunca consigo descobrir. E o que é? Não tem nada da fragrância terna e pungente dos limoeiros em flor que aperta o coração, cheiro bom pelo qual a cidade é conhecida, ou da serena felicidade de verão das madressilvas. É algo completamente rude e vulgar. Cheira mal. Possui uma espécie de urgência sexual. E me balança por dentro, como sempre. Eu sinto... o quê? Uma inquietude. Uma vontade de fugir para além das árvores no final da rua, cada vez para mais longe. E ao mesmo tempo tenho uma espécie de saudade do lugar onde estou. É possível? Sei que alguma coisa, em algum lugar, foi deixada irresolvida, que alguma coisa secreta no ar que me rodeia ainda está por ser descoberta.

Uma outra sugestão do perfume me alcança com a brisa leve do verão, e desconfio que o lugar para o qual gostaria de fugir é minha infância. Talvez a casa da qual sinta saudade ainda esteja lá, depois de tudo que aconteceu. No fim de junho, quando o fedor adocicado aparece, é impossível deixar de notar que há vôos baratos para aquela terra tão longe e tão perto de mim. Duas vezes pego o telefone para reservar passagem; duas vezes o coloco de volta no gancho. Não se pode voltar, todo mundo sabe... Quer dizer que não vou voltar nunca mais? Fica decidido? Estou ficando velho. Quem sabe a minha última oportunidade seja este ano...

Mas o que *é* isto, esta presença terrivelmente perturbadora no ar do verão? Se pelo menos eu soubesse o nome dessa flor mágica, se ao menos pudesse vê-la, talvez conseguisse descobrir a fonte do seu poder. De repente eu o capto no ar enquanto acompanho minha filha e meus dois netos pequenos de volta ao carro ao fim da visita semanal. Ponho a mão no seu braço. Ela entende de plantas e jardinagem. "Você está sentindo? Agora... Que cheiro é esse?"

Ela respira fundo. "São os pinheiros", responde. Há pinheiros altos crescendo em todos os jardins arenosos, protegendo as casas modestas do sol do verão e tornando nosso ar o famoso ar fresco e revigorante. Mas não há nada de limpo, ou com fragrância de resina, neste fedor que posso detectar insinuando-se tão furtivamente. Minha filha torce o nariz. "Você não está falando deste cheiro... bem... deste cheiro vulgar?"

Dou risada. Ela está certa. É mesmo um perfume vulgar.

"Ligustro", ela diz.

Ligustro... fiquei na mesma. Já ouvi a palavra, com certeza, mas nenhuma imagem me vem à mente, nem qualquer justificativa para o poder que o cheiro tem sobre mim. "É um arbusto", explica minha filha. "Muito comum. Você já deve ter visto em parques. Bem sem graça. Sempre me faz lembrar de tardes deprimentes em domingos chuvosos." Ligustro... Não. E ainda assim, quando uma nova onda daquela intimação descarada nos atinge, tudo dentro de mim se revolve e rodopia.

Ligustro... Soa como um segredo, alguma coisa negra e perturbadora lá no fundo do meu pensamento, alguma coisa sobre a qual absolutamente não gosto de pensar... Acordo à noite com a palavra me incomodando. Ligustro...

Espera um pouco. Será que minha filha estava falando inglês comigo quando me deu a informação? Vou ao dicionário... Não, não estava. E assim que vejo qual é a palavra em inglês, só posso rir de novo. Claro, que coisa mais óbvia! Desta vez, rio com um pouco de vergonha, porque um tradutor profissional não deveria se deixar enganar por uma palavra tão simples — e também porque, agora que sei o que é, parece-me uma deixa por demais ridícula e fora de propósito para sentimentos tão poderosos.

Agora muitas coisas me voltam à mente. Riso, para começar. Em uma noite de verão há quase sessenta anos. Nunca pensei nisso antes, mas lá está ela de novo, a mãe de meu amigo Keith, à sombra do arbusto verde do verão há tanto tempo perdido, os olhos castanhos brilhando, rindo de alguma coisa que Keith escrevera. Entendo o porquê, claro, agora que sei o que inundava de perfume o ar à nossa volta.

Paro de rir. Ela está sentada na terra à minha frente, chorando, e não sei o que fazer ou dizer. Junto de nós outra vez, aquele fedor adocicado e sedutor vai penetrando sorrateiramente nos recessos mais fundos da minha memória, para ficar comigo pelo resto da vida.

A mãe de Keith. Deve estar lá pelos noventa, a essas alturas. Ou morta. Quantos dos outros ainda estarão vivos? Quantos deles ainda se lembram?

E Keith, o próprio Keith? Será que ainda pensa sobre as coisas que aconteceram naquele verão? Talvez tenha morrido também.

Talvez eu seja o único que ainda se lembra. Ou que se lembra um pouco, pelo menos. Vislumbres de coisas diferentes surgem na minha mente, sem qualquer ordem, e se vão. Uma chuva de centelhas... Um sentimento de vergonha... Alguém tossindo, tentando não ser escutado... Uma jarra coberta de renda com quatro contas azuis penduradas nas pontas...

E, claro — em primeiro lugar as palavras ditas pelo meu amigo Keith que deram início a tudo. Às vezes é difícil lembrar as palavras exatas que alguém falou há meio século, mas estas são fáceis, porque foram tão poucas. Seis, para ser preciso. Ditas, assim, casualmente, como um comentário passageiro, tão leves e sem substância quanto bolhas de sabão. E, apesar disso, mudaram tudo.

Como as palavras costumam fazer.

Agora que comecei a pensar no assunto, sinto que gostaria de ir mais fundo e dar alguma ordem a tudo, dar algum sentido aos acontecimentos. Havia coisas que ninguém jamais explicou. Coisas que nem mesmo foram ditas. Segredos. Gostaria de trazê-los à luz do dia, afinal. E mesmo agora que já localizei a fonte da minha inquietação, continuo a sentir a presença de algo por trás de tudo isso que ainda permanece sem solução.

Digo a meus filhos que irei a Londres por alguns dias.

"Tem o endereço de onde vai ficar?", pergunta minha nora, sempre tão organizada.

"Rua da Memória, talvez", sugere secamente meu filho. É evidente que estamos todos falando inglês. Ele percebe minha inquietação.

"Exatamente", respondo. "A última rua antes de perder o juízo e virar a esquina que dá na avenida Amnésia."

Não conto para eles que estou seguindo o rastro de um arbusto que floresce por algumas semanas no verão e que destrói a minha paz.

É claro que não lhes digo o nome do arbusto. Não o digo nem para mim mesmo. É ridículo demais.

2.

Ao chegar ao meu destino descubro que está tudo exatamente como antes... e tudo mudou.

Passou-se quase meio século desde que desci pela última vez do trem nesta estaçãozinha de madeira. Continuo a descer, sem esforço, como num sonho, o caminho inclinado que leva da estação à rua principal, calmamente atarefada naquele fim de tarde. Pego a esquerda em direção à confusa sucessão de lojas, e dobro à esquerda de novo na altura da caixa do correio, para sair na Avenida reta, comprida, tão minha conhecida. A rua principal ganhou um novo e complicado sistema de sinalização de tráfego, as lojas escolheram nomes impessoais e mostram fachadas novas, e as ameixeiras novinhas e magrelas que a ladeavam são agora grandes árvores cheias de sabedoria e dignidade. Mas quando viro a esquina outra vez e saio da Avenida, lá está a Vila...

Como sempre esteve, na velha mesmice gasta, doce e embotada.

Paro na esquina olhando, escutando, sentindo o ar, sem

saber se estou comovido ou simplesmente indiferente por estar aqui depois de tanto tempo.

Caminho devagar até o pequeno balão do final da Vila. As mesmas catorze casas plácidas acomodadas na tarde quente e insípida de verão, do mesmo jeito de sempre. Ando devagar até a esquina outra vez. Está tudo aqui, exatamente como sempre esteve. Não sei por que me surpreendo tanto. Não esperava por nada muito diferente. E ainda assim, depois de cinqüenta anos...

Passado o primeiro choque de familiaridade, começo a ver que nada está exatamente como antes. Tudo mudou completamente. As casas foram arrumadas de modo a se parecerem umas com as outras, sem nenhuma graça. Conseguiram torná-las homogêneas por meio de varandas, lustres e madeirame novos. Lembro-me de cada casa como um mundo próprio, tão diferente de todas as outras quanto as pessoas que nela moravam. Cada uma, atrás das cortinas de rosas ou madressilvas, limões ou lilases, era um mistério. Agora quase todo aquele verde crescido e luxuriante desapareceu e foi substituído por asfalto e carros. Mais carros enfileiram-se silenciosamente junto às calçadas. Os catorze reinos independentes fundiram-se numa espécie de estacionamento municipal decorado por um paisagista. Todos os mistérios foram resolvidos. Há no ar um aroma bem-comportado e internacional de plantas perenes, de crescimento rápido. Mas daquele cheiro selvagem e indecente que me atraiu com força até aqui — mesmo neste dia de fins de junho — não resta um traço sequer.

Olho para o céu, o único aspecto de todas as paisagens que perdura de geração a geração, de século a século. Até o céu mudou. Antes a guerra estava gravada lá, num emaranhado de trilhas heróicas de fumaça. Havia os dedos erguidos dos holofotes à noite e os imensos palácios coloridos dos clarões da artilharia antiaérea. Hoje até o céu se tornou meigo e afável.

Hesito na esquina outra vez. Estou começando a me sentir

um idiota. Teria vindo aqui só para subir e descer a rua e respirar fundo junto às cercas de ciprestes? Não imagino o que mais possa fazer, ou o que mais sentir. Cheguei ao fim de meus planos.

De repente me dou conta da mudança de atmosfera à minha volta, como se o passado se materializasse, surgisse do ar como que por milagre.

Levo um instante para perceber o motivo. É um barulho — o barulho de um trem que não se vê, abafado e distante de início, depois estourando na claridade ao sair do talude e passar quase por cima da Vila, atrás das casas, exatamente como o trem em que cheguei há vinte minutos. Invisível, percorre o aterro atrás das casas do lado esquerdo da rua, então cruza o oco de uma ponte e diminui a velocidade à medida que se aproxima da estação.

Enquanto escuto essa seqüência familiar de sons, a Vila muda completamente diante dos meus olhos. A casa do lado esquerdo da rua, a que está na minha frente, transforma-se na casa dos Sheldon; a casa da esquina oposta é a dos Hardiment. Começo a escutar outros barulhos. Os eternos estalos da tesoura de poda do sr. Sheldon, invisível atrás da alta cerca de faia que não existe mais. As eternas escalas tocadas pelas crianças pálidas dos Hardiment em salas escuras, atrás das cortinas dos limoeiros entrelaçados que ainda estão lá. Sei que se virar a cabeça verei mais longe, na rua, as gêmeas Geest pulando corda ou jogando amarelinha, suas idênticas marias-chiquinhas pulando... e na entrada dos Avery, uma confusão de graxa de Charlie e Dave e as peças de um triciclo desmontado...

Mas, com certeza, o que vejo agora é a casa número 2, vizinha dos Hardiment. Mesmo ela, curiosamente, parece-se com todas as outras casas, apesar de ser geminada só ao número 3 — o único par de casas da Vila que não era geminado dos dois lados. Ganhou um nome: Wentworth. Era só um número quando eu morava nela, e quase nem mesmo um número, pois a placa do portão tinha desbotado com o creosoto. Ainda há algo levemente embaraçoso na casa de qualquer forma, apesar do imponente nome novo, do cimento branco fresco e do controle feroz que as pedras do chão e a grama impessoal exercem sobre o jardim da frente. Debaixo da maciez limpa do cimento quase enxergo a velha cor cinza do cimento quebrado e marcado pela água. Entre as lajes do chão brotam os fantasmas dos arbustos sem nome, desordenadamente promíscuos, de que meu pai jamais cuidava, assim como o pequeno retalho de gramado careca. Nossa casa ainda dava mais vergonha por causa da outra à qual se ligava, ainda em pior estado de conservação que a nossa, pois o jardim dos Pincher era um depósito de móveis empenados pela chuva e pedaços de madeira e metal abandonados que o sr. Pincher roubava do trabalho. Pelo menos era o que todo mundo da rua dizia. Ocorre-me agora que talvez só dissessem isso por causa do nome dele, "pincher", ladrão de meia-tigela. De qualquer modo, os Pincher eram os elementos indesejáveis da Vila — ainda mais do que nós, e a terrível proximidade das casas nos rebaixava junto com eles.

Isso é o que vejo agora. Mas é assim que ele vê tudo isso na idade dele? Falo do menino desajeitado que mora na casa malcuidada entre os Hardiment e os Pincher — Stephen Wheatley, o de orelhas de abano e camisa de escola aflanelada e cinzenta, muito curta, saindo para fora de calças grandes demais, também cinzentas e também da escola. Eu o vejo sair da porta da frente empenada, ainda se empanturrando com as sobras do chá. Tudo nele são variações de tons de cinza — até o cinto elástico, listrado como a fita de um antiquado chapéu de palha e preso por uma cobra de metal enroscada no formato de um S. As listras do cinto possuem dois tons de cinza porque ele é completamente monocromático, e é monocromático porque é assim que o vejo nas fotos em preto-e-branco que tenho em casa, e das quais os netos dão risada sem acreditar que aquele possa ser eu. Compartilho essa incredulidade. Não teria a menor idéia da aparência de Stephen não fossem as fotografias, e nem me passaria pela cabeça que ele e eu fôssemos parentes, se não houvesse um nome escrito atrás das fotos.

Na ponta de meus dedos, no entanto, sinto até hoje a textura deliciosamente serrilhada das escamas da cobra.

Stephen Wheatley... ou só Stephen... Nos boletins, S. J. Wheatley; na classe ou no pátio de recreio, só Wheatley. Nomes estranhos. Nenhum parece se encaixar muito bem naquele menino quando o vejo agora. Ele olha para trás, antes de bater a porta da frente, e grita um insulto fora de propósito, com a boca cheia, em resposta a algum outro insulto arrogante do insuportável irmão mais velho. Um dos tênis encardidos está desamarrado e uma das meias três-quartos escorregou perna abaixo num efeito sanfona; posso sentir na ponta de meus dedos, tão claramente como sinto o couro das escamas do cinto, a irremediável frouxidão da liga de elástico derrotada na barra da meia virada.

Será que, mesmo naquela idade, ele reconhece a sua posição na rua? Reconhece. Ele sabe exatamente, mesmo sem saber que sabe. No fundo da alma entende que há algo de errado com ele e a família, alguma coisa que não se encaixa bem e que não combina com as meninas Geest de maria-chiquinha e os meninos Avery manchados de óleo, e que nunca combinará.

Não precisa abrir o portão da frente porque já está aberto, caindo de podre, meio bêbado, da dobradiça superior. Sei aonde o menino vai. Não vai atravessar a rua para ver Norman Stott, que até que seria legal não fosse o irmão caçula dele, Eddie; tem alguma coisa errada com Eddie — fica sempre por perto, babando e rindo e tentando passar a mão na gente. Não está indo para os Avery, ou para os Geest. Nem vai visitar Barbara Berrill, que é falsa e desleal como a maioria das meninas e que parece ainda mais detestável agora que o irmão dele, Geoff, começou a passar brilhantina no cabelo e fica dando sopa pela redondeza no fim da tarde, fumando cigarros com a irmã mais velha de Barbara, Deirdre. O pai das Berrill está no Exército e todo mundo diz que elas estão soltas na vida, pintando o sete.

Stephen já está atravessando a rua como adivinhei, tão preocupado que nem vira a cabeça para ver se vem vindo algum carro — mas durante a guerra não há mesmo tráfego com que se preocupar, a não ser uma ocasional bicicleta e os cavalos lentos e pesados que puxam as carroças do leiteiro e do padeiro. Anda devagar com a boca entreaberta, sonhando acordado. O que acho dele, vendo-o agora? O maior ímpeto é o de segurá-lo pelos ombros, sacudi-lo com força e lhe dizer para acordar e parar de ser tão... *inadequado*. Lembro-me que não sou a primeira pessoa a ter esse impulso.

Sigo-o, e passamos por Trewinnick, a casa misteriosa onde as cortinas blecaute* estão sempre fechadas, com seu jardim decadente atrás de uma floresta gelada de escuros pinheiros do norte. Trewinnick não é de dar vergonha como a nossa casa e a dos Pincher; sua introversão triste exerce um atração sinistra. Ninguém sabe o nome das pessoas que moram ali, ou quantas são. Morenos, roupas negras. Entram e saem nas horas escuras e conservam as cortinas do blecaute fechadas durante o dia.

Ele está indo para a casa vizinha. A número 9. Chollerton. A casa dos Hayward. Abre o pequeno portão branco, que gira bem nas dobradiças, e fecha-o com cuidado atrás de si. Vai pelo caminho bem tratado, de tijolo vermelho, que faz a curva junto ao canteiro de rosas, e levanta a aldraba de ferro batido da porta da fren-

* Durante a Segunda Guerra, os cidadãos forravam as janelas com grossas cortinas negras, chamadas de *blackout curtains*, para bloquear as luzes que atrairiam aviões inimigos. (N. E.)

te. Dá duas batidas respeitosas, não muito altas, amortecidas pela solidez da madeira.

Espero na rua, fora do portão, e inspeciono discretamente a casa. Mudou menos que as outras. O velho tijolo vermelho ainda está bem preservado, as molduras das janelas, os frontões e as portas de madeira da garagem continuam imaculadamente brancos como quando o sr. Hayward os pintava, ele mesmo, de macacão branco, tão limpo quanto a pintura, assobiando, assobiando, da manhã à noite. O caminho de tijolos vermelhos ainda serpenteia no meio dos canteiros de rosas, e as quinas dos canteiros são tão geometricamente delineadas como costumavam ser. A porta da frente ainda é de carvalho, sem pintura e com um pequeno vitral em losango lapidado. O nome discretamente anunciado pela placa de cobre ao lado da porta continua sendo Chollerton. Aqui, pelo menos, o passado foi preservado em toda a sua perfeição.

Stephen espera à porta da frente. Agora, tarde demais, toma consciência da sua aparência. Puxa a meia caída e se curva para amarrar o tênis. Mas a porta já se abre um pouco, e um menino da idade de Stephen aparece emoldurado pelo escuro da casa atrás de si. Também usa uma camisa cinzenta e calças aflaneladas. A camisa, no entanto, não é tão curta, e as calças não são tão compridas. As meias cinzentas estão bem esticadas, até poucos centímetros abaixo dos joelhos, e as sandálias de couro marrom estão bem afiveladas.

Ele vira a cabeça para trás. Sei o que está fazendo. Escuta a mãe perguntar quem bateu à porta. Diz a ela que é Stephen. Ela pede que resolva logo, deixe-o entrar ou sair para brincar, mas não fique ali na soleira da porta, metade para dentro, metade para fora.

Keith abre a porta completamente. Stephen raspa depressa os pés nas barras de ferro do limpador de sapatos, então repete outra vez a limpeza no capacho lá dentro, e a meia com o elástico bambo cai de novo. A porta se fecha atrás deles.

É aqui que a história começa. Na casa dos Hayward. No dia em que Keith, meu melhor amigo, pronunciou pela primeira vez aquelas seis palavras tão simples que viraram nosso mundo de cabeça para baixo.

Imagino como será a casa por dentro hoje. A primeira coisa que se via na época, quando a porta se abria, era uma chapeleira de carvalho polido, com escovas para roupas, calçadeiras e abotoadeiras dependuradas e um compartimento para bengalas e guarda-chuvas. Logo na entrada, lambris de carvalho escuro com duas aquarelas dos Trossachs combinando, de Alfred Hollings, RA (Royal Academy), e dois pratos de porcelana cobertos de pagodes e pequenas figuras com chapéu de palha de arroz atravessando pontilhões azuis. Entre as portas da sala de estar e da sala de jantar havia um relógio antigo de pedestal que badalava a cada quinze minutos, não necessariamente junto com os relógios dos outros quartos, enchendo a casa quatro vezes por hora de música etérea e sempre variada.

E no meio de tudo aquilo o meu amigo Keith. O quadro não continua a ser monocromático, é evidente, porque agora posso ver as cores de nossos cintos. O de Keith, também fechado com uma cobra de metal enroscada em formato de S, tem duas tiras amarelas contra o fundo negro, e o meu tem duas tiras verdes. Ganhamos um código de cor para facilitar a referência social. Amarelo e preto são as cores da escola preparatória local, onde os meninos prestam o Common Entrance* e passam, e onde todo mundo tem seu próprio taco de críquete, botas, proteção acolchoada para as pernas e uma sacola especialmente comprida para

* Exame de admissão em escolas particulares na Inglaterra, geralmente aplicado em adolescentes a partir dos treze anos. (N. E.)

guardá-los. Verde e preto são as cores da escola "errada", onde a metade dos meninos é composta de moleques desengonçados como meu irmão Geoff, que já prestou o Common Entrance e tomou bomba, e onde jogamos críquete com o taco trincado dos outros — alguns de nós usando sapatos de ginástica marrons e calças cinzentas comuns.

Eu tinha plena consciência, mesmo então, da minha incompreensível boa sorte em ser amigo de Keith. Agora que penso nisso com percepção adulta, surpreendo-me mais ainda. Tudo à volta dele, não só o cinto, era amarelo e negro; tudo à minha volta era verde e negro. Ele era o oficial do nosso exército de dois homens. Eu pertencia a todas as outras categorias inferiores — e estava grato por isso.

Tínhamos muitos empreendimentos e planos em andamento, e em todos ele era o líder e eu o liderado. Agora vejo que Keith foi a primeira de uma série de figuras dominantes na minha vida das quais me tornei discípulo. A autoridade dele se baseava na sua superioridade intelectual e criativa. Foi Keith e não eu quem imaginou o cabo aéreo que juntava nossas casas, pelo qual mensagens podiam ser arremessadas de cá para lá, como dinheiro e troco das mercearias locais, e foi ele quem desenvolveu a incrível estrada de ferro subterrânea operada por pressão pneumática (semelhante a um sistema de caixa registradora que havíamos visto numa visita a uma loja de departamentos da região), através da qual podíamos passar rapidamente e sem esforço de cá para lá das nossas casas, sem sermos observados pelo restante da vizinhança. Ou, pelo menos, *teria sido* o inventor do cabo aéreo e dos tubos pneumáticos através dos quais nós e nossas mensagens *passaríamos* logo que pudéssemos levar a cabo nossos planos.

Foi Keith quem descobriu que Trewinnick, a casa misteriosa vizinha à dele, com as cortinas de blecaute sempre fechadas, era ocupada pelos Juice,* uma organização secreta aparentemente responsável por todo tipo de conspirações e trapaças. Foi Keith quem descobriu no talude atrás das casas numa tarde de domingo a passagem secreta pela qual os Juice iam e vinham. Ou *teria* descoberto a qualquer momento, se o pai dele não o tivesse chamado de volta para casa a tempo de limpar as botas de críquete, que deveriam estar prontas para a escola na manhã seguinte.

Keith e Stephen estão sentados no hall de entrada, entre o escuro dos lambris de carvalho e o brilho da prata e o delicado bater dos relógios, decidindo o que vão fazer naquela tarde. Ou melhor, Stephen espera que Keith decida. O pai pode ter lhe passado uma tarefa na qual Stephen poderá ajudar. Como, por exemplo, cuidar da bicicleta ou varrer o chão em volta da bancada de trabalho do pai na garagem. A bicicleta, principalmente, requer muita manutenção porque Keith vai com ela para a escola todo dia, e é aquele modelo esporte que precisa estar sempre lubrificado com óleo especial e ser limpado com limpadores especiais, até que sua estrutura verde, seu volante, os aros de cromo e o eixo de três marchas brilhem. Usar a bicicleta é obviamente o jeito certo de ir à escola; o ônibus que Stephen pega todo dia no ponto de ônibus de concreto rachado na rua principal é o jeito errado. Verde é a cor certa de uma bicicleta, assim como é a cor errada para um cinto ou um ônibus.

Poderiam subir e se fechar no quarto de Keith. O quarto de brinquedos dele é tão bem-arrumado quanto o restante da casa. Não há irmãos ou irmãs idiotas para ocupar espaço e bagunçar tudo como na casa de Stephen e nas outras casas da Vila onde existem crianças. Todos os brinquedos de Keith são dele mesmo, muito bem organizados em gavetas e armários, às vezes ainda dentro das caixas originais. Há um delicioso cheiro de óleo evo-

* Foneticamente, em inglês, soa como "judeus". (N. E.)

lando de todas as engrenagens solidamente projetadas dos carros e barcos de corrida. Há construções mecânicas elaboradas, corretamente montadas a partir de jogos para construir, com rodas dentadas engrenadas, lingüetas e roscas sem fim e perfeitos modelos em escala do Spitfire e do Hurricane, muito bem executados a partir de kits de aeromodelismo, com capotas de celulóide e chassis móveis, montados em bases da mais bela cor azul de ovo de pato. Em algumas das gavetas há engenhocas movidas a bateria, lanternas que acendem em três cores diferentes e pequenos instrumentos óticos que deixam passar a luz através de lentes e prismas, todos em perfeitas condições de uso. Há uma prateleira de livros para meninos com histórias de ilhas desertas colonizadas, missões executadas em biplanos e descobertas de passagens secretas. Há outra prateleira com manuais que ensinam como construir um receptor de rádio sem fio com caixas vazias de charutos e como transformar um ovo em lenço de seda.

Se o tempo estiver bom e o pai não tiver acabado de cortar a grama naquele instante, ambos podem ir brincar no jardim. Estão construindo um sistema de estrada de ferro que corre pela planície dos canteiros de flores atrás da garagem até os altos desfiladeiros da montanha onde fica o abrigo antiaéreo. O sistema é ligado por pontes espetaculares sobre gargantas profundas e depois continua através de regiões ocupadas por perigosos bandidos, na horta, até o importante complexo industrial e as instalações das docas atrás das espaldeiras dos pepinos. Estão construindo o sistema de estrada de ferro ou ainda vão construir — assim que Keith tiver conseguido do pai todas as servidões de passagem.

Podem também escolher sair para um passeio a pé até o campo de golfe, onde Keith tinha visto alguns estranhos animais selvagens, uma espécie de macaco falante escondido entre as moitas de tojo, ou ir até as chácaras em Paradise, onde uma vez ele vira um avião alemão abatido com o piloto sentado morto na cabine. No caminho conversam sobre os planos de construção de um planador que possa ser lançado do telhado, ou um carro de verdade com um volante real. O planador e o carro foram desenhados por Keith, é claro, mas Stephen se envolveu ativamente no projeto do carro porque será movido por dezenas de engrenagens não arrancadas dos brinquedos inviolados de Keith, claro está, mas do amplo estoque dos brinquedos quebrados de Stephen.

Há muitos projetos em andamento e muitos grandes mistérios a serem investigados. Uma possibilidade, no entanto, é absurda demais para ser sequer debatida — a idéia de ir brincar na casa de Stephen. Para quê? Não existe nenhuma grande estrada de ferro intercontinental cortando as savanas desinteressantes do quintal *dele*, e nunca passa pela cabeça de Stephen a idéia de apresentar qualquer pessoa, quanto mais Keith, ao quarto no qual ele e Geoff não só brincam mas dormem e fazem a lição de casa. A presença de duas camas já é altamente inconveniente; ainda mais que o quarto de Keith é completamente separado do quarto de brinquedos. O pior não é isso, é o que está em cima, embaixo e em volta das camas — um emaranhado indescritível de barbante, fios, massinha, meias esquecidas, muito pó e caixas de papelão velhas cheias de borboletas desfeitas e ovos de passarinhos quebrados remanescentes de projetos abandonados no passado.

Tento imaginar o impossível acontecendo, e Keith pedindo à mãe para ir brincar na casa de Stephen... Dou risada só de pensar. A mãe reclinada no sofá da sala, olhando por cima do livro emprestado da biblioteca. Levanta as sobrancelhas perfeitas num arco. O que diria?

Na verdade, sei exatamente o que diria: "Acho que é melhor pedir ao papai, meu bem".

E qual seria a resposta do pai, se Keith de algum modo encontrasse razão e coragem suficientes para persistir nesses pedidos ridículos? Será que ele se viraria para olhar Stephen, uma só vez que fosse, totalmente atônito com a desfaçatez do convite? Claro que não. Nem responderia à pergunta. Falaria qualquer coisa como: "Já passou óleo no taco de críquete hoje, meu velho?". E ficaria por isso mesmo; iriam para a cozinha e pediriam à sra. Elmsley que lhes desse um jornal para cobrir o chão e passariam óleo no taco de críquete.

O que me intriga hoje, ao olhar para trás, é que os pais de Keith tenham um dia deixado que o filho construísse túneis subterrâneos e teleféricos ligados à casa de Stephen, que os deixassem ir juntos à caça de ninhos de passarinhos e macacos, que o convidassem a brincar com os brinquedos perfeitos do filho e para ajudar a dar brilho na bicicleta esporte especial de Keith. É possível que o pai nunca tenha percebido a existência de Stephen, mas a mãe percebia, com certeza. Não falava com ele pessoalmente, mas de vez em quando se dirigia a ele e Keith, coletivamente, como "vocês dois" ou "garotos". "Vocês dois gostariam de um copo de leite?", ela diria no meio da manhã, olhando para Keith. Ou então: "Vamos lá, garotos, é hora de guardar os brinquedos". Algumas vezes falaria alguma coisa com Stephen por intermédio de Keith. "Querido, será que Stephen não tem lição de casa para fazer...? Keith, querido, quer que eu convide Stephen para o chá?"

Ela falava mansamente, sorrindo, com uma espécie de calmo divertimento em relação ao mundo, mas sem mexer demais os lábios. Passava grande parte do dia no sofá com os pés para cima, ou descansando no quarto, e descansada era o que parecia. Surgia na porta da sala de brinquedos, calma e composta, para anunciar que iria dar um pulo até a casa da tia Dee ou até às lojas. "Meninos, vocês vão se comportar, não vão? Vocês têm o que fazer?" Se não estivesse indo fazer compras ou à casa de tia Dee, ia ao correio. Às vezes Stephen achava que ela ia ao correio várias vezes por dia.

O pai de Keith, por sua vez, passava o dia trabalhando. Não em algum escritório jamais visto, como o pai de Stephen e o pai de todo mundo que não fora convocado pelas Forças Armadas, mas trabalhando no jardim e na horta, em volta da casa, cavando, adubando, cortando, sempre dando mãos e mais demãos de pintura, fazendo e refazendo cercas, tornando a perfeição ainda mais perfeita. Até as galinhas no fundo do jardim viviam vidas impecáveis e elegantes, desfilando orgulhosamente em um reino espaçoso definido por paredes retilíneas de arame brilhante, recolhendo-se às vezes para botar ovos vermelhos muito limpos num galinheiro onde os cheiros familiares de comida e excremento se misturavam com muito bom gosto ao cheiro de creolina fresca por fora e cal fresca por dentro.

O quartel-general das operações do pai de Keith era, no entanto, a garagem. Os portões duplos da frente nunca se abriam, mas havia uma portinha ao lado, e, de vez em quando, em pé atrás do amigo (quando Keith precisava pedir autorização ao pai para andar no gramado ou estender uma estrada de ferro nos caminhos), Stephen conseguia perceber um pouco do maravilhoso reino particular da garagem. O pai de Keith estaria concentrado sobre algum pedaço de madeira ou metal bem seguro no torno da bancada, habilidosamente polindo, ou serrando, ou aplainando; ou afiando a sua grande coleção de talhadeiras numa pedra de amolar giratória, ou procurando nas centenas de gavetas muito arrumadas, nos escaninhos acima e à volta da bancada, por uma lixa de grão absolutamente adequado ou pela exata bitola de um parafuso. Um cheiro característico pairava no ar. O que era? Serragem, com certeza, e óleo de máquina. Cimento varrido, talvez. E cheiro de carro.

O carro era outra perfeição — um sedã de quatro portas com constelações de acessórios de cromo brilhando no escuro da garagem. O carro e o motor eram mantidos escrupulosamente de prontidão para funcionarem, quando houvesse gasolina de novo, no fim da guerra. Às vezes, a única parte visível do corpo do pai de Keith eram as pernas saindo de uma ilha de luz debaixo do carro, enquanto ele levava adiante a programação completa de checagens e trocas de óleo. O que faltava eram as rodas. O carro ficava perfeitamente imóvel sobre quatro calços de madeira, para impedir que fosse confiscado por invasores alemães, explicava Keith. O lugar das rodas era na parede, organizadamente dependuradas junto de uma cesta de piquenique, das raquetes de tênis dentro de suas prensas de madeira, de colchões de ar e bóias de borracha vazios — toda a parafernália necessária para uma esquecida vida de lazer que tinha sido suspensa, como tantas outras coisas, enquanto a guerra durasse. A duração da guerra, essa condição de vida que pairava sobre nossas cabeças, moldava os destinos das pessoas dos jeitos mais variados.

Stephen um dia arranjou coragem para perguntar a Keith, em particular, se os alemães, com toda a diabólica engenhosidade pela qual eram famosos, não poderiam tirar as rodas da parede e colocá-las de volta no carro. Keith lhe explicou que as porcas que as seguravam estavam trancadas numa gaveta secreta no criado-mudo do pai, junto com o revólver que usara quando fora oficial da Grande Guerra e com o qual botaria para correr os invasores alemães se fosse o caso.

O pai de Keith trabalhava e trabalhava — e ao trabalhar, assobiava. Assobiava lindamente e sem esforço, como um pássaro canoro, uma canção labiríntica que nunca terminava, assim como aquele trabalho infindável. Não tinha um minuto a perder em conversa. As palavras eram rápidas, secas e impacientes. "Porta — pintura — molhada", informava à mãe de Keith. Se estivesse de bom humor, chamava Keith de "meu velho" ou "garotão". De vez em quando, de "companheiro", o que adquiria modulações imperativas: "Vá com a bicicleta para o galpão, companheiro". Algumas vezes, no entanto, franzia os lábios, no que até se parecia com um sorriso, e chamava Keith de "camarada". "Se aquele aviãozinho de brinquedo encostar na estufa, camarada", e sorria, "vou te bater de vara." Keith acreditava e Stephen também; havia uma coleção de varas e bengalas no meio dos cajados e guarda-chuvas no compartimento da chapeleira, no hall. Ele nunca se dirigia a Stephen nem olhava para ele. Mesmo se fosse Stephen que estivesse ameaçando causar o dano na estufa, era Keith que virava "camarada" e Keith que apanharia, porque Stephen não existia. Mas Stephen nunca falava com ele também, nunca o encarava, estivesse ele sorrindo ou não; talvez porque o medo não deixasse, ou pela simples razão de que quem não existe não fala.

Havia outros motivos pelos quais o pai de Keith inspirava respeito. Havia ganhado uma medalha na Grande Guerra — Keith contara para Stephen — por ter matado cinco alemães. Tinha-os atravessado com uma baioneta, embora Stephen não entendesse como é que fora possível acoplar a baioneta ao famoso revólver, coisa que não tinha coragem de perguntar. A baioneta estava lá, pulando de dar medo sobre a nádega vestida de calça cáqui quando ele saía, todo fim de semana, no uniforme da Home Guard;* ele não ia realmente para a Home Guard, como Keith explicara — mas para as missões de espionagem do Serviço Secreto.

Os Hayward eram impecáveis. E assim mesmo toleravam Stephen! Ele era provavelmente a única pessoa da Vila que pusera os pés dentro da casa deles ou mesmo no jardim. Tento imaginar Norman Stott andando pesadamente pelo quarto de brinque-

* Guarda de Defesa Interna, formada por voluntários que pretendiam defender a Grã-Bretanha contra uma invasão alemã durante a Segunda Guerra. Da Home Guard participavam veteranos da Primeira Guerra, jovens abaixo da idade de alistamento ou homens em ocupações que eram isentas da obrigação de se alistar (como médicos e policiais). (N. E.)

dos de Keith... ou Barbara Berrill sendo convidada para o chá... Minha imaginação se atrapalha. Não consigo imaginar a cena nem mesmo com crianças respeitáveis e comportadas como as gêmeas Geest ou os pálidos músicos do número 1 brincando de pegador ajuizadamente no meio dos canteiros de rosas. Nem os adultos consigo imaginar, se querem saber. Na minha cabeça, fico atrás de Keith, quando ele bate na porta da sala de visitas... "Entre", diz a mãe, quase sem levantar a voz. Ele abre a porta e é possível ver alguém tomando chá com sua mãe muito distintamente... Quem? Não a sra. Stott, nem a sra. Sheldon, é claro. Nem minha mãe (imagine, minha mãe!). Nem a sra. Pincher...

Ninguém. Nem mesmo a sra. Hardiment ou a sra. McAfee.

Mas é impossível, também, imaginar a mãe de Keith em qualquer casa da Vila.

Com exceção da casa da tia Dee.

A tia Dee era um outro incrível apêndice ornamental da família Hayward.

Morava três casas abaixo, do mesmo lado da rua, quase em frente à casa de Stephen, atrás de cercas de madeira e amendoeiras em flor. Minha mãe e o restante da rua a chamavam de sra. Tracey. A mãe de Keith era alta; tia Dee era baixa. A mãe de Keith não tinha pressa e sorria calmalmente; tia Dee estava sempre atrasada e sorrindo, mas não calmamente e sim com uma amostra impressionante de dentes muito brancos, cheia de alegria. A mãe de Keith vivia indo de lá para cá para comprar coisas para tia Dee e para ela própria, porque a tia ficava muito presa por causa da pequena Milly, e, quando não estava fazendo compras, entrava e saía da casa de tia Dee, tomando conta de Milly para que Dee pudesse sair.

Algumas vezes a mãe de Keith o mandava em seu lugar à casa

da tia Dee levar três ovos frescos do galinheiro-modelo no fundo da horta ou verduras colhidas na hora, muito fresquinhas, embrulhadas num jornal, e Stephen ia junto. O sorriso generoso de tia Dee aparecia logo que abria a porta para nós, e ela conversava, não só com Keith, mas diretamente com ambos, como se eu existisse tanto quanto Keith. "Olá, Keith! Cortou o cabelo! Que bom que ficou! Oi, Stephen! Sua mãe contou que você e o Geoff se resfriaram ao mesmo tempo. Você está melhor agora...? Ainda bem. Sentem-se e brinquem com Milly um pouquinho, enquanto vou buscar um pedaço de bolo para cada um."

E Keith e eu nos sentávamos muito desajeitados na sala, no meio da bagunça de brinquedos de bebê, com um olhar reprovador para Milly, enquanto ela nos trazia bonecas e livros de figuras e tentava subir no nosso colo, tão sorridente e confiante como a mãe. A casa era quase tão bagunçada quanto a minha. O jardim do fundo, para além das janelas francesas, era ainda pior. A grama no quintal largado chegara à altura dos aros enferrujados de críquete deixados lá em verões passados. Keith sempre fazia a cara do pai, desaprovadora, quando estávamos na casa da tia Dee — pálpebras levemente baixadas, lábios franzidos, como se fosse começar a assobiar. Pelo que eu entendia, no entanto, não era uma censura ao perfeito jeito de tia que a tia tinha. Era de se supor que todas as tias fossem hospitaleiras, alegres e relaxadas. Deviam ter criancinhas sorridentes que tentavam subir no colo das visitas. O olhar desaprovador de Keith era simplesmente o olhar que um sobrinho bem-educado deveria ter na casa da tia. Era uma prova a mais da correção inquebrantável da família dele.

Bem, de qualquer modo havia um motivo para a bagunça. A tia Dee e mesmo a bagunça brilhavam com uma espécie de luz sagrada, como uma santa e seus atributos numa pintura religiosa, porque refletiam a glória de tio Peter.

Havia uma foto de tio Peter numa moldura de prata na lareira, sorrindo o mesmo sorriso generoso e aberto da tia Dee, o pontudo quepe da RAF num ângulo que era como um eco ao destemor do seu sorriso. O pai das meninas Berrill estava no Exército, em algum lugar, e o filho dos McAfee fazia a parte dele no Extremo Oriente. Mas ninguém tinha um parente ausente que se comparasse ao tio Peter. Era um piloto de bombardeio e havia voado em missões especiais sobre a Alemanha, missões tão perigosas e secretas que Keith podia apenas aludir a elas, de leve. Em volta da foto havia troféus de prata que ele ganhara em vários esportes. Nas prateleiras, fileiras de livros de aventuras de quando era pequeno, e que Keith podia pedir emprestado de vez em quando. Sua própria ausência era uma espécie de presença. Manifestava-se no broche de prata que tia Dee sempre usava no peito, com as três famosas iniciais num fundo de esmalte azul, as famosas asas abertas em volta delas e a famosa coroa em cima. Era possível sentir a coragem alegre dele na coragem alegre da tia Dee, seu desprezo indiferente ao perigo na bagunça da casa e no jardim maltratado.

Era só a mãe de Keith que ia à casa de tia Dee, nunca o pai. E tia Dee nunca ia à casa de Keith. A única vez que vi o carrinho de Milly esperando do lado de fora da casa de Keith foi mais tarde — e soube imediatamente que alguma coisa estava errada.

Esse desequilibrado arranjo não nos parecia estranho na época. Os costumes dos Hayward não eram mais questionados ou abertos à especulação do que a vida doméstica da Sagrada Família. Talvez nem tia Dee, apesar de tio Peter, estivesse à altura das exigências de Deus Pai.

Só um convidado era sempre bem-vindo à casa de Keith: o Stephen de orelhas de abano, com a boca entreaberta e os tênis sujos.

Será que Stephen não gostava de sua própria família, naquela época? Será que não apreciava as qualidades que mais tarde veio a descobrir nela e que o afetavam e comoviam mais e mais profundamente à medida que ficava mais velho?

Acho que nunca pensou se os amava ou não. Eram a família dele e pronto. Creio que apreciava algumas das qualidades deles, porque no subconsciente compreendia que suas desvantagens na vida eram uma condição necessária à fascinante diferença que existia entre o status de Keith no mundo e o seu próprio. Como poderia Stephen ter admirado a boa sorte de Keith de ter nascido sem o estorvo de um irmão, se ele próprio não tivesse que agüentar um, se não precisasse escutá-lo ensaiar novas maldições todos os dias, como "Porcaria de Deus no céu, Jesus na terra", e chamar tudo de "chatura do inferno"? Teria ele percebido a graça e a serenidade da mãe de Keith com tanta clareza se a mãe que tinha não passasse a maior parte do dia num avental desbotado, suspirando, ansiosa, aparentemente incapaz de pensar em outra coisa a não ser no palavreado de Geoff, na imundície do quarto deles e no paradeiro de Stephen? Teria o tio Peter sido o tio quase perfeito se o próprio Stephen não tivesse que se contentar com um punhado de tias obscuras em vestidos floridos?

Os pais de Stephen e de Keith, então, apresentavam um contraste fantástico. O pai de Stephen não era de se notar. Ficava fora de casa o dia inteiro, às vezes também à noite, num escritório sabe-se lá onde, fazendo um serviço chato demais para ser explicado, alguma coisa a ver com controles de materiais de construção. Uma vez teve que viajar para o Norte, quase que por um ano inteiro, e ninguém falou no assunto e nem reparou muito na sua ausência. E mesmo quando estava em casa, não assobiava aquela canção terrível, não chamava Stephen de "camarada" e não ameaçava matá-lo a pancadas de vara. Falava pouquíssimo e muitas vezes dava a impressão de ser um desses animaizinhos peludos de boa índole. Ficava sentado durante horas à mesa de jantar, com papéis e fichas espalhados à sua frente, óculos de leitura na ponta do nariz, ou então caía desmontado numa das poltronas estofadas na sala e dormia silenciosamente durante concertos obscuros no rádio, concertos que ninguém queria escutar. Desapertava a gravata e, através da camisa aberta, via-se uma grande quantidade de pêlos escuros e embaraçados. Aí, a cabeça tombava e mostrava ao mundo mais cabelo despenteado, manchando com tufos irregulares a árida paisagem do couro cabeludo. Até o dorso das mãos dele possuía cabelos escuros — até mesmo os espaços entre a bainha das calças e as meias amarrotadas. A aparência do pai era tão insatisfatória quanto a de Stephen.

Às vezes, quando estava acordado, perguntava delicadamente a Stephen e Geoff o que andavam fazendo da vida. Falava devagar e com cuidado, como se fosse difícil para os filhos entendê-lo. E quando finalmente se exasperava e perdia a paciência, o máximo que conseguia imaginar como castigo eram uns tapas sem mira na cabeça dos filhos, dos quais eles escapavam facilmente. A causa da briga era geralmente o quarto imundo e a bagunça,* à qual ele se referia de vez em quando como *coodle-moodle*. Havia alguma coisa muito particular e íntima nisso; ninguém na Vila jamais falara essa palavra. Se Stephen respondia e tentava argumentar dizendo que por não limpar o quarto sobravam horas para coisas mais importantes tais como lição de casa, o pai aparecia com uma palavra ainda mais excêntrica: *shnick-shnack*! Stephen repetiu isso para Keith, talvez na única ocasião em que não acreditou totalmente em alguma coisa que Keith lhe contou. "Sabe o bebê da tia Dee?", perguntou Keith. "Cresceu de uma semente." "Shnick-shnack", disse Stephen, de maneira hesitante, e pela cara de Keith, viu que tinha falado bobagem outra vez.

* Em inglês, *muddle*. (N. E.)

Também me lembro da vez em que Stephen contou ao pai que os Juice haviam se mudado para Trewinnick. O pai olhou-o com um daqueles olhares demorados e pensativos.

"É verdade", disse Stephen. "Foi Keith que descobriu."

O pai riu. "Ah, Keith falou, está falado, não precisamos nos informar mais. Shnick-shnack."

Não, Stephen com certeza gostava de sua família, porque gostar da família era o comum na vida, e tudo na vida da família de Stephen, ou assim lhe parecia, até o *coodle-moodle*, era comum demais. Mas ele queria mesmo era estar na casa de Keith e ser convidado para o chá.

Aqueles chás! Imediatamente sinto o gosto da pasta de chocolate na grossa fatia de pão. Sinto nos meus dedos o padrão de losangos gravado nos copões de *lemon barley.** Vejo a mesa escura e brilhante na sala de jantar, onde Keith e eu podíamos nos sentar sozinhos, retirando os guardanapos das argolas de osso, servindo-nos da alta jarra de *lemon barley* coberta por uma renda com quatro contas azuis pesadas nos cantos, para não voar com o vento.

Entre os candelabros de prata na lareira encontra-se um cinzeiro de prata, em pé, com a inscrição: "WWLTC. Duplas Mistas Sênior. Segundo lugar — W. P. Hayward e R. J. Whitman, 27 de julho de 1929". W. P. Hayward e R. J. Whitman, como Keith já tinha explicado havia muito tempo, eram os nomes dos pais antes de se casarem, e o WWLTC era o Wimbledon World Lawn Tennis Club. Teriam sido campeões mundiais se não tivessem sido trapaceados por outro casal que era membro da mesma organização sinistra agora entrincheirada em Trewinnick. No aparador, entre

* Bebida refrescante feita com suco de limão e cevada, muito popular na Inglaterra. (N. E.)

duas garrafas de cristal trabalhado, está tio Peter em outra moldura de prata. O sorriso dele é mais contido aqui na casa dos pais de Keith, e o quepe está alinhado. Cada detalhe era muito nítido: a águia, a coroa, as folhas de louro trançadas sobre a pala e as asas do piloto acima do bolso do lado esquerdo.

No fim de uma tarde em que Stephen tinha aceitado ficar para o chá, Keith bate à porta da sala de visitas e o leva até a mãe para que se despeça. Ela tem uma bandeja só dela, equilibrada numa mesinha bem-arrumada perto do sofá, com uma chaleira de prata, uma jarrinha de leite e uma pequena caixa de prata com cubinhos de açúcar. A mãe está no sofá, os pés dobrados sob o corpo, e lê um livro emprestado da biblioteca. Ou sentada a uma escrivaninha lá no fundo da sala, escrevendo as cartas que põe no correio com tanta freqüência, observada por mais ou menos outros doze retratos de família em molduras de prata, arrumados sobre a escrivaninha diante dela. Stephen não tem coragem de olhar nada diretamente neste lugar sagrado. A mãe de Keith levanta os olhos e sorri. "Ah, Stephen está indo para casa?", pergunta a Keith. "Você precisa convidá-lo outra vez."

Stephen dá um passo à frente e recita o discurso de despedida. "Muito obrigado por me receber", murmura.

"Enquanto gostarem de brincar um com o outro...", ela diz.

Não acho que as palavras de Stephen significavam muito para ele na época, de modo que deixem-me repeti-las, para o bem dele, antes que tudo que viria a acontecer aconteça. Repito com sincera gratidão e um sentimento de assombro pela minha boa sorte, que só fez crescer com o passar dos anos. Gratidão não só devida à mãe de Keith, mas a Keith e a todos os outros depois dele de quem fui ajudante e audiência, e a todos os outros que escreveram e representaram o drama da vida no qual eu tive um pequeno, muitas vezes aterrador, mas sempre absorvente papel:

Obrigado, obrigado por terem me recebido tão bem.

* * *

Então, de onde vinha aquele perfume desconcertante?

Não era das roseiras arrumadinhas do jardim da frente dos Hayward ou da confusão só-deus-sabe dos nossos. Não era dos limões dos Hardiment, ou dos lilases dos Stott e McAfee, ou da madressilva no sr. Gort ou dos Geest.

Volto pela rua andando bem devagar e olho as casas em frente à dos Hayward, tentando me certificar. Não vinha do número 6 — esta era a casa dos Berrill e um emaranhado de arame farpado de rosas silvestres crescidas ao deus-dará... A número 5 era a casa dos Geest... Na número 3, estamos de volta aos Pincher. Então, só poderia ter sido esta, entre os Geest e os Pincher, a número 4.

Paro e examino com cuidado. A placa rústica no portão de ferro batido diz Meadowhurst, e não há jardim visível além de quatro vasos bem cuidados de gerânios e três carros estacionados na garagem cimentada. A própria casa não me parece familiar. Tem um estilo ligeiramente diferente de todas as outras casas — com certeza foi construída muito mais tarde. No entanto, aqui era o lugar — nossa Arcádia, nossa Atlântida, nosso Jardim do Éden, o território não reclamado, aquilo que sobrou depois que a casa da srta. Durrant fora destruída por uma bomba incendiária alemã extraviada.

Era chamada de Braemar naqueles tempos. Já então, quando Stephen e todas as outras crianças da Vila brincavam ali, os arbustos piniquentos, o mato e as roseiras bravas haviam começado a esconder a melancólica paisagenzinha do entulho escuro que cobria os alicerces da casa na qual a srta. Durrant vivera e morrera. O jardim inteiro estava se tornando selvagem, largado ao deus-dará como as meninas Berrill, e a cerca alta e verde da frente — podada tão reta pela srta. Durrant e atrás da qual ela conservara sua privacidade com tanto cuidado — perdera a forma e transformara-se num matagal, a ponto de fechar a entrada para este reino secreto completamente escondido do mundo.

Stephen passava um tempão escondido no meio daqueles arbustos de um verde desbotado, que um dia tinham sido uma cerca. Para falar a verdade, nem os notava direito. Pelo menos até a metade de junho, quando floresciam à volta dele e quase o sufocavam com a doçura acre que o perseguiria por anos a fio.

Olho os quatro vasos de gerânio e os três carros. Dos arbustos não há mais traço. Não posso deixar de dar risada sozinho quando me lembro do que eram, porque a espécie é tão comum, tão desprezada e ridicularizada, tão associada à repressão e ao encobrimento de todos os sentimentos selvagens que parece ter liberado dentro de mim. Deixe-me dizer o nome e trazê-lo à luz, de uma vez por todas.

A fonte de toda a minha intranqüilidade é: o feio e comum ligustro. Como tradutor, fui aos dicionários. O arbusto, em inglês, "privet", traz uma conotação de "privado", particular, e também quer dizer privada. "Privada" era uma palavra que não se usava, coisa feia, linguajar errado para crianças. Foi dessa mistura de flor malcheirosa, privativo e privada que gerei esta lembrança ao mesmo tempo doce e incrivelmente pesada.

A história começou onde a maioria dos nossos projetos e aventuras começaram — na casa de Keith. Na mesa de chá, para falar a verdade — posso até escutar o tilintar suave das quatro contas azuis que mantinham o guardanapo de renda sobre a jarra alta de *lemon barley*...

Não, espera. Não é nada disso. As contas de vidro tilintam contra o vidro da jarra porque a renda balança ao vento. Estamos lá fora, no meio da manhã, perto do galinheiro, onde o jardim chega ao fim, construindo a estrada de ferro transcontinental.

Sim, porque escuto alguma coisa mais, também — os trens na estrada de ferro real, quando saem do talude para o leito acima de nossas cabeças, logo além da cerca de arame. Vejo a chuva de fagulhas que escapam dos trilhos verdadeiros. A jarra de *lemon barley* não é o nosso chá — é o lanche das onze horas que está lá nos esperando, com dois biscoitos para cada um, numa bandeja que a mãe trouxe da casa e colocou no caminho de tijolo vermelho ao nosso lado. Enquanto ela se afasta, subindo o caminho vermelho, Keith, calmo e quieto, lança sua bomba.

Quando foi isso? O sol brilha, as contas tilintam ao bater na jarra, mas eu acho que ainda há um vestígio de flores de macieira caídas nas obras de terraplanagem da estrada de ferro transcontinental, e que a mãe de Keith está preocupada em saber se estamos com frio. "Meninos, entrem se começar a esfriar, por favor." Será que ainda era maio? Por que não estamos na escola? Talvez seja um sábado ou domingo. Não, no ar paira um cheiro de dia de semana; é inequívoco, mesmo que eu esteja errado quanto à estação do ano. Alguma coisa não se encaixa aqui, como sempre acontece quando alguém tenta juntar pedaços diferentes para formar um todo.

Será que estou me lembrando de tudo de trás pra frente? Já havia acontecido a história do policial antes disso?

É tão difícil lembrar em que ordem as coisas aconteceram — mas se você não consegue se lembrar *disso*, então é impossível entender que acontecimento levou ao seguinte e qual era a conexão entre eles. O que lembro, quando examino as lembranças cuidadosamente, não é uma narrativa, em absoluto. É um conjunto de pormenores muito vívidos. Algumas palavras, alguns objetos vislumbrados. Certos gestos e expressões. Certos estados de espírito, certos climas, certos horários do dia e certas nuances de luz. Alguns momentos individuais que parecem significar tanto mas que na verdade significam tão pouco, até que os elos entre eles tenham se estabelecido.

Como é que o policial entrou na história? Nós o observamos enquanto pedalava devagar, subindo a Vila. Sua aparência tinha ao mesmo tempo justificado todas as nossas suspeitas e acabado com todos os nossos esforços de espiões, porque ele estava vindo para prender a mãe de Keith... Não, não — isso foi antes. Estamos correndo alegre e inocentemente rua acima ao lado dele, e ele representa só a possibilidade de um pequeno acontecimento caindo do céu para nos divertir um pouco. Passa de bicicleta em frente a todas as casas, olha uma de cada vez, faz o balão no fim da rua, volta, sempre de bicicleta... e desce no número 12. Do que lembro muito bem é da cara da mãe de Keith quando corremos para contar a novidade do policial entrando na casa de tia Dee. Por um minuto, perdeu a compostura. Parecia estar mal e assustada... Atira-se pela porta da frente aberta e sai, não andando, mas correndo pela rua afora...

Agora entendo, claro, que ela, e tia Dee, e a sra. Berrill, e os McAfee viviam com um medo terrível de policiais e entregadores de telegramas, como todo mundo que tinha alguém na família lutando no Exército. Esqueci, agora, do que se tratava — nada a ver com o tio Peter, de qualquer jeito. Com certeza, uma queixa contra as cortinas blecaute da tia Dee. Ela era sempre muito descuidada em relação a isso.

Mais uma vez vejo a mesma expressão surgir no rosto da mãe de Keith, e desta vez acho que vislumbro algo além do medo. Algo que me faz lembrar o rosto de Keith quando o pai descobria alguma negligência em suas obrigações para com a bicicleta ou o conjunto de críquete; uma sugestão de culpa. Ou estarão as lembranças sendo mais uma vez reescritas pela minha percepção atual do passado?

Se o policial e o ar de culpa da mãe de Keith já *tivessem* acontecido, não poderiam os dois incidentes ter plantado na cabeça de Keith a primeira semente de uma idéia?

Mas, na verdade, agora acho que as palavras de Keith vieram de lugar nenhum, que foram criadas espontaneamente no momento de serem pronunciadas. Foram um mergulho cego, saído da pura fantasia ou pura intuição. Ou, como tantas outras coisas, de ambas.

Daquelas seis palavras ditas ao acaso, trazidas à baila simplesmente porque Keith as pronunciou e eu as escutei, surgiu tudo o que aconteceu. O resto das nossas vidas foi determinado naquele breve instante em que as contas tiniam contra a jarra e a mãe de Keith se afastava de nós, no esplendor daquela manhã, andando sobre as últimas flores brancas caídas no caminho vermelho, segura, elegante e invulnerável, e Keith a acompanhava com um olhar sonhador, o mesmo olhar de que me lembro no começo de tantos de nossos projetos.

"Minha mãe", disse ele de maneira pensativa, quase arrependido, "minha mãe é uma espiã alemã."

3.

Ela é uma espiã alemã.

E daí? Como reajo à notícia? Faço algum comentário?

Acho que não digo nada. Só olho para Keith com a boca entreaberta, como já fiz tantas vezes antes, esperando o que virá em seguida. Estou surpreso? Claro que sim — mas eu vivo me surpreendendo com as novidades de Keith. Fiquei surpreso quando ele me contou que o sr. Gort, que mora sozinho no número 11, era um assassino. Mas depois, quando investigamos, encontramos alguns ossos das vítimas no terreno baldio um pouco além do jardim dele.

Então estou surpreso, certamente, mas não tanto quanto deveria estar. E é claro que fico imediatamente empolgado, porque enxergo todo tipo de novas possibilidades se abrindo — de me esconder e fazer vigília de tardezinha, observar, receber e mandar mensagens com tinta invisível, usar bigodes e barbas da caixa de disfarces de Keith, examinar coisas no microscópio de Keith.

Acho que até sinto uma pontada de ciúme por mais essa prova da boa sorte sem fim desse cara. Um pai no Serviço Secreto *e* a mãe que é uma espiã alemã — quando o resto de nós não consegue exibir nem ao menos um pai ou uma mãe levemente interessantes!

Não me lembro se me ocorre imaginar se o pai sabe das atividades da mãe ou vice-versa. Será que penso sobre a situação delicada que esse confronto de lealdades pode criar no lar? Acho que não. Os dois são obviamente muito hábeis em esconder suas verdadeiras personalidades do resto do mundo, e é provável que tenham conseguido ocultar seus segredos um do outro. De todo jeito, o modo pelo qual os adultos se relacionam é para mim um mistério que ainda não me deixa curioso.

Fico um pouco chateado. Penso em todos os *lemon barley* e sanduíches de pasta de chocolate que ela me deu, toda a tolerância, todas as manifestações de graça e compostura. Embora satisfeito de ter uma espiã alemã para investigar, gostaria muito mais que fosse a sra. Sheldon ou a sra. Stott. Ou até o pai de Keith. Acreditaria sem a menor dificuldade que o pai dele é um alemão. Ou poderia acreditar, se não soubesse das missões que ele realizava para o Serviço Secreto e dos notáveis esforços para reduzir a população alemã durante a Grande Guerra.

Não, pensando bem, fico aliviado de não ser o pai de Keith. A idéia de espionar *a ele* é assustadora demais, não dá nem para imaginar. Vejo aqueles lábios se franzindo em um pequeno sorriso: "Quem foi que te deu licença para mexer com o meu transmissor secreto, hein, meu velho?".

Será que faço a Keith a primeira pergunta e a mais óbvia — *como* é que ele sabe que a mãe é uma espiã? Claro que não, como nunca lhe perguntei como ele sabe que a mãe é mesmo mãe dele ou que o pai é seu pai. Ela é a mãe dele, do mesmo modo que a sra. Sheldon é a sra. Sheldon, e Barbara Berrill não é digna de nossa atenção, e minha família dá uma leve vergonha. Todo mundo sabe que essas coisas são assim. Não precisam ser explicadas ou justificadas.

Na verdade, à medida que me acostumo com a idéia nos dias que se seguem, muita coisa começa a fazer sentido para mim. Todas essas cartas que a mãe escreve, por exemplo. Para quem? Os únicos seres humanos que os Hayward conhecem, além de mim, são tia Dee e tio Peter. Suponho que tenham outros tios e tias em algum lugar — todo mundo tem tias e tios em algum lugar. Mas as mães escrevem para as tias e tios umas duas vezes ao ano, não todos os dias! Você não precisa sair para pegar cartas no correio duas vezes por dia! Agora, se estivesse mandando relatórios para os alemães, aí a coisa seria diferente. Mas mandando relatórios sobre o quê? O que é que ela espiona quando vai às compras tantas vezes? As defesas locais antiaéreas, provavelmente — o posto do diretor voluntário da vigilância aérea na esquina da travessa com a Paradise e o tanque de água para ser usado só em caso de bombardeio, atrás da biblioteca. A fábrica secreta de munições na rua principal, de onde o sr. Pincher rouba seus retalhos de alumínio e folhas de madeira compensada.

E o próprio sr. Pincher, querem saber, e toda a ajuda que as atividades dele estão dando ao inimigo. As estranhas ocorrências em Trewinnick. Conversas descuidadas a respeito de por onde andarão o filho do sr. Berrill e o dos McAfee. O estado geral do moral civil na Vila, que se revela nas queixas da sra. Sheldon sobre a qualidade da carne do Hucknall e no desleixo de tia Dee com o blecaute. A mãe de Keith tem o olho pregado em todos nós. Um monte de coisas começa a fazer sentido (e essa com certeza é a primeira prova do acerto de uma nova intuição), coisas que não faziam sentido antes. Por que os alemães jogaram uma bomba incendiária na Vila, e não em qualquer uma das ruas ali por perto? E por que na casa da srta. Durrant, bem na casa dela? E se a srta. Durrant tivesse descoberto a verdade sobre a mãe de Keith e estivesse a pique de desmascará-la... E se a mãe de Keith tivesse desconfiado, saído durante o blecaute e feito um sinal com a lanterna para guiá-los até o alvo...?

Há uma lanterna na mesa dos Hayward, no hall.

Acho que outros pensamentos inquietantes me ocorrem também: pensamentos que ajudariam a explicar toda a incrível gentileza dela para comigo, todo aquele *lemon barley* e sanduíche de pasta de chocolate. Claro, é apenas parte da identidade falsa dela, um modo de esconder a própria natureza.

Minutos depois do anúncio de Keith, enquanto ainda estou de boca aberta, e muito antes de ter calculado as conseqüências, já abandonamos o projeto da estrada de ferro transcontinental e começamos a seguir a mãe. Olhamos por cima do corrimão, enquanto ela vai da sala de visitas à cozinha conversando com a sra. Elmsley sobre o brilho da prata e as doenças da mãe da sra. Elmsley. No armário de papéis do quarto de brinquedos encontramos o caderno que iríamos usar para registrar nossas observações de aves, até que desistimos de observar aves para seguir a criatura simiesca do campo de golfe. Keith risca AVES e escreve DIÁRIO CECRETO. Tenho algumas ressalvas pessoais sobre como se soletra a palavra mas guardo-as para mim, como faço com todas as pequenas e ocasionais ressalvas que tenho em relação à autoridade dele.

Ele começa a fazer um registro de nossas observações. "10h53", escreve, enquanto nos agachamos no topo da escada, escutando a mãe no hall lá em baixo. "Telefones. Liga para 8087. Sr. Hucknall. Trêz costeletas de carneiro. Sem muita gordura. Entregar ao meio-dia." Disparamos para o quarto de brinquedos, ao vê-la subir a escada... Suspendemos nossas investigações e pensamos sobre outra coisa, enquanto ela está no banheiro... ressurgimos e a seguimos escada abaixo até a cozinha... depois, até o jardim, para espioná-la detrás do barracão, enquanto ela carrega para o galinheiro aquela vasilha esmaltada, tão conhecida e malcheirosa, soltando fumaça... Faz muito mais coisas no período da manhã do que imaginávamos antes de prestar atenção nela, sem nem uma pausa sequer para descansar ou escrever cartas. É fácil deixar de perceber quão ativa ela é porque faz tudo de um modo tão sem problemas e pressa — porque tudo nela é tão... *discreto*.

Há, com certeza, uma discrição sinistra em seu desempenho, agora que sabemos a verdade que está por trás de tudo. Há alguma coisa claramente *errada* com ela, se você a olha de verdade e escuta o que diz, como estamos fazendo agora. Pode-se ouvir uma nota falsa no modo especialmente gracioso, especialmente impessoal com o qual conversa com a sra. Elmsley, com o pai de Keith, até mesmo com as galinhas. "A senhora se lembrou de tirar o pó de trás do relógio da sala desta vez, senhora Elmsley...? Ted, meu bem, quer que faça alguma comprinha para você? Preciso ir pegar umas coisas para Dee. Ah, já ia me esquecendo, que maravilha este serviço que você está fazendo com as sementes de alface... Ora, ora, senhoras galinhas. Nada de empurrões. Vamos fazer uma fila bem em ordem. Cupons de ração a postos..."

Percebo a mesma falsidade no tom divertido que adota para falar com Keith e comigo, quando ela se vira, voltando para casa com a vasilha vazia, e nos vê correndo de um esconderijo para outro, de detrás do barracão do jardim até atrás da pérgola, para conseguir acompanhá-la. "Bang, bang!", diz, fazendo graça, apontando um revólver imaginário para nós, como se fôssemos crianças. "Peguei vocês, peguei os dois!" Está fingindo tomar parte em alguma brincadeira infantil e inocente. E durante o tempo todo ela é uma estranha no nosso meio, olhando-nos com olhos estrangeiros.

Pela primeira vez dou uma boa olhada na sra. Elmsley. Nunca me ocorreu antes perguntar a mim mesmo por que ela tem um bigode, e também uma verruga no meio da testa, ou por que fala com tanta delicadeza...

E será o "sr. Hucknall", com quem a mãe de Keith falou pelo

telefone, o sr. Hucknall mesmo, o conhecido comediante manchado de sangue do açougue? E mesmo se for ele, suas ligações com uma espiã conhecida agora nos fazem começar a imaginar coisas sobre *ele*. Penso como canta alto e de um jeito engraçado ao jogar os pedaços de carne na balança, de longe, a meio metro de distância, pelo menos. "Se você fosse a única mulher no mundo..." E depois passa os pesos brilhantes de cobre de uma mão para a outra, como se fossem peças de malabarismo. "E eu fosse o único homem..." Então grita para a caixa registradora: "Tira dois *shillings* da conta desta boa senhora, senhora Hucknall. E o próximo, por favor...". Está fingindo, o danado, como a mãe de Keith, tentando esconder sua verdadeira natureza. Seriam as "costeletas de carneiro" costeletas de carneiro mesmo, pensando bem? De qualquer modo, quando o menino chega um pouquinho antes do meio-dia na sua pesada bicicleta de entregas, com a placa "F. Hucknall, açougueiro de família" debaixo do cano, como sabermos ao certo que o embrulho branco que ele tira da grande cesta sobre a pequena roda da frente contém realmente costeletas de carneiro?

Tudo que antes eram favas contadas, torna-se motivo para dúvida. Pode estar acontecendo no seu nariz, diante dos seus olhos, mas se você presta bem atenção, transforma-se em alguma coisa da qual se pode duvidar, envolta em todo tipo de conjeturas e interpretações. Quando a mãe de Keith diz a ele que lave as mãos para o almoço, e eu também corro para almoçar em casa, já juntamos um considerável corpo de provas no diário. Enquanto engulo minha carne em conserva com batatas cozidas e jogo fora os nabos na tigela de comida para os porcos, não consigo pensar em outra coisa a não ser no próximo e mais alarmante estágio de nossa investigação planejado para esta tarde. Enquanto a mãe de Keith estiver descansando lá em cima, vamos nos esgueirar até a sala de visitas. Vamos pegar o espelho dependurado no hall, junto da escova de roupas e calçadeiras, e examinaremos o mata-borrão da sua escrivaninha, porque ela passa o mata-borrão nas cartas que escreve e com certeza deixou traços legíveis para leitura no espelho. Se por qualquer motivo isso não funcionar, vamos pegar a lanterna da mesinha do hall, para verificar as impressões que a caneta terá deixado na superfície do mata-borrão.

Escuto de muito longe a voz de minha mãe ao fundo, repisando algum tema batido, acho que o de sempre. "Será que você não está incomodando por passar o dia inteiro na casa do Keith?"

"Não", eu resmungo com a boca cheia de pudim de semolina; coisa que Keith nunca faria — e nem eu, se estivesse na casa dele.

"Você não vai voltar lá hoje, vai?"

Acho que não respondo. Acho que nem olho para ela. Há alguma coisa tão irremediavelmente comum em minha mãe que é difícil levar a sua existência em conta.

"Tenho certeza que a mãe dele gostaria de um pouco de paz de vez em quando. Não é possível que agüente vocês dois o dia inteiro na barra da saia dela."

Sorrio secretamente para mim mesmo. Se ela soubesse!

"Por que você não convida Keith para vir brincar aqui uma vez?"

Ela não entende absolutamente nada, e não dá para explicar, nem pensar em explicar. Acabo meu pudim e saio da mesa, ainda mastigando.

"Onde vai se meter agora?"

"Em lugar nenhum."

"Não vai para a casa de Keith, vai?"

"Não."

Na verdade, não vou — ainda não, porque não posso chegar lá antes de ter certeza que o pai de Keith já acabou de almoçar. Saio à rua para ver se encontro alguém para brincar, só para passar o tempo. Norman Stott pode estar por ali, também com esperança de que eu não tenha nada para fazer. Talvez as gêmeas Geest estejam no jardim da frente, pulando algum dos seus eternos jogos de amarelinha. Estou louco para contar para alguém a incrível descoberta que fizemos e o trabalho importante em que estamos ocupados. Bem, não é contar, assim, de verdade, mas só deixar umas pistas indiretas para despertar a curiosidade deles. Não; nem pistas, o melhor é não dizer absolutamente nada sobre essa história e simplesmente saber que eles não sabem. Imagino pegar no ar um daqueles sorrisos rápidos e superiores trocados entre Wanda e Wendy, tendo eu, o tempo todo, um segredo só meu, muito superior a qualquer um que elas possam ter. Penso em lutar boxe com Norman sem me esforçar nem um pouco, só para esconder dele que já deixei para trás tamanha perda de tempo infantil.

Mas todo mundo ainda está dentro de casa almoçando. Dou a volta na Vila vazia. Até o triciclo dos meninos Avery está lá, abandonado sobre as manchas de óleo — com as três rodas grudadas nele, presa fácil para qualquer tropa germânica de passagem. Na ausência de todo mundo, preciso estar preparado para trocar umas palavras com Barbara Berrill. Ela está sempre por perto quando ninguém quer saber dela, fazendo caras e bocas e gestos afetados de menina. Hoje eu poderia achá-la ridícula com mais gosto, mas é claro que não está à vista.

Continuo observando discretamente a casa de Keith, esperando pelo assobio do pai ou qualquer outra prova de que a vida recomeçou depois do almoço. Nada. Silêncio. Só a perfeição independente da casa em si, a superioridade sem esforço que as outras casas da Vila não podem senão reconhecer. E agora, sem que ninguém desconfie, a casa tem mais uma vantagem sobre as outras, uma importância secreta trancada dentro dela, que ninguém jamais poderia imaginar, e que só eu e Keith sabemos.

Que surpresa vão ter, muito em breve, todos estes moradores

comuns e chatos da rua — minha mãe, os Berrill, os Geest, os McAfee!

Será uma surpresa ainda maior para tia Dee, é claro, quando ela vir o policial de bicicleta parando na casa da mãe de Keith, porque daí em diante não vai ter quem tome conta de Milly ou faça as compras dela. E me vem à cabeça que vai ser muito triste para Keith, também, depois que levarem a mãe dele embora, e ele e o pai ficarem juntos e sozinhos. A sra. Elmsley fará seu almoço, se ela própria não for presa. Mas, de algum modo, não consigo ver a sra. Elmsley, com verruga e bigode, fazendo a pasta de chocolate para o chá. Será que ela vai deixar que eu fique para o chá?

Começo a perceber que as conseqüências desta investigação vão ser muito penosas para todos nós. Não é tão simples quanto a princípio imaginei.

Mas o que é que nós podemos fazer se ela é uma espiã alemã? Temos que dar nossa parcela de sacrifício para o Esforço de Guerra. Temos que suportar privações enquanto durar a guerra.

Escuto um assobio. O pai de Keith passa rapidamente em direção à horta. Deixo de lado todos os sentimentos de misericórdia e abro o portão da frente.

“Oi, meninos, vocês sempre têm alguma coisa para fazer, não é?”, diz a mãe de Keith, pondo a cabeça dentro da sala de brinquedos a caminho do seu descanso. Nós concordamos, mudos. “Então, por favor, tentem não fazer muito barulho.”

Nunca fazemos muito barulho. Mas agora não fazemos barulho nenhum. Sentamos no chão em absoluto silêncio, sem olhar um para o outro, forçando nossos ouvidos até escutarmos o barulhinho macio da chave rodando na porta do quarto dela. Só então rastejamos escada abaixo, congelando ao menor estalar de uma tábua ou chiado de dedos no corrimão. Keith tira o espelho do gancho, com todo cuidado, e pega a lanterna da mesa de entrada. Gira a maçaneta da sala de visita, pára e olha a escada.

O relógio de pedestal continua com o seu tiquetaque. Não se ouve mais nada. Eu queria estar em casa, de volta.

Ele empurra devagar a folha da porta aberta. Dentro da sala o silêncio é mais absoluto ainda. Qualquer sugestão de som é absorvida pela espessura do pálido tapete verde, pelas grossas cortinas de veludo verde-escuras e estofados da mesma cor. Nós nos esgueiramos até a escrivaninha tão silenciosamente como dois sioux. A escuridão de sua superfície polida é iluminada pelo brilho da prata e seus reflexos: uma faca para papel, um isqueiro de mesa, um par de apaga-velas e os vários retratos em molduras de prata reclinadas em ângulos nobres sobre suportes invisíveis. Keith abre as duas capas de couro do mata-borrão.

Um campo de neve virgem nos confronta, sem traço algum de tinta. Ele coloca o espelho de lado e liga a lanterna. Coloca-a na beirada do mata-borrão, do mesmo jeito que já vimos em vários livros, de modo que ela lança sombras alongadas como o sol quando se põe. Depois ele se curva e espia pela lente de aumento de sua coleção de selos. Devagar, sistematicamente, percorre centímetro a centímetro em direção às bordas, partindo do centro.

Olho as fotos nas molduras de prata enquanto espero. De uma delas, uma menina mais ou menos da mesma idade que Keith e eu olha solenemente para mim, meio fora de foco. Está num jardim todo manchado de luz do sol, usando longas luvas brancas que cobrem seus braços nus até os cotovelos e um chapéu de aba larga várias vezes maior do deveria usar. Um pouco incomodado, reconheço a mãe de Keith, brincando de ser a adulta na qual se transformou. Abraça com um jeito protetor uma outra menina pequena, muitos anos mais moça, que segura uma boneca e olha para ela, confiante, mas um pouco apreensiva. É tia Dee, brincando de ser a filhinha de sua irmã mais velha. Há alguma coisa quase imprópria em vê-las assim, desnudadas de seu mundo adulto protetor e presas num fingimento infantil. E há qualquer coisa de preocupante nessa inocência ignorante de tia Dee sobre o que a irmã mais velha um dia iria se tornar.

Keith se apruma e silenciosamente me entrega a lupa. Eu me inclino e imito a metódica lentidão dele. *Há* impressões no mata-borrão, mas elas são fracas e confusas. Algumas delas parecem palavras sobrepostas. Acho que posso discernir uma letra aqui outra ali e talvez uma ou duas sílabas: "quin", possivelmente, e "se você".

Keith sussurra no meu ouvido: "Está vendo?". Ele aponta. Examino a área indicada à volta de sua enorme unha. Acho que posso distinguir o número 8 e o 2. Ou então um 3 e um ponto de interrogação.

"Código", sussurra Keith.

Anota várias letras e números no diário e fecha o mata-borrão. Eu não sinto nada a não ser alívio com o fato de a operação ter terminado e eu poder sair da sala antes que a mãe dele se levante ou o pai volte para dentro de casa. Mas Keith segura meu braço. Ainda não acabou. Abre maciamente uma gaveta comprida, bem debaixo do tampo da escrivaninha. A mãe continua a nos olhar da foto na moldura prateada, e nos inclinamos para ver o que há dentro da gaveta.

Papel de carta timbrado... envelopes... álbuns de selos baratos. Tudo muito bem arrumado, com espaço folgado... Um caderno de endereços...

Keith pega o caderno de endereços e vira as páginas. Os nomes estão escritos numa caligrafia boa, clara. Ashton (limpadores), Papelaria ABC... Sr. e sra. James Butterworth, Marjorie Beer, Bishop (limpador de janelas)... Quem são o sr. e a sra. James Butterworth e Marjorie Beer? Podem ser codinomes, claro. Médico, dentista... Não há mais que um punhado de nomes sob cada letra, e muitos parecem ser comerciantes. "Hucknall (açougueiro)..." Ninguém da Vila, pelo menos que eu saiba, a não ser o sr. e a sra. Peter Tracey... Keith examina cada um dos nomes com a lente de aumento e transcreve alguns deles no diário.

Enquanto isso, olho as fotos outra vez. Três criaturas sorridentes em uniformes de tênis brancos: a mãe de Keith e tia Dee, com o tio Peter languidamente estirado entre as duas, infantil, e ao lado deles uma quarta figura, cujo cabelo curto e grisalho e cujo sorriso amargo e irônico já tomaram a feição ou o caráter que acho tão assustador. Os mesmos quatro numa praia, com tio Peter de cabeça para baixo e a mãe de Keith e tia Dee segurando-o pelos tornozelos. Depois uma noiva jovem e séria parada em frente à porta de uma igreja, levantando timidamente o véu do rosto, a cauda longa e branca do vestido caindo elaboradamente pelos degraus à sua frente: a mãe de Keith, com o braço virginalmente passado pelo braço de um fraque cinzento, sobre o qual paira um sorriso irônico.

Ao lado dessa última foto, no porta-retrato arrumado de modo a formar um par, outra noiva, quase idêntica à primeira, em frente do que parece ser a mesma porta de igreja, com a mesma cauda caindo em ondas escada abaixo. Esta noiva é um pouco mais baixa, um pouco mais atrevida, um pouco mais moderna de um jeito indefinível, e o braço que ela segura está sombreado por um tom cinzento que eu sei que não é cinzento de jeito nenhum, mas o azul da Força Aérea, e pertence a um noivo de cabelos e sorriso de menino.

Mãe e pai, tia e tio — os quatro nos observam lá do passado, enquanto trabalhamos para penetrar os segredos do presente e desmontar o futuro deles.

No fundo da gaveta, Keith encontrou uma agendinha de bolso. Sinto subir ao rosto uma nova onda de alarme. Não vamos olhar a *agenda* dela, vamos? As agendas são particulares... Mas ele já a abriu, e eu já estou olhando por trás do seu ombro enquanto ele vira as páginas.

De novo são poucas as anotações: "Doutor... aniversário da Milly... limpeza das cortinas... aniv. de casamento..." Algumas parecem ser ocasiões sociais: "Bridge com os Curwen... pais de Ted... Ted e jantar do OH". Muitas delas se referem a Keith. "Começa o ano letivo do Keith (blazer limpo, camisas de críquete)... dia de esportes do K... dentista do Keith..."

Não sei como Keith percebe o primeiro dos sinais secretos. Vejo que parou de virar as páginas e trouxe o caderninho para bem perto dos olhos, esquecendo-se da lupa. Olha para mim. Está com a expressão especial que assume quando acontece alguma coisa muito importante. É o mesmo jeito com o qual me olhou quando a primeira das vértebras emergiu da terra no fundo do jardim do sr. Gort.

"O que foi?", sussurro. Ele me entrega a agenda e aponta a página de uma sexta-feira em janeiro.

A princípio parece estar vazia. Aí vejo que há uma espécie de marca feita à mão, ainda menor que as outras anotações, aninhando-se discretamente no pequeno espaço entre a data e a fase da lua: um pequeno x.

Uma estranha sensação de formigamento me atravessa. Isto é bem diferente do que estávamos registrando até agora. Seja lá o que for que este discreto sinal represente, é óbvio que não foi feito para ser lido ou entendido por alguém. Tropeçamos em algo que é um segredo de verdade.

Keith ainda me olha com sua expressão especial, esperando para ver como reajo. Há uma certa luz no olhar dele que não me agrada. Ele pode ver que minha coragem está começando a falhar outra vez, como aconteceu quando ele ergueu a primeira vértebra enterrada e eu não queria continuar a cavar. Suas suposições se confirmaram: meu interesse em continuar com a investigação em curso de repente se evaporou.

Ponho a agenda de volta na gaveta.

"É melhor esquecer isto", sussurro.

O canto da boca de Keith registra um quase imperceptível e momentâneo sinal de superioridade. Eu me lembro de quantas vezes, no passado, fui ofendido do mesmo jeito por ele. As coisas começam como um jogo e acabam como um teste, no qual sou reprovado.

Ele tira a agenda da gaveta de novo e lentamente vira as páginas.

"Mas se é alguma coisa particular...", imploro.

"Bote no caderno", ordena.

Ele fica olhando enquanto eu escrevo a data e marco um x na frente dela com relutância. Já estou a meio caminho da porta, quando vejo que ele ainda está junto à escrivaninha, virando mais páginas da agenda.

"Mais uma coisa", diz ele. "Uma coisa diferente."

Hesito. Mas afinal, claro, tenho que voltar atrás e olhar por cima do seu ombro. Aponta um sábado em fevereiro. Há um pontinho de exclamação junto à data.

"Tome nota disto", ordena.

Vira as páginas outra vez. Mais letras x. Mais pontos de exclamação. Ao tomar nota delas, percebo que começa a aparecer um modelo. O x, seja lá o que for, surge uma vez por mês. Algumas vezes está riscado e registrado um dia ou dois antes ou depois. O ponto de exclamação, no entanto, só apareceu três vezes neste ano, e em intervalos irregulares — num sábado em janeiro, num outro sábado em março e numa quinta de abril. Nesta última, fico meio perturbado ao ver também a anotação "aniv. de casamento".

Um sentimento de mistério começa a se sobrepor ao meu mal-estar. Olho a mãe de Keith sorrindo timidamente para nós através do véu. Não consigo entender. Ela é *mesmo* uma espiã alemã. E não do modo como o sr. Gort é um assassino ou as pessoas que entram e saem de Trewinnick são membros de uma organização sinistra. Não do modo como qualquer pessoa na rua pode ser um assassino ou um espião alemão. Ela é literalmente... *uma espiã alemã*.

Passamos os olhos outra vez pela lista que escrevi no caderno de notas. Há alguma coisa que ela faz uma vez por mês. Alguma coisa com a qual ela tem que manter contato. Alguma coisa secreta. O que será?

"Ela se encontra com alguém", sugiro. "Encontros secretos. São todos planejados antes — só que de vez em quando a pessoa não vem, de modo que precisam trocar a data..."

Keith me olha sem dizer nada. Agora que eu botei meu cérebro para funcionar, ele está correndo mais que o dele ao menos uma vez.

"Então de quando em quando acontece alguma coisa", continuo, devagar. "Algo surpreendente, alguma coisa não planejada..."

Keith está se rindo por dentro, percebo. Não está atrasado no raciocínio, absolutamente — de alguma forma está na minha frente outra vez e simplesmente faz hora para me atormentar.

"Os encontros com x", sussurra ele finalmente, "quando é que acontecem?"

Sinto um arrepio na nuca. Pelo tom de sua voz, sei que lá vem alguma coisa estranha, mas não atino com o que seja.

"Uma vez por mês...", digo desarvorado.

Ele sacode a cabeça devagar, em negativa.

"Mas olha — é verdade. Janeiro, fevereiro..."

Sacode a cabeça de novo. "Uma vez a cada quatro semanas", replica.

Sinto-me perdido. "Qual é a diferença?"

Ele espera com aquele sorrisinho no rosto, enquanto olho a agenda de novo. É mesmo. A cada mês, o encontro parece vir um pouco mais cedo. "E daí?"

"Olha a lua", ele sussurra.

Volto ao começo, olhando as fases da lua junto de cada pequeno x. É, os x seguem o mesmo ritmo do calendário lunar. Todo mês o x está perto do mesmo sinal, a lua minguante. Olho para Keith.

"A noite sem lua", sussurra ele.

Minha nuca fica toda arrepiada outra vez. Vejo as possibilidades tão claramente quanto ele — o avião de luzes apagadas parando no descampado do campo de golfe, o pára-quedista caindo mansamente através da escuridão total...

Viro as páginas da agenda. O último x foi há duas noites. O próximo, dentro de vinte e seis dias. Depois disto, nada. Nenhum x, nenhum ponto de exclamação.

Um último encontro, então, na escuridão da noite...

E de repente a casa inteira se enche de uma música cascateante, confusa e mágica. Todos os três relógios estão tocando juntos.

Às primeiras notas vacilantes, nós já nos assustamos, jogamos a agenda lá dentro, batemos a gaveta com estrondo e nos vimos quase na porta.

E lá estava a mãe de Keith, em pé na soleira, parecendo tão assustada de se encontrar cara a cara conosco quanto nós com ela.

"O que estão fazendo aqui?", ela pergunta.

"Nada", diz Keith.

"Nada", confirmo.

"Tiraram alguma coisa da minha escrivaninha?"

"Não."

"Não."

Será que ela nos viu? Será que percebeu? Por quanto tempo

ficou ali nos observando? Agüentamos firme, sem saber como resolver a situação.

"E por que vocês estão com uma cara estranha?"

Keith e eu olhamos um para o outro. É verdade. Estamos mesmo com uma cara estranha. Mas é difícil saber que espécie de cara seria apropriada para conversar com alguém que, sabemos, acabou de ter um encontro com um mensageiro alemão. E que não podemos deixar que desconfie que sabemos.

Ela põe o livro que está segurando na escrivaninha, pega outro, hesita e franze a testa. "Isto aqui não é a sua lupa?", pergunta. "E o que está fazendo esta lanterna aqui? E o espelho?"

"Estamos só brincando", diz Keith.

"Vocês sabem que não podem brincar aqui; por que não vão brincar lá fora?"

Em silêncio, Keith põe a lupa no bolso. Em silêncio, colocamos a lanterna e o espelho de volta no lugar. Viro-me para trás, enquanto Keith abre a porta da frente. A mãe ainda está nos olhando pensativamente, da sala de visitas, quase tão curiosa sobre o nosso comportamento quanto nós sobre o dela.

E tudo no mundo mudou para além de qualquer imaginação ou lembrança.

Estamos brincando lá fora, como mandaram.

Ao olhar para trás no corredor dos anos, parece-me que essa ordem de ir brincar lá fora foi um dos momentos decisivos na história — dali em diante tudo teria tomado uma direção bem diferente se a mãe de Keith não tivesse feito aquela simples sugestão de improviso; se tivéssemos voltado para o quarto de brinquedos e discutido nossa devastadora descoberta lá, no mundo sereno e ordenado dos brinquedos oficiais de Keith. Mas, fora da casa, só havia um lugar onde podíamos conversar sem sermos observados ou ouvidos, e assim que chegávamos lá e atravessávamos a fronteira, entrávamos num país completamente diferente.

Se você conhece o lugar exato entre os arbustos que um dia foram a sebe de Braemar, é só abrir a cortina de vegetação e engatinhar por uma espécie de passagem baixa sob os galhos, até chegar a uma câmara secreta que havíamos cavado bem no meio da moita cerrada de arbustos. O chão é de terra batida. Uma luz verde se filtra através das árvores. Mesmo a chuva dificilmente chega até aqui. Quando estamos nesse lugar, ninguém no mundo pode nos ver. Estamos infinitamente longe da pasta de chocolate e das molduras de prata das fotos.

Dois anos antes, este era o nosso acampamento, onde planejamos várias expedições à selva africana e nos refugiamos da Polícia Montada Real Canadense. No último verão, foi o esconderijo de onde observávamos aves. Agora vai ser o quartel-general de um projeto muito mais sério.

Keith senta-se de pernas cruzadas no chão, os cotovelos nos joelhos, a cabeça nas mãos. Eu me sento de pernas cruzadas na frente dele, quase sem sentir os pequenos galhos espetando minhas costas, ou as criaturinhas dependuradas em fios que se enroscam no meu cabelo e caem pelo colarinho da minha camisa. Imagino minha boca meio aberta, enquanto mais uma vez espero humildemente que Keith anuncie o que devemos pensar e fazer.

Acho muito difícil reconstruir agora o que estou sentindo — é uma coisa muito grande e complexa. Talvez o *tamanho* dos sentimentos seja a coisa mais notável neles. Depois de tantos dias e anos de pequenos medos e tédios, de pequenas aflições e descontentamentos, a importância baixou sobre nós. Confiaram-nos uma tarefa grande. Temos que defender nossa pátria de seus inimigos. Sei que isso envolverá dificuldades aterradoras e dolorosos conflitos de lealdade. Tenho uma intuição profunda da solenidade e tristeza das coisas.

Sinto mais fortemente do que nunca a honra da minha associação com Keith. A família dele tomou proporções heróicas de personagens de lenda — pai nobre e mãe traidora que representam o eterno conflito entre o bem e o mal, entre luz e trevas. Agora o próprio Keith está encarregado pelo destino de tomar o seu lugar ao lado deles, de manter a honra de um pela punição do outro. A mim coube o papel de um modesto ponto de apoio na história, como o leal cavaleiro e escudeiro, requisitos de todo herói que se preze.

Acho que também entendo que ele é mais do que um protagonista nos eventos que estamos vivendo — que ele é, de algum modo misterioso, o criador deles. Já fez isso antes, com os assassinatos cometidos pelo sr. Gort, por exemplo, e a construção da estrada de ferro transcontinental ou a passagem subterrânea entre as duas casas. Em cada caso ele pronunciou as palavras, e as palavras se tornaram realidade. Ele contou a história, e a história criou vida. Nunca antes, no entanto, a história tinha se tornado *real*, real *de verdade*, do modo como se tornou desta vez.

Agora estou aqui sentado e olho para ele, esperando que anuncie a maneira pela qual vamos conduzir a aventura em que nos lançou. Ele está sentado e olha para o chão, profundamente mergulhado nos seus pensamentos, aparentemente sem se dar conta de minha existência. De vez em quando, ele tem desses momentos nos quais passo tão despercebido para ele quanto passo para seu pai.

Uma das minhas funções como seu escudeiro, no entanto, é oferecer sugestões inúteis para estimular sua imaginação .

"É melhor contarmos a seu pai."

Nada de resposta. Imediatamente depois de pronunciar as palavras, vejo a bobagem que falei. O quadro que as palavras configuram vem à minha cabeça. Vejo-nos nos aproximando do pai enquanto ele trabalha na garagem e assobia. Esperamos que olhe à volta ou pare para dar uma respirada. Ele não faz nem uma nem outra coisa. Keith tem que levantar a voz. "Papai, Stephen e eu andamos lendo a agenda de mamãe..." Impossível.

"Ou contar à polícia", tento.

Não tenho bem certeza do que quero dizer em termos práticos. Não possuo experiência nenhuma em relatar coisas à polícia — nem sei onde encontrar a polícia, quando é preciso. Os policiais aparecem quando aparecem, andando devagar em frente às lojas, subindo a rua de bicicleta. E agora um policial faz minha vontade e vem pela rua, pedalando dentro da minha cabeça. "Desculpe-me", diz Keith, enquanto eu espero educadamente atrás dele. O policial pára e põe um pé no chão, como fez naquele dia em frente da casa da tia Dee. Olha para mim e para Keith do mesmo jeito desconfiado que olhou para as crianças correndo animadamente rua acima atrás dele. "Minha mãe é...", diria Keith.

Mas as palavras se recusam a tomar corpo na minha imaginação. Não ditas a um policial. De qualquer jeito, Keith não responde.

Nova tentativa: "Poderíamos escrever uma carta anônima para o senhor McAfee".

O sr. McAfee de vez em quando se transforma num tipo de policial, à tarde ou no fim de semana, apesar de usar um quepe achatado em vez de um capacete. Pelo menos sabemos onde encontrá-lo — na casa vizinha à de Keith. Nós já lhe escrevemos uma carta anônima uma vez antes, dando uma informação sobre o sr. Gort. O próprio Keith escreveu, disfarçando a letra. Endereçou-a ao sr. Mercaffy e contou que havíamos encontrado quatro vértebras humanas. Até hoje não há sinal de que o sr. Gort tenha sido preso.

Keith sai do transe. Procura dentro dos galhos no fundo da câmara a pedra chata escondida e pega a chave que guardamos debaixo dela. De um lado da câmara tem um baú de lata preta, amassado, que resgatamos do entulho da casa fechada. Keith abre o cadeado que me deram no último aniversário para trancar a bicicleta e coloca o diário entre outras coisas que guardamos lá, tão bem-arrumadas como os brinquedos de Keith. Há um pedaço torto de metal cinzento de um avião alemão atingido. O toco de um lápis de cor, do tipo usado pelos professores para correções, que escreve azul de um lado e vermelho do outro, retirado, como o próprio baú, dos restos quebrados da vida da srta. Durrant; um toco de vela e uma caixa de fósforos; quatro balas de calibre 22 que Keith trocou na escola pelo modelo de um tanque e a bandeira inglesa que dependuramos nos galhos sobre o baú para comemorar o Dia do Império e o aniversário do rei.

De dentro da mala, ele tira nossa propriedade mais secreta e sagrada — a baioneta com a qual o pai dele matou cinco alemães.

Esta simples descrição, no entanto, não faz justiça à complexidade metafísica do objeto que Keith está segurando. É e não é ao mesmo tempo a baioneta secreta, assim como o vinho e a água são e não são o corpo e o sangue de um ser que é e não é um deus. Em sua natureza física é uma faca comprida e reta de trinchar, que encontramos como tantas coisas mais nas ruínas da casa da srta. Durrant. Falta o cabo de osso, e Keith afiou a lâmina na pedra de amolar da bancada do pai, de modo que é afiadíssima dos dois lados e tem uma ponta como a de um florete. Em sua natureza interior, no entanto, possui a identidade da baioneta que vai com o pai para o Serviço Secreto nos fins de semana, com todos os seus atributos sagrados.

Keith a estende para mim. Eu ponho a mão na parte chata da lâmina, com um tremor consciente da agudeza de cada gume. Olha-me dentro dos olhos.

"Juro", diz ele.

"Juro", repito.

"Nunca revelar nada disto para ninguém, a não ser quando e se permitido."

"Nunca revelar nada disso para ninguém, a não ser quando e se permitido", recito, solenemente. Não solene o bastante, todavia, para deixar a mente de Keith completamente tranqüila. Ele continua a segurar a lâmina, olho no olho.

"Com a permissão de Keith Hayward." — "Com sua permissão, Keith Hayward."

"Que Deus me ajude, ou meu pescoço será cortado e esperarei a morte." Repito as palavras o melhor que posso, minha voz subjugada pela seriedade dele.

"Stephen Wheatley", conclui ele. "Stephen Wheatley", concordo.

Põe a baioneta com cuidado sobre o baú.

"Aqui será o nosso posto de observação", anuncia. "Vigiaremos a casa daqui, e, quando a virmos sair, nós a seguiremos. Faremos um mapa de todos os lugares em que ela for."

Preparamo-nos para a tarefa abrindo janelas discretas na sebe verde, pelas quais podemos ver tudo que se passa na Vila, e principalmente na casa de Keith, que fica um pouco acima, no outro lado da rua.

Uma dificuldade prática me ocorre. "E a escola?", pergunto.

"Faremos tudo depois da escola."

"E o chá e o jantar?"

"Podemos fazer um rodízio."

Mas o tempo em que vamos ter que segui-la para valer, claro, é na escuridão do fim do mês, quando ela for ao seu encontro secreto.

"E se for à noite? Não podemos sair à noite."

"Esconderemos nos nossos quartos cordas amarradas com nós. Sairemos pela janela e nos encontraremos aqui. Tiraremos mais velas do abrigo antiaéreo."

Eu estremeço. Já posso sentir os nós duros e ásperos da corda nas minhas mãos e o friozinho misterioso da noite. Vejo as velas piscando e a escuridão profunda lá fora. Posso ouvir os passos macios dela na nossa frente, enquanto a seguimos em direção às lojas — passando a estação — através dos arbustos acima da pedreira — e no gramado verde...

"Mas, *depois*, o que faremos?", pergunto. A certa altura deste notável projeto, acho que teremos que entregá-lo ao mundo adulto, para que tome alguma providência.

Keith pega a baioneta silenciosamente e olha para mim.

O que ele quer dizer? Que vamos prendê-la encostando a baioneta nela? Ou que vamos seguir o exemplo do pai de Keith e enfiála nas costelas do mensageiro com quem ela vem se encontrando?

Não quer dizer que vamos...? Não a própria *mãe*...!

Keith baixa as pálpebras. O rosto está impassível e impiedoso. Muito parecido com o do pai. Ele olha como o pai deve ter olhado numa aurora cinzenta da Grande Guerra, quando acoplou sua baioneta ao revólver para a batalha que se aproximava.

Estremeço de novo. A noite sem lua... Posso senti-la me rodeando, pressionando meus olhos...

Keith abre a mala outra vez. Retira um ladrilho comum de banheiro que encontramos no entulho da casa e o toco de lápis colorido. Com a parte vermelha escreve em letra de forma uma palavra no ladrilho e o espeta na forquilha de um arbusto na entrada do corredor.

"PRIVET"*, diz o ladrilho.

Não quero levantar dúvidas sobre a inscrição que ele acaba de fazer com tanta segurança e autoridade. De qualquer modo, o sentido é bastante óbvio — estamos começando uma longa viagem numa solitária estrada onde ninguém nos pode seguir.

* O personagem quis escrever "*private*" (propriedade privada), mas acabou escrevendo "*privet*" (ligustro), que lembra "*privy*" (privada). (N. E.)

4.

Ela está inclinada sobre um radiotransmissor escondido nos porões do velho castelo, digitando em código Morse, e estou prestes a saltar de detrás de um painel secreto para enfrentá-la, quando percebo que chamam meu nome, e retorno das sombras do castelo para descobrir que o professor Pawle está encostado na lousa com uma paciência irônica enquanto a classe inteira me olha dando risadinhas, esperando que eu responda à pergunta que me foi feita; mas não tenho a mais remota idéia de qual foi a pergunta nem de qual é a matéria da aula em que estou.

Na hora do almoço, Hanning e Neale cumprem sua rotina de agarrar minhas orelhas e sacudir minha cabeça para a frente e para trás, enquanto cantam "Stephen só é bom pra levar cachação", e desta vez me sinto forte em relação a eles pela importância do segredo guardado entre minhas duas sofridas orelhas.

Logo que volto da escola, vou direto para o esconderijo e começo a vigiar a casa dos Hayward. Mas, nem bem acabo de chegar lá e já tenho que ir para casa tomar meu chá; e mal voltamos do chá — eu, do meu e Keith, do dele — e já temos que ir fazer lição de casa, jantar e dormir. É como eu previa. Temos uma tarefa de importância nacional pela frente e vivemos o tempo todo frustrados pelas insignificantes obrigações da vida cotidiana.

"Vê se pára quieto!", diz minha mãe, enquanto eu me contorço à mesa de jantar suspirando sobre o peixe cozido ou a tradução de latim. "O que foi que deu em você?"

Geoff abre seu sorriso mais mordaz. "Outro joguinho que seu amigo doido inventou?", pergunta. "O que é desta vez? Não estão mais atrás do homem-macaco no campo de golfe, estão?"

Agüento tudo em silêncio. Gostaria de dar uma dica bem enigmática e ver a cara deles. Mas não faço nada. Jurei e vou manter o espírito e a letra.

"E *agora*, aonde é que você vai?", grita minha mãe, enquanto limpo a boca nas costas da mão, ou fecho o caderno de exercícios, e me levanto de repente para retornar ao meu posto. "Não vai de novo para a casa do Keith hoje à noite, *já* vou avisando!"

"Eu sei, eu sei — *não* vou para a casa do Keith!"

"Não, agora eles vão se enfiar no jardim alheio e se esconder", diz Geoff.

"Você não sabe o que estamos fazendo!"

"Vi vocês, cara! Perambulando perto da casa do senhor Gort à procura de homens-macaco! É o diabo de um absurdo, sabe, na idade de vocês."

Eu também *vi* Geoff perambulando perto da casa de Deirdre Berrill. Mas é vergonhoso demais para trazer à baila, mesmo numa discussão.

"De qualquer jeito", diz minha mãe, "hoje você bem que podia ficar em casa, para variar. Afinal de contas, é sexta-feira."

É. Para complicar ainda mais as coisas, é sexta-feira de novo. Sempre me dizem que seria *bom* eu ficar em casa na sexta, por alguma razão, e há sempre uma reprovação não-dita no ar se não dou bola e saio.

"Além disso, seu pai está em casa — ele nunca vê *você*!"

Para coroar tudo, meu pai está mesmo em casa. Está tirando uma soneca na poltrona outra vez e começa a acordar com o som da discussão. Sorri sonolentamente para mim e apóia a causa de minha mãe ao demonstrar prazer por me ver depois de tanto tempo.

"Então", diz ele, com seu jeito calmo e cuidadoso. "Stephen! Muito bem, muito bem. Senta aí, vamos conversar!"

Sento-me com a maior má vontade na outra poltrona. Sexta-feira — meu pai — preciso prestar conta da minha vida. Estou perdido.

"Conversar sobre o quê?", pergunto.

"O que fez na escola hoje, por exemplo."

O que posso dizer? Contar que o professor Sankey puxou minha orelha direita porque eu não sabia o ablativo de *quis*; ou que o professor Pawle puxou minha orelha esquerda porque eu estava tão ocupado vendo a mãe de Keith transmitir informações pelo rádio aos alemães que nem sabia o que ele estava me perguntando; ou contar que Hanning e Neale puxaram minhas duas orelhas ao mesmo tempo, porque, mesmo tendo sido advertido milhares de vezes, insisto em continuar a ser miudinho, fracote e Wheatley?

"Revisando as matérias", respondo.

"Revisando o quê?"

Acho dificílimo lembrar. "Ah, equações e coisas assim. O Canadá, em geografia. Trigo e minerais e sei lá mais o quê."

"Ótimo", diz ele. "Excelente. Então me dê o valor de x em $7x^2 = 63$."

Olho para fora, pela janela, e sobre a cabeça dele está dependurado um sinal cabalístico. É o fantasma pálido da lua nova, um C de trás para a frente no azul-claro do céu, como um presságio só visível para mim. O calendário celestial começou a marcar os dias. Primeiro a lua vai inchar, depois vai diminuir até sumir na escuridão. Vai desaparecer como no x da equação que temos que resolver.

Esqueci os termos da equação que meu pai me propôs. "Não fazemos esse tipo de equação", digo, impaciente.

"Não? Muito bem, então. Qual é o valor anual aproximado da produção de trigo do Canadá em dólares canadenses ou libras esterlinas? Responda como preferir."

Dou de ombros, desanimado. Como diabos posso me preocupar com a economia do Canadá quando sei que há um agente estrangeiro ali perto, sob o sol da tarde, estudando a geografia deste nosso bairro? Marcando as coordenadas da fábrica de munições onde o sr. Pincher trabalha... Descobrindo laboratórios secretos de pesquisas ali em Paradise... talvez engendrando uma das maiores façanhas de espionagem, que será devidamente registrada com um ponto de exclamação...

Meu pai quer saber tudo da minha vida, agora que começou. Vai em frente com seu jeito meigo e cuidadoso. Estou me dando melhor com os outros meninos? Não me xingam mais? Isso porque um dia perguntei a minha mãe o que era um judeu. Ela não respondeu e foi só me empurrando até a sala de jantar onde meu pai estava trabalhando, com a papelada espalhada na mesa, e me fez repetir a pergunta. Percebi, naquelas alturas, claro, que um judeu deveria estar incluído na classe de coisas sobre as quais nunca se pode falar. Achei que tinha algo a ver com meninas.* Meu pai me olhou por muito tempo, do mesmo jeito que fizera quando eu lhe contara sobre a organização dos Juice nos Trewinnick. "Alguém chamou você disso?", perguntou. Balancei minha cabeça negativamente e fiquei vermelho. Ele continuou me

* O termo que Stephen ouve é "*sheeny*", um termo ofensivo para se referir a judeu em inglês. A proximidade com o pronome "*she*" permite a associação com assunto relativo a meninas. (N. E.)

olhando. "Alguém na escola?" "Não." "O que mais eles disseram?" "Nada." Ele suspirou, e esfregou os olhos do jeito que fazia quando estava cansado. "Não dê importância", disse, finalmente. "Paus e pedras, lembra-se?* E se alguém repetir isso na escola venha me dizer e vou lá conversar."

Não, eu digo a ele — ninguém está me xingando. Agora ele quer saber quais são os meus melhores amigos na escola. Quem é meu professor favorito? Estou gostando mais de ciências do que gostava?

O que *eu* quero saber, no entanto, é por que tenho que parar de brincar às sextas-feiras. Por que meu pai nunca matou alemão algum. Por que ninguém da minha família está na RAF. Por que temos um sobrenome tão embaraçoso como Wheatley. Por que não podemos nos chamar algo como Hayward. Há algo de triste em nossa vida e não consigo descobrir o quê. Às vezes volto da escola, e não me deixam entrar na sala da frente, porque algum homem melancólico e estranho está sentado lá dentro, esperando silenciosamente que meu pai volte para ter uma conversa triste com ele, que Geoff e eu não podemos escutar.

Já está quase na hora de deitar quando consigo escapar da minha família pouco interessante e saio correndo de casa. Saio do portão com tanta pressa que quase dou uma trombada na mãe de Keith. Está voltando para casa, voltando à Vila, vinda de não sei onde. Paramos os dois, espantados outra vez, tão desconcertados como um caçador de grandes animais e um tigre se defrontando, cara a cara.

"Nossa, Stephen!", diz ela. "Para onde *você* está indo nesta correria?"

* No original, "*Sticks and stones, yes?*", de um dito popular, corrente entre as crianças inglesas: "*Sticks and stones can break my bones but words can never hurt me*" [Paus e pedras podem quebrar meus ossos, mas palavras não me machucam]. (N. E.)

"Para lugar nenhum." Meu destino de sempre, claro, como ela imediatamente percebe.

"Keith já deve estar dormindo, Stephen, por que você não vem brincar amanhã?"

"Está bem", concordo indelicadamente, e volto correndo pra casa do mesmo jeito que tinha saído. De maneira abrupta.

Quando penso nesse encontro, mais tarde, depois que meu coração parou de pular até a boca, o que me impressiona não é só a tranqüilidade dela, mas algo mais. Parecia fora do mundo ao seu redor. Foi por isso que se assustou tanto — porque estava ocupada com seus pensamentos. E se dirigiu diretamente a mim. Acho que nunca fizera isso antes.

Em que coisas pensava? Ao me lembrar da expressão do rosto dela e do modo como me chamou de Stephen, sei que eram pensamentos tristes. Ocorreu-me pela primeira vez que trair o próprio país envolve uma certa angústia moral e que deve haver mais perguntas sem respostas pairando no ar na casa dos Hayward do que na minha.

Acho que só no sábado seguinte começamos uma espionagem séria. Espreitar do nosso posto através das longas horas vazias é como se estivéssemos observando a quase imperceptível corrente de um rio entediante de planície, marcada somente pelo passar ocasional de galhos secos ou mansos rodamoinhos.

O maior acontecimento da manhã é a chegada da carroça de leite. Primeiro os sinais de sua lenta aproximação: o trotar vagaroso dos cascos dos cavalos... o débil tilintar dos arreios, enquanto a carroça espera e parte novamente... E então sua aparição à nossa frente, com o leiteiro andando atrás, absorto no seu caderno de pedidos aberto e preso por um elástico... Outra espera, o cavalo perdido em pensamentos melancólicos, soprando ar pelo nariz e urinando aos jorros, enquanto o leiteiro pega as garrafas e continua pelo próximo conjunto de casas.

Keith o acompanha com o binóculo de observar aves e o vê subir pelo caminho que conduz à porta da cozinha de sua mãe. Seria o leiteiro outro membro do grupo? Espionando todos os segredos das casas que visita, anotando-os no caderno de pedidos, fornecendo as informações para que a mãe de Keith as passe adiante...?

"10h47", diz Keith, olhando o relógio de pulso que ganhou de aniversário, "chega o leiteiro". Escrevo no diário. "10h48 — o leiteiro vai embora."

Depois que o caminhão de leite se foi, Norman Stott sai do número 13, carregando uma pá e um balde barulhento. Passa bem na nossa frente, falando sozinho, meio triste, e desaparece do nosso campo de visão. Escutamos o barulho da pá raspando o cascalho. Não precisamos ver para saber o que ele está fazendo.

"Maçãs de cavalos." Era assim que meu pai chamava o esterco de cavalo, por alguma razão estranha que só ele saberia explicar.

As coisa se animam um pouco quando a sra. McAfee, do número 8, desce a rua devagar, segurando alguma coisa na mão, e vai até o número 13. Interessante. Os Stott não são o tipo de gente que os McAfee conhecem. A sra. Stott abre a porta. Conversam... A sra. McAfee dá para a sra. Stott a coisa que segura na mão... Keith a espreita com o binóculo.

"Um par de tesouras de poda", sussurra.

"Devo escrever no diário?", sussurro. Ele nega com a cabeça.

Três vezes por hora ouve-se o barulho abafado de um trem na linha de baixo, quando ele surge do talude por atrás da casa dos McAfee continuando sobre o aterro atrás dos Hayward, estrondando sobre o túnel que atravessa a viela atrás dos Sheldon e perdendo velocidade ao se aproximar da estação. Três vezes por hora se ouve o barulho de um trem na linha de cima, ganhando velocidade à medida que se afasta da estação, estrondando no túnel, esfalfando-se na subida do aterro para finalmente ser engolido pelo talude.

O cachorro dos Stott corre atrás do gato dos Hardiment rua acima, e depois, sem ter o que fazer, pára em frente ao nosso posto de observação e nos olha por bastante tempo, abanando o rabo, de um modo intrigado mas esperançoso. É um vira-lata de pêlo esbranquiçado e com uma mancha grande no meio das costas, tão proeminente como um círculo de identificação na asa de um avião. A atenção dele deve estar nos delatando não só para a rua inteira mas para qualquer avião inimigo que esteja de passagem.

Afinal, perde o interesse em nós. Abre a boca, levanta a perna sobre o nosso esconderijo e vai embora embolar-se no meio da rua. Mesmo o esterco achatado de cavalo é mais interessante para ele do que nós.

Pode haver coisas interessantes acontecendo nas casas do nosso lado da rua, mas não podemos vê-las. Do outro lado, nada mais acontece na casa de Keith depois da passagem do leiteiro, nada nos Sheldon ou na tia Dee, ou nos Stott, ou nos McAfee...

Percebemos algumas movimentações no sr. Gort e em Trewinnick. O sr. Gort sai pela porta da frente, permanece incerto no meio da rua por um tempo e volta para dentro. Em Trewinnick, uma mão misteriosa abre as cortinas de cima atrás das plantas verdes, mas não conseguimos perceber de quem é a mão. Sempre houve alguma coisa de sinistro em relação à casa do sr. Gort e de Trewinnick, é claro. Mas há alguma coisa de sinistro em relação a *todas* essas casas silenciosas, quando se olha para elas desse jeito. Quanto menos coisas acontecem do lado de fora da casa, mais certo se pode estar de coisas estranhas estarem acontecendo lá dentro...

O sol sai. O sol volta.

Lentamente o estranhamento de tudo se esvai, e um tédio de

chumbo desce sobre a rua. Minha atenção se desvia. Pego o binóculo e olho para Keith do lado errado. Ele o arranca de minhas mãos.

"Vai desfocá-lo", fala baixinho. "Vá embora para casa se estiver cansado, camarada."

A voz do pai, e outra das expressões do pai.

Não quero mais brincar deste jogo. Fico de cócoras no chão duro sob os arbustos sem graça, com os galhinhos espetando minhas costas e as lagartas escorregando pelo meu pescoço, e, rebelde, mantenho os olhos não na rua totalmente sem assunto mas nas formigas que se apressam no chão empoeirado. Percebo que estou cansado de fingir que acredito em todas as coisas que Keith me diz. Estou cheio de obedecer o tempo todo, também.

"E sabe do que mais?", pergunto. "Meu pai também é um espião alemão."

Em silêncio, Keith ajusta o binóculo.

"É mesmo", repito. "Tem encontros secretos com gente que vai lá em casa. Falam numa língua estrangeira. É alemão, eu já escutei."

Desta vez os lábios de Keith registram um divertimento desdenhoso. Mas é verdade! Meu pai se fecha *mesmo* com uns visitantes misteriosos — e falam *mesmo* numa língua estrangeira. Já os *escutei* muitas vezes. E por que não poderia ser alemão? Por que meu pai não pode ser um espião alemão se a mãe de Keith é espiã, e nem mesmo conversa como os outros em outras línguas — e a única coisa que ela faz é marcar sinais bobos na sua agenda que não significam nada?

Eu *vou* para casa. Começo a engatinhar pela passagem para sair.

"Lá vem ela", sussurra Keith.

Paro e olho, sem querer. A mãe de Keith apareceu na direção da porta da cozinha com a cesta de compras no braço. Fecha o portão do jardim com todo cuidado e vai andando pela rua no seu jeito calmo. Nós dois observamos, hipnotizados. Keith se esquece até do binóculo. Ela passa Trewinnick e a casa do sr. Gort e abre o portão da tia Dee. Vai caminhando pelo atalho que leva à casa, acena rapidamente para a janela da sala de jantar, abre a porta da frente e some lá dentro.

Pego o diário automaticamente. "12h17", murmura Keith. Eu escrevo. Nosso tédio desapareceu, e todas nossas implicâncias mútuas e meu descrédito desapareceram com ele.

Olhamos fixamente a casa de tia Dee, sem dizer uma palavra. A sensação da estranheza das coisas volta. Por que Keith tem uma tia que mora tão perto? Tias não moram na mesma rua que você! Moram em lugares remotos, aonde se vai uma ou duas vezes por ano no máximo, e de onde elas só saem no Natal. E a mãe de Keith visita a irmã não duas ou três vezes por ano mas *todo dia*. Enquanto olho as amendoeiras e o madeiramento marrom da casa da tia Dee, começo a ver pela primeira vez a estranheza daquele relacionamento. Quando vamos visitar tia Nora ou tia Mel, todos sofremos juntos. A mãe de Keith vai ver tia Dee sozinha. Sempre sozinha. Todo dia. Sobre o que será que tanto conversam?

Penso na foto da escrivaninha da mãe de Keith, e passa pela minha cabeça, pela primeira vez, que, se eram irmãs quando pequenas, devem ser irmãs até hoje. Um pensamento extraordinário. É verdade que quando minha mãe conversa com meu pai, algumas vezes se refere à minha tia Mel como irmã dela, mas nunca me ocorreu que irmãs adultas fossem irmãs do mesmo jeito que Deirdre e Barbara Berrill são agora. Tento imaginar a mãe de Keith e tia Dee com ciúme e fofocando... ou cochichando segredos uma para a outra...

Que segredos terão, agora que cresceram? Segredos sobre o tio Peter, talvez. Onde está e o que anda fazendo — pedacinhos de informações pessoais aparentemente inofensivas. Mas é delas que a mãe de Keith poderá juntar os cacos e imaginar as operações do Comando de Bombardeios... Neste momento tia Dee pode estar mostrando à mãe de Keith a carta que acabou de receber do tio Peter. Nela estão uns comentários descuidados sobre a próxima licença dele que pode ser cancelada, e de como está louco para levar a guerra até Adolf Hitler pessoalmente... e quando o esquadrão chegar a Berlim na próxima missão, a Luftwaffe estará lá misteriosamente esperando por eles... O avião de tio Peter será o primeiro a ser atingido...

Ou seria a tia Dee uma espiã, também? Agora vejo o tio Peter voltando para casa de licença, subindo a rua do jeito que subia antes, com o quepe torto e todas as crianças à volta dele. Só que desta vez não estão tentando tocar no uniforme, nem pedindo para experimentar o quepe. Gritam que tia Dee não está — foi desmascarada como espiã, está presa. E onde está Milly, a filhinha deles? Sentada sozinha na sala da frente, chorando e abandonada... Sinto um nó na garganta. Tenho pena de tio Peter, tenho pena de Milly.

A porta da frente de tia Dee se abre e a mãe de Keith sai. Tia Dee fica na soleira olhando, sem sorrir, a mão na boca como se prestes a mandar um beijo, enquanto a mãe de Keith sai pelo portão e vai andando pela rua com sua sacola. Vai às compras outra vez, para ela e tia Dee.

"Tempo?", pergunto aflito, pegando o diário, ao ver tia Dee fechar a porta da frente, sem mandar o beijo ainda preso nos lábios.

Mas Keith já está se arrastando pela passagem, diário esquecido. Vou atrás dele o mais rápido que posso. Vamos seguir sua mãe indo às compras.

Quando saímos dos arbustos, ela já virou a esquina da casa dos Hardiment e entrou na outra rua. Corremos para a esquina atrás dela, e olhamos cuidadosamente lá pelo fim da cerca dos Hardiment.

Ela desapareceu.

Só há uma saída quando se chega ao final da Vila, e fica à esquerda — porque se formos para a direita, a rua morre quase imediatamente numa trilha difícil que desaparece no capinzal dentro do túnel escuro e sem uso sobre o qual os trens rugem de forma tão ameaçadora. À esquerda fica a Avenida, ladeada de pequenas cerejeiras em flor, que leva direto à rua principal e às lojas para onde a mãe de Keith está indo.

A Avenida é um tipo de rua completamente diferente da Vila. As casas até que se parecem se as olhamos superficialmente, mas logo que se vira a esquina percebe-se que é território estrangeiro, o começo do mundo exterior. Logo depois da esquina você dá de frente com o Esforço de Guerra — uma bagunça malcheirosa ao redor das latas onde se jogam os restos da comida do bairro para os porcos. No final, na esquina da rua principal, fica a caixa de correio onde a mãe de Keith posta toda aquela torrente de correspondência suspeita. Logo depois, já fora da visão, estão as lojas que ela freqüenta tanto e o ponto de ônibus onde espero o 419 para ir à escola. Lá fica a Paradise — estação onde meu pai pega o trem todas as manhãs —, a fábrica de munição onde o sr. Pincher dá suas roubadinhas, o campo de golfe onde os aviões alemães aterrissam no escuro...

A Avenida se estende à nossa frente agora, clara e reta, as latas de comida de um lado, a caixa de correio do outro. O menino do açougue Hucknall está entregando carne numa casa bem no meio da rua, à direita. Na calçada da esquerda, dois meninos que conheço de leve da fila do ponto de ônibus estão provocando um cachorrinho branco — o tipo de comportamento que se espera dos meninos dessa área... Mas não há sinal da mãe de Keith. Ela atravessou o caminho todo até a rua principal em menos tempo do que levamos para andar metade da extensão da Vila.

Corremos estupidamente atrás dela. Quando chegamos à esquina de cima, estamos os dois sem ar. Escondemo-nos atrás da caixa de correio e olhamos para a esquerda, para a fileira de lojas. Bicicletas, carrinhos de criança, gente. Duas senhoras mais velhas no ponto do ônibus descendo do 419, e três crianças de maiô entrando... Meus olhos piscam, movem-se de um lado para o outro, lutam para descobrir o detalhe familiar que estamos buscando... Não vejo nada. Olhamos do outro lado da rua principal para a trilha esburacada de carroças que leva a Paradise... Nada. Esgueiramo-nos para o lado da caixa de correio e olhamos em direção à estação e ao campo de golfe... Não.

Ela já deve estar numa das lojas. "Você olha em todas as lojas desse lado", ordena Keith. "Eu olho as do outro. Não deixe que ela o veja."

Corro de uma loja conhecida a outra. A padaria Court, com um cheiro de pãozinho doce brilhante de glacê que instantaneamente me faz sentir fome... mas nenhum sinal da mãe de Keith. Coppard, com outro cheiro conhecido e delicioso, de lápis e livros, doces e jornais. A sra. Hardiment está ali, procurando romances na pequena biblioteca circulante. Mas a mãe de Keith não está... A fila do verdureiro. Não sei como fazer para que ela não me veja, se estiver na fila e de repente se virar... Mas ela não está. Outra fila no açougue Hucknall, claro... mas não está lá também. Wainwright, onde vou com Keith às vezes para ajudá-lo a carregar grandes sacos de ração para as galinhas... Difícil ver por causa dos sacos de grão e ração empilhados na calçada e lá dentro, na apertada escuridão de cheiro acre. Mas não acho que esteja lá...

Não está na farmácia nem na loja de tecidos, ou em qualquer outra das lojas do lado de Keith. Desapareceu de vez. Vamos andando de volta pela Avenida, devagarinho, tentando entender. A sacola de compras era apenas uma camuflagem, explica Keith. Ia a um encontro. Mas onde?

"Deve ser em uma das casas da Avenida", sugiro. Parece lógico, mas ao olhar para as casas vê-se logo que as pessoas que moram ali não são do tipo que os pais de Keith conhecem. É difícil imaginar a mãe de Keith subindo os degraus de qualquer uma daquelas casas, mesmo pelas mais urgentes e sinistras razões. Keith não comenta a sugestão. "Este bueiro...", ele murmura, ao passarmos pela tampa de metal cheia de pregos, perto das latas de comida para os porcos. É o mais provável, certamente. Pode ser a entrada de uma das passagens secretas espalhadas pelo bairro. Neste caso ela pode estar em qualquer lugar agora — no campo de golfe, por exemplo, na velha pedreira, ou em alguma casa remota no campo, com janelas fechadas e cães de guarda...

Na realidade ela estava, como descobrimos um minuto depois, no lugar mais prosaico. E mais surpreendente.

Na casa de tia Dee.

A porta da frente se abre quando passamos e a mãe de Keith aparece, com a cesta de compras no braço. Sinto um arrepio, o mesmo que senti quando encontramos o código na sua agenda. Não é possível! Foi até as lojas antes que chegássemos ao fim da Vila e voltou quase que imediatamente. Ou então fomos nós dois que voltamos no tempo, e os últimos quinze minutos absolutamente não existiram. A tia Dee está de pé na soleira outra vez. Outra vez a mãe de Keith sai da casa. Desta vez, no entanto, ela não vai em direção às lojas mas para casa, só que pára ao se encontrar com Keith e comigo.

"O que andaram aprontando a manhã toda?", pergunta, andando amigavelmente ao nosso lado, enquanto tia Dee acena para nós e fecha a porta.

"Brincando", responde Keith. Pela voz dele vejo que está tão abalado quanto eu.

A mãe também percebe que alguma coisa está errada. Ela nos olha atentamente.

"Ah, meu Deus — mais caras estranhas", diz ela. "Está acontecendo alguma coisa misteriosa? Alguma coisa que não posso saber?"

Não dizemos nada. Acho que poderíamos simplesmente perguntar a ela por onde tinha andado, mas a idéia não ocorre a nenhum dos dois. O mundo se tornou um desses sonhos nos quais você acha que já viveu tudo aquilo antes. A não ser que a visão dela saindo da casa da tia Dee há quinze minutos tenha sido uma invenção de nossas cabeças...

"Bom, crianças", diz ela, "seja o que for que estejam aprontando, lamento dizer que é preciso dar um tempo agora, pois está quase na hora do almoço."

O que teria nos alarmado mais — viver num sonho ou numa história que tivesse dominado as nossas lembranças?

Discutimos o problema de trás para a frente e vice-versa, enquanto ficávamos sentados no posto de vigia nos dias que se seguiram, esperando para tentar de novo. É possível que a passagem secreta do bueiro tenha uma ramificação que leve de volta à casa da tia Dee. Ou pode existir uma maneira pela qual ela consegue se espremer pelos fundos do jardim dos Hardiment, que corre ao lado da Avenida, depois pelo fundo de nosso jardim e do quintal dos Pincher — e voltar à rua pela Braemar, depois de ter desviado a nossa atenção.

Erguemos a tampa do bueiro. Há uma passagem secreta lá, mas tem um cheio horrível e parece não contar mais de trinta a sessenta centímetros de largura. Achamos uma tábua solta na cerca dos Hardiment mas, quando a forçamos, a passagem ainda é estreita demais para que qualquer um de nós possa se enfiar por ela, e de todo jeito há um monte de redomas de vidro amontoadas do outro lado.

Parece que não há nada a fazer a não ser montar guarda e esperar que ela saia outra vez.

Enquanto isso, o que vemos do nosso vantajoso posto? Ou sonhamos que vemos, ou imaginamos que vemos, ou imaginamos depois que nos lembramos de ter visto?

O policial. Subindo lentamente a rua de bicicleta, aparecendo e desaparecendo por entre as folhas... Não, o policial foi antes, antes de a história começar... Mas, por outro lado, ele não deve ter vindo até a sra. Berrill ter visto o intruso... Ou houve dois policiais diferentes, um antes, outro depois, que se juntaram na minha memória?

O que vejo agora através da folhagem é tio Peter, de licença, de pé na frente da casa, com o uniforme azul pontilhado de cor-de-rosa pela neve que cai das amendoeiras, sorridente e feliz, cercado por todas as crianças da Vila. Elas ficam de boca aberta diante dele, subitamente mudas, as expressões de adoração refletidas em cada botão de latão brilhante do seu uniforme. A águia do chapéu levanta a orgulhosa cabeça sob a coroa dourada e vermelha, e abre as asas douradas de modo protetor sobre o Norman e o pobre Eddie, sobre as gêmeas Geest, sobre Roger Hardiment e Elizabeth Hardiment, sobre os dois meninos Avery e as duas meninas Berrill, até sobre meu irmão Geoff...

Não, *isso* também foi antes. Tem que ter sido, se a amendoeira estava em flor. Keith e eu não estamos observando do nosso esconderijo — estamos no meio dos outros, transfigurados como eles pela luz dourada dos botões, orgulhosos debaixo do olhar altaneiro e soberbo da águia...

A não ser que nunca o tenhamos visto, e ele simplesmente tenha descido da foto com moldura de prata da lareira dos Hayward... Mas há algo de que me lembro muito bem, tão vivamente como posso me lembrar de qualquer outra coisa na vida: *as cores!* O azul do uniforme, o rosado dos botões das amendoeiras, as duas manchas de vermelho-sangue aveludado na coroa sobre a águia. E me lembro dos sons! Do riso dele, do riso de Milly. Ele e Milly riam porque ele a segurava nos braços, e ela se esforçava para agarrar o bordado bonito e dourado do chapéu...

E agora é de noite, e o céu está de um alaranjado faiscante, e há homens com capacetes de aço correndo pelo emaranhado de mangueiras de água na nossa rua... Mas isso era quando eu olhava por trás de meu pai, no portão de nossa casa, muito antes, quando a casa da srta. Durrant ainda tinha uma cerca muito bem podada na frente...

O que finalmente eu vejo do nosso esconderijo, entretanto, o que eu vejo com certeza é a mãe de Keith outra vez.

Estou sozinho. Acho que Keith ficou em casa para ajudar o pai a construir uma nova extensão do galinheiro. Mas, de repente, lá está ela, fechando o portão do jardim com cuidado atrás de si e andando pela rua, como sempre, sem pressa e composta. Passa por Trewinnick e pela casa do sr. Gort... e entra na casa de tia Dee.

Abro o diário. "17h00", acho, pois o relógio está com Keith no galinheiro. "Ela entra..."

Mas logo ela sai de novo. Está fechando a porta da frente da casa da tia Dee e desce pelo caminho do jardim, segurando uma carta e não uma cesta de compras. Vai ao correio para tia Dee.

Arrasto-me pela passagem, pernas e braços numa trapalhada por causa da minha agitação. E vou ser *eu* a solucionar o mistério!

Quando me vi livre dos arbustos, ela já tinha virado a esquina dos Hardiment e sumido. Corri atrás dela, mais depressa do que jamais corri na vida.

Mais uma vez a Avenida se estende à minha frente, clara, reta e vazia, das latas de comida de porcos deste lado à caixa de correio do outro.

Desta vez não saio correndo pela Avenida atrás dela: fico parado e raciocino. Não levei mais do que — sei lá — uns dez segundos para alcançar a esquina. Ela não pode ter chegado na caixa de correio em dez segundos, mesmo correndo. Nem acho que possa ter aberto a tampa do bueiro, entrado lá dentro e tampado de novo. Não poderia ter se esgueirado pelo buraco da cerca dos Hardiment, tampouco.

Ela *tem* que estar em uma das casas — não há outra possibilidade. Tento pensar com clareza. Saí correndo da quarta casa da Vila, de modo que ela não pode ter ido muito mais longe do que quatro casas da Avenida. Passo devagar em frente às primeiras seis casas dos dois lados e olho cada uma por vez, com todo o cuidado. Não sei o que espero ver. Um vislumbre dela através de uma das janelas, talvez... um rosto em algum lugar, montando guarda... uma antena de rádio de ondas curtas escondida atrás de uma chaminé...

Nada. Cada uma das casas é como todas as outras, de uma mediocridade sinistra. Ela poderia estar em qualquer uma delas.

Penso com cuidado de novo. Esteja onde estiver, cedo ou tarde, ela terá que sair. A única coisa que preciso fazer é esperar sem ser visto e observar.

Devagar me retiro para a esquina da Vila — andando de costas, de modo que nenhuma das casas da Avenida saia nem por um minuto do meu campo de visão. Mesmo que eu tenha que ficar aqui até a hora de dormir, preciso estar certo de que ela não entrou de novo na casa da tia Dee sem ser observada, para aparecer como uma alucinação, como fez antes.

Enquanto ando de costas na esquina dos Hardiment, um estranho pressentimento me faz virar e dar uma olhadinha para a Vila. E lá está ela, uma aparição de novo, em pé, na soleira da porta da tia Dee, meio virada já para ir embora, conversando com tia Dee. Mais uma vez tia Dee fica olhando, enquanto a mãe de Keith vai embora pelo portão.

Mais uma vez sinto a terra fugir debaixo dos meus pés.

Fico ali, estupefato, enquanto ela volta para casa. Não está mais segurando a carta. Não só voltou atrás como pulou para a frente no tempo, pois colocou a carta antes na caixa.

Talvez não tenhamos nos enredado numa história de espionagem, afinal, mas numa história de fantasmas.

Da outra vez que acontece, Keith está comigo e observamos a casa dele com tanta intensidade que vemos sua mãe imediatamente, assim que ela sai pela porta da frente. O pai de Keith está trabalhando no jardim. Ela pára e diz a ele qualquer coisa, sai pelo portão, fecha-o com cuidado atrás de si e desce a rua, mais uma vez com a cesta de compras debaixo do braço, tão calma e contida como sempre.

Entra na casa da tia Dee. Nós esperamos, encolhidos e tensos, prontos para nos mexermos. Desta vez vamos sair daqui antes que ela chegue na esquina. Vamos chegar à esquina antes mesmo que ela tenha tempo de alcançar o bueiro.

"Ela pode ter um tipo de foguete", murmuro.

Keith não diz nada. Eu já lhe contei todas as minhas teorias. Ele também não gosta da história de eu ter tido a última experiência na ausência dele.

Esperamos. Meus joelhos estão doendo de ficar agachado. Tento mudar meu peso de uma perna para outra.

"Ou um tipo de máquina do tempo", sugiro pela quinta vez, incomodado.

As pálpebras de Keith baixam. Eu entendo. Se as teorias envolvendo passagens secretas, foguetes, viagem no tempo e coisas do gênero tivessem alguma possibilidade de ser acatadas, de ter algum peso, precisariam ser ditas por ele, com a voz dele, não com a minha.

E agora lá está ela, saindo da casa de tia Dee com a cesta de compras. Imediatamente deixamos nosso esconderijo, os galhinhos machucando o rosto, minhas mãos pisadas pelas sandálias de Keith engatinhando na minha frente... Já estamos na rua, movendo-nos com absoluto e surpreendente silêncio, uns vinte passos atrás dela enquanto ela se dirige para a esquina...

Ela não nos escutou. Viramos a esquina e não a perdemos de vista nem por um instante...

E lá vai ela, nos deixando para trás, passando as latas de comida para os porcos. Paramos e a observamos, sem coragem de andar para a frente, sem ousar piscar ou respirar. Vamos ver o truque ser feito na nossa frente.

Ela continua a andar, ainda sem pressa, ainda tranqüila. Sempre em frente. Lentamente fica menor e menor...

Passa a caixa de correio... a esquina...

Em direção às lojas, como todo mundo.

Os dias vão passando e nada acontece. Só escola, e escola, e escola, e brigas com Geoff, e um número incalculável de horas de vigia tediosa e infrutífera.

Uma tarde nós a pegamos saindo com cartas na mão. Vai pela rua e passa pela casa da tia Dee sem entrar. Corremos para a esquina... e a vemos alcançar lentamente a caixa de correio e postá-las. Outro dia — deve ter sido um sábado — nós a vemos sair com a cesta de compras, parar na tia Dee... e sair acompanhada de tia Dee, com Milly no seu carrinho. Corremos para a esquina... e lá estão elas, desaparecendo normalmente na Avenida.

Uma vez nós até a seguimos até às lojas. Vemos que entra na

fila da padaria, na loja de tecidos, e a seguimos de volta até a Vila. Não há sinal de foguete ou máquina do tempo.

Chove, e a mãe de Keith não o deixa sair. Pára de chover, e ficamos sentados de mau humor debaixo dos galhos molhados do esconderijo, bocejando e implicando um com o outro. Sei que Keith não acredita mais na minha história do segundo desaparecimento, apesar de não dizer nada. Eu mesmo já comecei a duvidar. Até mesmo o primeiro desaparecimento, a que nós dois assistimos, foi arrastado para o domínio do passado, onde as coisas surpreendentes não surpreendem mais nem precisam de uma explicação urgente. Começamos a aceitar o mistério da mesma maneira que aceitamos a história da sarça ardente que não foi consumida, ou o milagre dos pães e dos peixes.

Os x e pontos de exclamação também já desapareceram nas brumas. Tornaram-se simples runas num texto arcaico. O conceito de noite, assim como o de horário duplo de verão dos tempos de guerra, que empurra o pôr-do-sol mais e mais para diante, para depois de nosso horário de dormir, parece remoto como a Idade Média. E as fases da lua, tão acadêmicas como qualquer outra bobagem.

E o pior: de repente nos achamos na defensiva. Dois olhos castanhos e um sorriso grande, de troça, nos olham através das folhas do esconderijo. É Barbara Berrill. "Vocês dois estão sempre brincando aqui. É o acampamento de vocês?"

Dou uma olhada para Keith. As pálpebras dele baixam, e faz a cara de desgosto do pai. Não diz nada. Nunca conversa com outras crianças da Vila, muito menos com meninas, e com certeza nunca com Barbara Berrill. Sinto minhas próprias pálpebras baixarem um pouco. Também não digo nada. Sou aguilhoado pela humilhante sugestão de que estamos simplesmente "brincando" num "acampamento", e não vigiando num esconderijo.

"Que brincadeira é essa? Estão espionando alguém?"

Keith não diz nada. Nem eu, mas meu coração fica pequeno. Nosso escudo de invisibilidade foi violado, nossos objetivos secretos descobertos. E por quem? Por Barbara Berrill, justamente por ela! Pensa que é superior a nós porque é um ano mais velha, mas não é superior coisa nenhuma, jamais a notamos. Tudo nela é macio e de menina. Os grandes olhos castanhos, o rosto redondo, o capacete de cabelo cortado como uma fôrma de pudim, que cai em cachinhos sobre as bochechas. O uniforme de verão da escola dela, quadriculado de azul e branco, e as pequenas e frescas mangas bufantes. O mais feminino e o mais irritante, por alguma razão, é a bolsa dependurada no pescoço, onde ela leva o dinheiro do ônibus e do leite para a escola, todos os dias. Está usando a bolsa agora. Por quê? Keith e eu não estamos de bonés do colégio ou carregando mochilas. Por que será que as meninas são assim?

"Quem é que estão espionando? O senhor Gort, ainda?"

Olha só quem fala. Acusa-nos de sermos espiões, quando ela mesma está espionando. E como ela sabe sobre o sr. Gort? Puxa, deve estar nos observando há séculos.

"Contem", implora. "Não vou espalhar para ninguém."

Continuamos sentados em silêncio, olhos no chão.

"Se não disserem alguma coisa é porque *estão* espionando... Certo, então vou dedurar vocês."

Os olhos castanhos desaparecem. "Keith Hayward e Stephen Wheatley estão espionando as pessoas!", ela diz bem alto. É impossível saber se tem gente escutando ou não. Ela repete, já lá embaixo, na rua. Continuamos sentados, mortos de vergonha, olhando para todos os lados menos para nós mesmos. Agora eu sei que a coisa toda — os desaparecimentos, as marcas secretas do diário, tudo — era apenas um dos nossos jogos de faz-de-conta. Até Keith sabe. Não há nada a fazer senão dar o fora do esconderijo e nos esgueirarmos pra casa.

Sabemos, sem precisar discutir, que não *podemos* sair dali até estarmos seguros de que Barbara Berrill não está mais por perto para ver nossa humilhação. Então esperamos. E continuamos esperando porque ainda podemos escutar a voz dela no fim da rua, rindo com os meninos Avery. Rindo de nós, com certeza.

As sombras se alongam. Vou levar a maior bronca se não chegar em casa antes das oito. Keith vai levar uma surra de vara.

Continuamos sentados, de cabeça baixa, escutando. Ouvimos um barulho de passos rápidos. Olhamos para cima; Barbara Berrill deve estar de volta.

Mas não é ela. É a mãe de Keith. Tem os braços cruzados e um casaco sobre os ombros — e anda depressa, descendo a rua no crepúsculo da tarde. Sobe depressa o caminhozinho da porta da frente da tia Dee, desce depressa quase que imediatamente e se dirige bem rápido para a esquina. Àquela altura, já tínhamos nos recuperado e alcançado a esquina também... A rua à nossa frente se estende sob o sol dourado, completamente vazia em todo o percurso até a caixa de correio lá no fim.

A caçada continua.

Só que agora não sabemos o que sobrou para procurar ou o que ainda falta tentar. Corremos até o bueiro e a tábua solta da cerca. Olhamos sem esperança para as casas e jardins.

Em nenhum lugar há a menor pista do paradeiro dela.

Cochichamos, empolgados outra vez, mas cada vez mais preocupados, mais e mais perdidos. Nós dois sentimos que está ficando tarde. No fim, temos é que ir para casa. Sei o que vai acontecer, é claro. Ela vai aparecer saindo da casa da tia Dee outra vez ao chegarmos na Vila, como se nós tivéssemos retornado ao começo da tarde e como se tudo ainda estivesse para acontecer.

E com uma espécie de inevitabilidade de sonho, ela aparece mesmo, só que desta vez de um ponto ligeiramente mais longe no espaço e no tempo — saindo da própria casa, dos Hayward, exatamente como fez antes, com o casaco ainda em volta dos ombros. Outra vez o mistério da coisa gela meu sangue.

"Por Deus, de que estão brincando, querido?", pergunta a Keith. Fala com calma, mas percebo pelo tom mais agudo da voz e pelo jeito de passar a mão impacientemente no cabelo e limpar com umas palmadinhas o ombro do casaco, que ela, uma vez na vida para variar, está zangada de verdade com ele. "Você conhece as regras. Sabe a hora de entrar em casa. Se você se comporta como uma criancinha, seu pai vai te tratar como uma criança."

Toda sua raiva visível parece reservada para o cabelo e os ombros. Continua a passar a mão nele e bater nos ombros como se estivesse inconscientemente imaginando o castigo que Keith levaria do pai. Ela e Keith voltam-se para ir embora. Nenhum dos dois me olha.

A última coisa que vejo é ela esfregando uma mão na outra. Ao passar a mão no cabelo e nos ombros, ela evidentemente tentava retirar alguma coisa, uma substância que estivesse grudada neles. Agora está nas mãos dela, e parece grudenta e difícil de se livrar.

E de repente sei o que é. Não é uma coisa grudenta. É *viscosa*.

E sei de outra coisa também. Sei onde esteve a cada vez que desapareceu.

Estremeço. As pequenas marcas na agenda são verdadeiras. A noite sem lua está chegando, e será mais assustadora do que jamais imaginamos.

5.

Tudo está como era; e tudo mudou. As casas continuam lá, mas tudo o que um dia disseram, não dizem mais. O verde que sempre renascia exuberante foi arrancado e a terra, pavimentada. E Stephen Wheatley transformou-se neste velho que parece ser eu. Sim, o menino miúdo, de orelhas de abano, que seguia fielmente o amigo poderoso, o menino boquiaberto e crédulo que se lançava de um projeto a outro, de um mistério a outro, tornou-se este aposentado miúdo, com orelhas de abano, andando devagar e com cuidado sobre as pegadas de seu antigo eu, e só lhe restam este projeto para levar a cabo e um mistério final para descobrir.

Agora, ao olhar o bairro, um pensamento surpreendente vem à cabeça deste velho, pois depois de passados tantos anos a perspectiva é diferente. No meu tempo de menino, todo este bairro era *novo em folha*. Estas casas, as ruas, as lojas enfileiradas da rua principal, a caixa de correio na esquina — tudo estava neste chão havia pouquíssimo tempo, só um pouco mais do que o próprio Stephen. O bairro inteiro tinha sido formado como uma cidade Potemkin, exatamente a tempo de a família se mudar para cá e de Stephen descobri-lo como se fosse um antigo e imutável direito de nascença.

O bairro era um desenvolvimento natural da estrada de ferro, da linha que saía do talude atrás dos McAfee para o aterro alto atrás dos Hayward — a linha de trem que me trouxe até aqui hoje. Umas poucas ruas esburacadas e toscas haviam sido abertas, com muitas esperanças dos que as abriram, em volta da pequena estação campestre de madeira; vários empreiteiros de cidadezinhas vizinhas tinham comprado terrenos e projetado suas mais rudes fantasias do que seria a vida rural em casas de tijolo à vista e vigamento de madeira. Alguns poucos casais jovens haviam saído do trem nos fins de semana, olharam à volta... pagaram sinais... mandaram entregar conjuntos de mobília, sofá e duas poltronas, plantaram mudas de ligustro... precisaram de papel para escrever e de cortineiros... encontraram comerciantes abrindo as portas na rua das lojas, comerciantes que podiam atendê-los. Ergueram um poste para mostrar onde a nova linha de ônibus iria parar, instalaram uma caixa de correio para recolher as mensagens enviadas por estes pioneiros do bairro para os amigos das comunidades que haviam deixado para trás. As trilhas lamacentas foram aprovadas pela prefeitura local, drenadas, cobertas de cascalho e piche, de modo que as mulheres pudessem passear com as crianças em carrinhos altos sem acordá-las e que os homens pudessem calçar seus sapatos de cidade para ir trabalhar de manhã, tomar o trem na estação e voltar do trabalho à tarde com os pés secos. A terra crua e os tijolos nus dos lotes das casas foram amenizados por uma cerca verde que cresceu junto com Stephen, só um pouco antes dele na vida, com a mesma diferença de idade entre ele e o irmão mais velho.

E é isto o que penso ao ver o bairro agora: que esta repentina colônia nova não brotou num deserto vazio. Foi preciso abrir espaço para ela, pedaço a pedaço, entre os povoados antigos que já estavam estabelecidos aqui muito tempo antes. Os novos terrenos foram arrancados das chácaras que forneciam à cidade as hortaliças, dos pomares onde cresciam as maçãs e as cerejas e dos pastos onde crescia o capim para a forragem dos cavalos. Os novos Windermeres e Sorrentos substituíram as casinhas de madeira onde os agricultores moravam. As ruas retas e pavimentadas vieram racionalizar a rede irregular de caminhos e trilhas pelos quais os lavradores passavam para trabalhar e por onde os carroceiros levavam as carroças.

Além destas ruas calçadas, nos bolsões de terra deixados entre esse novo assentamento e todos os outros que brotaram ao mesmo tempo em volta de outras estações à margem das várias ferrovias, o mundo anterior continuou do mesmo jeito. Não se precisava ir muito longe para encontrá-lo. No caminho para o campo de golfe passava-se por pedreiras abandonadas e barrais onde os trabalhadores rurais haviam escavado argila a fim de fazer tijolos para as fundações e as chaminés, e arrancaram calcário para a argamassa que une os tijolos. Do outro lado da rua principal, bem atrás das lojas, ficava Paradise, o emaranhado de chacarazinhas barrentas onde nossos vizinhos iam comprar ovos fora do racionamento ou um galo para o Natal. Paradise é agora o Haras e Centro Campestre de Caça Paradise, e o caminho que levava a ele é uma estradinha particular bem asfaltada. Antigamente, na época de chuva, o barro era tanto que engolia nossas botas. Do nosso lado da rua principal deve ter existido outra rua que foi pavimentada para formar a Avenida, porque se você fosse até o fim da Vila e olhasse para a direita — em vez de olhar à esquerda, para as lojas —, podia ver a antiga rua reaparecendo, como um riacho de uma galeria de escoamento. A poucos metros da esquina, a nova rua pavimentada começava a morrer — e lá, além dela, via-se a antiga estradinha lamacenta continuando a existir pacientemente, já sem uso e meio sufocada pelo mato invasor. A rua asfaltada parou ali porque não havia mais casas para onde continuar. Era lá que acabava o nosso assentamento, seus limites demarcados pelo aterro da ferrovia.

No aterro, entretanto, como uma entrada já sem uso nos muros de uma cidade medieval, podia-se ver um arco baixo de tijolo, por onde se entrava em um túnel construído com má vontade pela companhia da estrada de ferro a fim de preservar o velho direito de passagem. E através deste humilde buraco a ruazinha barrenta se esgueirava manhosamente, como sempre o fizera, em direção ao mundo não reconstruído que ficava além.

Vou até a esquina da Vila e olho à direita. O restante da rua também foi pavimentado. A Avenida continua, sem tomar fôlego, e passa por baixo da via férrea através de uma ponte alta, larga, com calçamento bem tratado dos dois lados. Ando pela ponte, numa das calçadas. Do outro lado, a Avenida se abre num labirinto de Crescents, Walks e Meads, num bairro que começa a ficar tão respeitável como a própria Vila.

O mundo familiar estendeu-se e barrou o submundo por meio de ruas bem drenadas e iluminadas. Luzes se juntaram a luzes, e a escuridão mal-assombrada entre elas foi abolida.

Ando de volta sobre o limpo calçamento cinza e sob a limpa ponte de aço em direção à esquina da Vila. Atrás de mim ouço o barulho familiar e inquieto do trem que se aproxima na linha que desce e emerge do talude atrás da casa dos McAfee, em direção ao aterro atrás dos Hayward. O som muda de novo ao cruzar a ponte... e mais uma vez ouço o estrondo dentro do oco do velho túnel de tijolo quando um trem passava por cima, e o eterno eco dos altos gritos que Keith e Stephen davam para testá-lo e mostrar que não tinham medo quando se metiam em raras aventuras através daquela longa e estreita escuridão.

Outra vez vislumbro os perigos que se encontravam além daquela prova de eco no limiar entre os dois mundos, ali onde o velho mundo se restabelecia depois da breve interrupção de nossas ruas e casas, tão indiferente às novidades como se elas nunca tivessem existido. Chamávamos este pedaço antigo de Lanes, vielas, apesar de existir uma só, e tão estreita que, no verão, quase desaparecia dentro do verde espesso das cercas dos dois lados e das sombras das árvores velhas e tortas. Vejo as Cottages, os barracos escondidos, caindo aos pedaços, a espreitar por trás do mato entre tambores de gasolina enferrujados e carrinhos de criança quebrados, tudo em ruínas. Escuto o latido dos cachorros disformes que saíam para fora das casas quando passávamos, e sinto o olhar emburrado das crianças maltrapilhas que nos observavam por trás das porteiras. Sinto o fedor azedo dos sabugueiros ao redor da fazenda abandonada, desmoronando, onde se podia ver de vez em quando um velho vagabundo encafuado, aquecendo uma lata preta sobre uma fogueirinha de galhos secos.

Mais para lá da fazendinha abandonada havia uma terra de ninguém, com lotes apenas delineados, em que a construção de novas casas, motivada pelo assentamento vizinho tão próximo, havia parado. A colonização fora suspensa enquanto durasse a guerra. Entre a linha férrea e os lotes vazios, preservado alguns anos mais pelas variadas marés da história, o último bolsão do mundo rural seguia sua vida antiga e secreta. Cada uma das raras incursões que fazíamos lá era uma aventura assustadora, uma série de provas para testar a nossa virilidade crescente.

E a primeira das provas era o próprio túnel. Ouço de novo nossos gritos aflitos abafados pelo imenso trovão do trem que passava por sobre nossas cabeças. Mais uma vez vejo o círculo da luz do dia no final do túnel, duplicada pelo seu reflexo na grande poça que se formava lá dentro depois da chuva. Mais uma vez sinto o estranho movimento de contorção do corpo, quando eu me virava para andar de lado ao longo da estreita beirada seca à margem da poça, curvando-me para a frente, ao mesmo tempo, para escapar da umidade que pingava dos tijolos. Mais uma vez sinto o toque úmido das paredes nos meus cabelos e ombros e passo a mão sobre a nojenta transpiração que eles deixavam. Outra vez tento limpar o limo verde-escuro das minhas mãos.

Assim, os desaparecimentos dela são de fácil explicação. Ela nos enganou. As cartas que leva nas mãos ou a cesta de compras são uma camuflagem. Ela não vira à esquerda no fim da Vila em direção à caixa de correio e às lojas, mas à direita em direção ao túnel. Atravessa aquela obscura passagem e tenta se desvencilhar da água sob os pés e da umidade das paredes, como nós mesmos fazíamos. Ela se lança naquele outro mundo, que fica além, onde não há lojas e caixas de correio e onde ninguém da Vila se aventura, a não ser Keith e eu.

O que ela vai fazer lá?

Keith e eu damos a volta na poça, tentando manter nossas costas longe do limo, os ouvidos tinindo a cada eco dos nossos sapatos batendo contra alguma pedra saliente, a cada gota d'água caindo do teto do túnel. Keith vai na frente, é claro, mas eu estou agitadíssimo, porque a idéia foi toda minha. E também mais aflito que nunca com a perspectiva dos terrores do túnel; embora tenhamos esperado a mãe dele se deitar para o cochilo da tarde antes de sairmos, tenho certeza de que de repente vamos escutar os passos dela atrás de nós. Continuo voltando-me para olhar o círculo de luz e seu reflexo, esperando ver a silhueta dela avançando, caso em que seremos impedidos de voltar para casa e irremediavelmente empurrados na direção dos cães e das crianças nas Lanes.

Saímos do outro lado do túnel na tarde úmida. A trilha à nossa frente desaparece numa vegetação quase da altura de nossas cabeças, e o ar está pesado com o zunir das moscas e o cheiro asfixiante da salsa silvestre. Olhamos à volta, sem saber por onde começar.

"Ela pode ter um transmissor escondido por aqui", sussurro, sentindo-me obrigado a oferecer algumas sugestões que sustentem minha intuição original. "Ou pode estar espionando algum tipo secreto de laboratório de pesquisas."

Keith não diz nada. Mantém uma atitude de cautela prudente em relação às minhas sugestões para me lembrar que ele ainda é o chefe desta expedição.

"Ela não pode estar indo muito longe", eu argumento, antes que ele dê ordens para irmos mais adiante enfrentar outros terrores. "Ela sempre volta quase que no mesmo instante."

Espantamos as moscas do rosto e tentamos descobrir algum sentido naquela desordem indiferenciada de barro e plantas. Só um aspecto parece ter uma identidade própria — o círculo de tijolo da própria boca do túnel e as paredes de apoio que o flanqueam.

"Ela está espionando os trens", anuncia Keith.

Claro. É tão óbvio agora que ele falou, que não consigo imaginar como não pensei nisso antes. Mesmo que os chatíssimos trens elétricos que levam meu pai e tantos outros vizinhos para trabalhar não tenham muito interesse para o alto comando alemão, não são o único tráfego da ferrovia. Algumas vezes há locomotivas antigas, sujas, a vapor, rebocando compridas filas de vagões de mercadorias. Já vimos trens de vagões-plataforma carregados com tanques cobertos e armas, e já vimos montes de aviões de guerra empoleirados com as asas dobradas como fileiras de grilos descansando. Um observador treinado pode ser capaz de deduzir um grande número de valiosa e estratégica informação dessas cargas.

"E ela vem a este fim do túnel...", raciocino devagar, de modo que Keith possa passar na minha frente e tomar o controle completo da operação.

"...de modo que ninguém a veja. Ela provavelmente tem algum lugar especial para se esconder."

Examinamos a parede de tijolos. Os dois muros de cada lado sobem junto com a rampa do aterro. Na extremidade mais baixa de cada um há uma cerca de arame enferrujado ligando uns postes de concreto e uma corroída placa de metal que alerta contra intrusos. De um lado, o arame soltou-se do concreto, e pode-se levantá-lo. Keith passa por baixo, agachado; eu o sigo.

Os talos de salsa silvestre do outro lado estão quebrados e há pegadas confusas na lama. Certamente alguém esteve aqui antes de nós, e muito recentemente. Keith olha para mim e aperta os olhos. Um dos modos de olhar do pai, mas o que ele quer dizer desta vez é que estava certo, como sempre.

"Talvez devêssemos voltar", falo baixinho. Porque se é aqui que ela vem, com certeza voltará — o que pode acontecer a qualquer minuto.

Keith não diz nada. Segue as pegadas e as plantas quebradas até o parapeito da parede de apoio, onde parecem terminar.

"Não queremos que ela nos veja aqui...", começo, mas Keith já está subindo no parapeito em direção à boca do túnel. "Ela não pode ter ido tão longe", protesto. "Volta sempre tão depressa." Ele não presta atenção. Com muita má vontade, também subo no parapeito e vou atrás dele tremendo.

A extremidade mais alta do parapeito nos eleva sobre o mato do aterro. Bem na nossa frente está a trilha limpa por onde os trabalhadores andam, e depois dela as pilhas de pedras. Vistos assim de perto os carros-dormitório são sólidos, e os dormentes que sustentam os trilhos os levantam acima do nível de nossas cabeças. Há um cheiro quente de madeira tratada com creosoto e óleo de trem derramado.

Então ela vem aqui e observa... conta... toma notas... memoriza. E de algum jeito consegue voltar para a Vila antes de nós conseguirmos voltar das lojas. Na verdade não faz sentido se pensamos bem no caso.

"Ela pode estar juntando alguma coisa bem devagar", diz Keith. "Pedacinho por pedacinho. Uma bomba. Está esperando por um trem em especial. Ou com alguma coisa especial dentro dele. Um novo tipo de avião."

E quando a informação aparecer... outro ponto de exclamação aparecerá na agenda.

Um preocupante barulhinho metálico se faz ouvir. Vem vindo de frente, na nossa direção. Os trilhos murmuram a aproximação de um trem.

Começamos a recuar no estreito parapeito. Mas paramos imediatamente. Há outro barulho debaixo de nós — o eco de um sapato raspando as pedras, o barulho de pedra caindo n'água. Alguém vem vindo pelo túnel.

É ela, eu sei. E, pela cara do Keith, ele também sabe.

Por um minuto hesitamos, incapazes de decidir o que é pior — dar de cara com a mãe dele ou ficar aos pés de um trem passando a toda velocidade, no seu majestoso perigo. Passar vergonha ou morrer? Ou pior ainda do que morrer, sermos presos pela polícia, levados aos tribunais e multados em quarenta *shillings*...

Keith já se escondeu por trás do mato na margem do caminho e eu estou a um passo dele.

Ficamos parados como aterrorizados adoradores de joelhos diante de um deus visitante enquanto os grandes vagões-plataforma empoeirados escurecem o céu sobre nós. Está na linha de cima, bem perto de nós, e as chuvas de fagulhas caem sobre nossas cabeças. De vagão em vagão, a poderosa procissão caminha. Quando por fim aquele muro feito de barulho desaparece no talude, levantamos as cabeças para olhar a viela... sim, é ela, é ela. Está se abaixando junto à cerca de arame farpado — não atravessa a cerca, mas se levanta e caminha de volta para o túnel, segurando uma carta na mão outra vez, como se estivesse indo ao correio.

O que quer que seja que veio fazer, já fez.

Esperamos até os passos morrerem dentro do túnel, e mais um pouquinho, até que as batidas dos nossos corações também tenham diminuído. Vamos andando trêmulos pelo parapeito, descendo, e eu me esgueiro rapidamente pelo buraco do arame farpado, pela primeira vez comandando a caminhada, doido para me ver longe dali antes que a polícia chegue, ou a mãe de Keith volte e os cachorros ou as crianças mulambentas das Cottages venham atrás de nós.

Mas Keith não está atrás de mim. "Keith?", eu chamo, tentando não parecer tão assustado quanto estou. "O que é que você está fazendo? Onde é que você está?"

Ninguém me responde. Entro relutantemente de volta pelo buraco da cerca.

Ele está ajoelhado no mato ao lado da parte mais baixa do parapeito, onde acabam as pegadas, afastando a salsa silvestre e olhando alguma coisa bem perto dos tijolos. "O que foi?", pergunto. Ele levanta os olhos para mim. Está com a cara do pai de novo. "Mas o que é?", digo. Ele silenciosamente volta a inspecionar o que encontrou.

Entre os talos ásperos da salsa, enfiada numa depressão erodida pela chuva atrás dos tijolos do muro de arrimo, há uma grande caixa de lata, com um metro e tanto de comprimento, verde-escura e começando a enferrujar. Uma inscrição com letras em alto relevo pode ser lida: "Gamages de Holborn. Casa do Esportista nº 4, jogo de críquete de jardim".

Ficamos olhando, tentando dar um sentido àquilo.

"É melhor contarmos ao senhor McAfee", digo eu, finalmente.

Continuamos olhando.

"Ou a seu pai."

Keith põe a mão na tampa.

"Não faça isso", grito. "Não toque nisso!"

Ele não retira a mão. Deixa-a descansando na tampa, ainda indeciso se vai explorar mais ou não.

"Pode ser o troço para explodir o trem", eu imploro. "Ou pode ser uma armadilha explosiva!"

Keith põe a outra mão na tampa e a abre com delicadeza. A caixa está completamente vazia. Seu interior dourado brilha para nós como um relicário vazio.

Não, há um pequeno objeto no fundo. Keith o levanta com cuidado: um pacote vermelho com um gato preto na frente coroando um oval branco que emoldura as palavras: "Craven A".

Vinte cigarros.

Será possível? Keith abre o pacote. Vinte pontas de cortiça com vinte cigarros inteiros grudados nelas. Um pedacinho de papel pautado de um caderno aparece. Nele está escrita uma familiar e única letra:

X.

Este único x assombra meus sonhos.

Qual é o valor de x, luto para calcular, remoendo sem parar através da noite confusa se x = a mãe de Keith^2. X é o desconhecido e o x na agenda da mãe de Keith anula o multiplicador, e o valor de x torna-se ainda mais misterioso se x = a mãe de K x janeiro x fevereiro x março...

O x da mãe de Keith anula, por sua vez, o x que minha mãe põe nos cartões de aniversário para mim. Ela se curva sobre mim nos sonhos, como fazia quando eu era pequeno para me dar boa-noite, e os lábios dela formam um x. Ao se aproximar mais e mais, vejo que não é minha mãe, mas a mãe de Keith e que o x que está me oferecendo é - x: o beijo de Judas, o beijo da traição. E então, ao chegar mais e mais perto com os beijos se multiplicando, ela se torna o gato preto do pacote de cigarros, e o negrume do gato aumenta tanto que se torna a escuridão da noite sem lua.

O que faremos agora? Não tenho a menor idéia.

No dia seguinte sento no posto de observação depois da escola esperando por Keith. Ele saberá o que fazer. Ele terá um plano. Os sonhos escuros e inconstantes se resolverão em passagens secretas familiares e quartéis-generais da Resistência. Ele não aparece. Provavelmente tem lição de casa para fazer, ou precisa ajudar o pai. Mas, não sei por quê, acho que tem alguma coisa a ver com a mãe. Ela está se curvando sobre ele para lhe dar boa-noite, os olhos castanhos brilham e os lábios formam um x...

Deveria ir até a casa de Keith perguntar se pode sair para brincar. Penso angustiado na mãe dele curvando-se para beijá-lo, e sinto uma certa relutância até a chegar perto da casa. Tudo isso deve ser muito mais difícil para Keith do que para mim. Ele é que realmente leva o beijo de boa-noite dela. Ele é quem tem que morar na mesma casa que uma agente secreta inimiga — fazer o que ela lhe pede, comer a comida que ela prepara, deixar que ela ponha mercurocromo nos cortes e arranhões dele e fazer tudo isso sem deixá-la suspeitar nem por um instante que ele sabe quem ela é. Cada hora do dia é uma prova a mais da força dele, uma demonstração a mais de heroísmo.

Se Keith não vem, acho que devo ir ao túnel sozinho. Devo olhar dentro da caixa de novo e ver se os cigarros ainda estão lá. Se estiverem, então me escondo ao lado da via férrea e espero para ver quem é que vem pegá-los...

Ainda assim, continuo agachado no nosso esconderijo, fingindo estar espionando como antes, à espera de que Keith venha com coragem bastante para nós dois. Depois dos meus sonhos a escuridão do túnel parece mais escura ainda e mais assustadora do que nunca. Sei que sairei de lá e serei confrontado por x, o desconhecido, uma figura escura de cara coberta vindo em minha direção, saindo do mato das Lanes... Ou pior — escutarei seus passos ecoando atrás de mim no túnel...

Tantas coisas na vida se parecem com testes, com um tipo de prova qualquer. Vinte vezes por dia, se você é um menino e tem esperanças de ser um homem, é chamado para ter coragem, para fazer um esforço ainda maior, para mostrar uma força que na verdade não tem. Dez vezes por dia você morre de medo de mostrar sua fraqueza, sua covardia, sua falta geral de caráter e sua inadequação para ser um homem. É como o Esforço de Guerra e o sentimento constante de tensão que ele provoca, de culpa por não se estar contribuindo o bastante. O Esforço de Guerra paira sobre nós durante todo o conflito, e tanto a guerra quanto o período de provas da infância vão pairar sobre nossa vida para sempre.

Pego o diário do baú. "17h00", diz a última anotação, de vários dias atrás. "Ela entra." Completarei isso e colocarei o diário em dia, pelo menos. Ainda estou procurando o lápis de duas cores, quando escuto o barulho confortante de Keith entrando pelo buraco da sebe. Meu coração pula agradecido. Agora as coisas vão dar certo.

Mas não é Keith.

"Eu sabia que estava brincando sozinho", diz Barbara Berrill. "Tenho um jeito secreto de ver vocês aqui."

Levo tamanho susto pelo ultraje que ela está cometendo que fico mudo. Ela se senta no chão, abraça os joelhos e sorri seu grande sorriso de troça, completamente à vontade. Está usando o uniforme do colégio com as mangas bufantes e a bolsa da escola dependurada no peito. A bolsa é de couro azul e tem um reluzente fecho, também azul. Tem qualquer coisa de feminino e satisfeita consigo própria na moleza do couro e no brilho do fecho que me ofende quase tanto quanto a intromissão nos nossos domínios.

"É proibido entrar aqui!", consigo gritar, afinal. "Só eu e Keith podemos!"

Ela continua sentada e sorrindo.

"Vocês nem perceberam que eu estava espionando vocês, perceberam?"

"Percebi."

"Não percebeu."

"Olha, estranhos não podem entrar aqui. É privativo."

"Não é. É o jardim da senhorita Durrant e ela morreu. Todo mundo pode entrar."

"Você não sabe ler?" Aponto para o aviso pelo qual ela acabou de passar.

Ela se vira para olhar. "O quê — 'privet'?"

"'Propriedade privada'."

"Mas está escrito 'privet'."

Encolho-me de vergonha por causa de Keith. "Quer dizer 'propriedade privada'", insisto bobamente.

"Não, não quer dizer. E é uma burrice colocar um aviso dizendo que é 'privet', quando todo mundo pode *ver* que é 'privet'."

"Você que é boba dizendo coisas que não tem nada a ver."

"O quê — 'privet'?", diz ela. Põe o queixo no joelho e me olha. Percebe agora que minha ignorância vai além de uma simples questão ortográfica. Imediatamente me ponho em guarda. "Privet" quer dizer alguma coisa mais, agora eu entendo.

"Você não sabe o que é 'privet'?", pergunta ela com doçura.

"Claro que sei", respondo desdenhosamente. E sei só por causa do jeito que ela me perguntou. Ou, de alguma forma, sei que deve ser uma daquelas coisas como "peitos" ou "judeus" que fazem você cair numa cilada quando menos espera, vendo-se de repente cercado de inimigos zombando de você, que sabem o que elas querem dizer, enquanto você não tem a menor idéia. "Privet", sim... lá no fundo de minha cabeça tenho uma vaga lembrança de alguma coisa vergonhosa, meio ouvida e meio entendida.

"Não sabe!", ela provoca.

"Sei!"

"O que é, então?"

"Não vou dizer."

Não digo, porque minha remota lembrança transformou-se em certeza. Sei perfeitamente o que é um *privet*. São as latrinas, os pequenos reservados que as pessoas têm atrás das suas cabanas nas Lanes — uma espécie de banheiro nojento, de um tipo especial cheio de germes, sobre o qual não vou me rebaixar falando agora.

Ela dá risada. "Sua cara ficou toda nhoque-nhoque", diz.

Não respondo. "Nhoque-nhoque" é uma palavra de menina, então nem vou dar bola.

"É porque você está contando mentiras", ela provoca. "Você não sabe."

"Por favor, será que pode dar o fora?"

Olho na direção da casa de Keith. A qualquer momento ele vai descer o caminho do jardim... atravessar a rua... entrar rastejando no esconderijo... e encontrar nosso espaço privado cheio de Barbara Berrill e sua bolsinha de escola, com a saia do uniforme puxada modestamente sobre os joelhos e a calcinha aparecendo. Ele não vai culpá-la, é claro, não vai nem falar com ela, não mais do que o pai dele fala comigo ou me culpa. Eu serei o responsável por ela, como o pai acha que ele é responsável por mim. Ele vai me olhar no olho e sorrir o sorrisinho de desprezo dele. Penso na baioneta afiada, trancada dentro do baú ao meu lado, esperando que Keith a encoste no meu pescoço para punir qualquer quebra de segredo.

Barbara Berrill segue o fio de meus pensamentos. "O que é que tem aí nessa caixa?", pergunta.

"Nada."

"Tem um cadeado. Vocês guardam coisas secretas aí dentro?"

Olho de novo na direção da casa de Keith. Ela segue o meu olhar e se vira de novo para mim, rindo consigo mesma porque entendeu o que me preocupa. Pareço estar acuado entre os dois sorrisos — um tão grande e rebelde, o outro tão pequeno e discreto, mas afiado como uma lâmina.

"Não fique nervoso", ela diz. "Vou embora assim que ele chegar."

Continua sentada lá, a abraçar os joelhos e me encarar de maneira especulativa. Enfia o queixo no tecido retesado do vestido, e não sei se ainda está rindo ou não. Abaixo da bainha do vestido, os pêlos dourados das pernas morenas refletem um pouco a luz da tarde.

"Keith é o seu melhor amigo?", pergunta suavemente. "Seu melhor, melhor amigo *mesmo*?"

Não digo nada. Não estou mais preparado para conversar com Barbara Berrill sobre Keith do que estou sobre peitos e privadas.

"Por que você gosta de um menino tão horrível?"

Continuo olhando para a casa de Keith.

"Ele é tão metido. Todo mundo, menos você, odeia o Keith."

Ela está sendo maldosa porque sabe que ele não gosta dela. Sinto as palavras "horrível" e "odeia o Keith" me pegando por dentro como germes, contra minha vontade, e sei que a infecção vai me tomar devagarzinho, com a amarga chatice de uma febre baixa.

Ela percebe pelo meu silêncio que foi longe demais. "Quer que eu conte quem é *minha* melhor amiga?", diz, a voz doce outra vez, tentando fazer as pazes. "Minha melhor, melhor amiga *de verdade*?"

Continuo com os olhos fixos na casa de Keith. Alguma coisa

está acontecendo lá. Alguém vem pelo caminho do jardim e vai abrir o portão. Mas não é Keith, é a mãe dele.

"Só conto se me contar algum segredo seu", diz Barbara Berrill.

A mãe de Keith anda sem pressa pela rua. Sem cesta de compras, nem cartas. Sei que Barbara também voltou-se para olhar também. Ela desaparece na casa da tia Dee.

"Ela vive lá", diz Barbara Berrill. "Engraçado ter um parente morando em frente da sua casa e poder ir lá toda hora."

Por alguma razão, a figura na caixa que contivera o jogo de críquete Gamages vem à minha cabeça — e uma outra imagem também, que estava lutando para vir à tona havia algum tempo: os aros de críquete enferrujando, quase perdidos no mato alto do jardim da tia Dee. É, com certeza tia Dee também *está* envolvida.

A mãe de Keith aparece de volta quase que imediatamente. Traz a cesta no braço, outra vez.

Alguma coisa toca meu ombro e olho para ver o que é. São os cachos do cabelo de Barbara. Ela está agachada perto de mim, espionando também.

"Ela sempre faz as compras da senhora Tracey", murmura.

Observo com uma agonia crescente a mãe de Keith andando pela Avenida sob o sol da tarde em direção ao fim da rua. Eu deveria estar lá, observando-a da esquina, vendo a entrada dela no túnel, eu no começo e ela no fim... Mas como posso fazer qualquer coisa se eu mesmo estou sendo espionado?

"Engraçado ir fazer compras à tarde", diz Barbara, "quando todas as lojas estão fechadas."

"Ela é uma espiã alemã", explico.

Não, eu não disse as palavras. Será que disse? As palavras estão enchendo minha cabeça, lutam para sair de dentro de mim e extinguir aquele sorriso de troça para sempre, transformá-lo em perplexidade. Mas não digo nada. Acho que não.

Barbara Berrill ainda está me olhando, e sorri de novo. O sorriso não é mais de gozação, agora é conspiratório.

"Vamos segui-la e ver aonde vai?", sussurra.

"*Segui-la?*", eu repito, chocado ao ouvir meu desejo mais profundo repetido por outra pessoa. "Não seja boba."

"Talvez ela vá comprar alguma coisa no mercado negro, atrás das lojas, como a senhora Sheldon. A Deirdre viu a senhora Sheldon pegando umas coisas na porta dos fundos dos Hucknall, depois que fechou."

Eu me desespero de ver a alta traição da mãe de Keith transformada num ato tão menor e mesquinho. "É claro que não", digo com desprezo.

"Como é que você sabe?"

Como é que eu sei? Porque sei que nem foi em direção às lojas! Está além do túnel, curvada sobre a caixa, pondo alguma coisa lá dentro... e tirando alguma coisa, pensando bem. Colocando lá outro pacote de cigarros... e tirando um pacote de manteiga ou algumas tiras de bacon de uma das casinhas pobres das Lanes?

Será que poderia ser apenas isso? Ir ao Coppard para a ocasional distribuição de cotas de cigarros que ela e o pai de Keith nunca fumam e trocá-los por um pouco de comida no mercado negro? De repente me parece óbvio. Meu coração fica pequeno.

Não digo nada, não posso olhar para Barbara. Mas posso sentir que ela ainda me olha, com aquele sorriso de troça.

"Ou talvez", diz ela daquele jeito macio, "está levando um recado para o namorado da senhora Tracey."

Agora eu me viro mesmo para olhá-la, mudo, com um olhar interrogativo demais para passar despercebido. *Namorado* da tia Dee? Do que ela está falando? Será que a tia de alguém pode ter um namorado?

"Você não sabe?", sussurra Barbara. "Deirdre viu os dois se

beijando. No blecaute. Ela foi até o túnel com o irmão e viu os dois lá."

Caí de novo na armadilha. Estou no centro de um campo minado.

"Ele costumava vir na casa da senhora Tracey quando todos dormiam", diz Barbara. "Só que a senhora Hardiment viu e pensou que fosse um tarado, desses que ficam espiando as mulheres, e chamou a polícia."

E o policial veio de bicicleta, pedalando devagar, e botou o pé no chão em frente à casa da tia Dee...

"E inventaram para todo mundo que era alguma coisa errada com as cortinas de blecaute da senhora Tracey", disse Barbara, "mas não era. Foi por causa do tarado, só que ele não era um tarado, porque Deirdre o viu entrar na casa muitas vezes. Por isso é que a senhora Hayward tem que ir tomar conta de Milly. Daí a senhora Tracey, quando ninguém está olhando, sai para encontrar o namorado. Só que agora só fica escuro muito tarde."

Sei que Barbara está me olhando para ver como reajo a todas essas revelações. Não reajo. Algum instinto me diz que isto tudo são coisas que as meninas dizem, principalmente as meninas Berrill, que estão pintando o sete enquanto o pai está na guerra. As fotos na moldura de prata de tia Dee e tio Peter com as asas no bolso de cima do casaco vêm à minha cabeça. Assim que toca a solidez da moldura de prata, a história de Barbara Berrill estoura como uma bolha de sabão na minha mão, e não deixa nada a não ser uma leve gosma nos meus dedos.

"Seu rosto está todo nhoque-nhoque outra vez", diz ela. "Você não sabe que as pessoas têm namorados e namoradas?"

"Claro que sei."

Ela ri, o rosto pertinho do meu. Sinto a gosma nos meus dedos. Um x é um beijo. Do outro lado do túnel a mãe de Keith está pondo um beijo na caixa escondida para o senhor X, namorado da tia Dee, encontrar...

"É só enquanto o senhor Tracey está na Força Aérea. Deirdre diz que muitas mulheres têm namorados enquanto o pai de todo mundo está na guerra."

"Barbara", grita a sra. Berrill. "Onde você está? Se não voltar para casa já, já...!"

Barbara põe os lábios junto do meu ouvido. "*Mamãe* tem um namorado", sussurra. "Deirdre encontrou uma foto dele na bolsa dela. É um diretor de prisão da Força Aérea."

"Barbara! Não vou te chamar duas vezes..."

Barbara começa a engatinhar pela passagem do arbusto, a bolsa se arrastando pelo chão. Pára e se volta para mim. Hesita, tímida de repente. "Minha *melhor*, melhor amiga é Rosemary Winters, da classe da professora Colley na escola", diz. "Mas você pode ser meu segundo melhor amigo, se quiser."

Depois que ela se foi eu me sento, incapaz de me mexer, desorientado e depois incapacitado por uma vergonha que cresce cada vez mais. Eu traí Keith. Deixei uma estranha entrar no nosso esconderijo — e Barbara Berrill, ainda por cima. Falhei nos meus deveres de vigilante. E, como se não bastasse, dei ouvidos a insinuações indignas, de que a mãe dele está pegando bacon e manteiga no mercado negro, que está envolvida em tráfico clandestino e vergonhoso com peitos e namorados. Eu me deixei levar. Por um momento me deixei levar pela tola suspeita de que ela não era espiã alemã coisa nenhuma.

E lá está ela outra vez, voltando à rua pela esquina... entrando no portão da tia Dee... dando umas batidinhas leves na janela da sala de visitas ao passar por ela. Tia Dee abre a porta bem na hora que ela chega.

A mãe de Keith lhe entrega a cesta. Fez as compras de tia Dee outra vez. Enquanto todas as lojas estavam fechadas.

Tia Dee olha o que há dentro da cesta. Está procurando a mensagem do namorado que a mãe de Keith trouxe...

Só que é claro que não está. Penso no seu sorriso amável, aberto. Ninguém poderia sorrir assim e esconder segredos do mundo. Penso no jeito confiante do tio Peter sorrindo para ela da moldura de prata sobre a lareira.

Ela não sorri agora. Morde o lábio, ansiosa. Olha a mãe de Keith com confiança e apreensão ao mesmo tempo, como a menininha com a boneca da outra foto que também olha com confiança e apreensão, olho no olho, para a irmã mais velha que sempre a protegeria.

Irmãs... Sei. O que estão aquelas duas conversando tão seriamente na soleira da porta? Estão contando uma para a outra o tipo de coisa que Deirdre e Barbara contam uma para outra. Segredos. Sobre beijos durante o blecaute.

A mãe de Keith se vira e anda em direção ao portão. Do jeito de sempre — contida, tranqüila, à vontade com o mundo. Tia Dee fica em pé na soleira e olha a irmã partir. Ela mudou. Mudou um pouquinho, mas dá para perceber. Tornou-se uma pessoa com segredos, afinal de contas.

Tia Dee fecha a porta da frente. Poucos momentos depois a mãe de Keith fecha a dela. A cortina esconde tudo outra vez.

"17h00. Ela entra."

Estou de volta ao meu posto no dia seguinte, o diário aberto mais uma vez, e hesito, com o lápis de duas cores na mão, tentando lembrar onde foi que a mãe de Keith foi às 17h00, quando percebo um movimento que vem da casa dos Hayward.

Outra vez a mesma cena se desenrola. A mãe de Keith está saindo do portão com a cesta no braço. Vai para a tia Dee contar baixinho mais segredos... não, desta vez passa direto pela casa da tia Dee... Não que eu tenha acreditado em qualquer das histórias ridículas que Barbara Berrill me contou sobre as duas, nem por um instante.

Ela vai para a esquina, e eu sei que desta vez não há saída possível. Vou ter que segui-la pelo túnel. Sozinho.

Como vou achar coragem para tanto, não sei, mas já estou saindo pela passagem apertada, correndo até a esquina, correndo em direção ao túnel...

E mais uma vez ela desapareceu.

A trilha que serpenteia pelo mato invasor até o túnel está tão vazia quanto a rua à esquerda estava, como das outras vezes em que ela sumiu. Sinto o familiar arrepio que me gela.

Depois, atrás de mim, escuto um pequeno barulho conhecido — um sussurro seco e um deslizar molhado. Viro rapidamente. Lá está ela, um pouco além da esquina, à esquerda, jogando restos de comida embrulhados num jornal nos lixões dos porcos e me olhando, pensativa. Deixa a tampa bater com força e sorri. "Oi, Stephen, está procurando o Keith?"

À esquerda, é claro. Ainda existe a esquerda, assim como a direita. E os lixões, também.

Balanço a cabeça de um lado para o outro como um bobo.

"Parecia que estava procurando *alguém*."

"Não."

"Não estava procurando por *mim*, por acaso, não é, Stephen?"

"Não, não."

Saio correndo para esconder minha vergonha nos arbustos. Ao passar pelo esconderijo, indo para casa, ela se vira e olha na minha direção. Não sei como percebeu que estou ali espionando, era um segredo, mas ela sabe; e quando sai de casa outra vez, dez minutos mais tarde, eu sei que desta vez não vou ter a menor coragem de segui-la.

Não está carregando uma cesta, mas segurando um prato. E

não vai pela rua em direção à casa da tia Dee. Está atravessando... e vindo direto para o esconderijo. Fico absolutamente imóvel quando ela espia por entre os galhos. “Stephen?”, fala baixinho. “Posso entrar?”

Não consigo responder. Em todas as nossas conjeturas sobre os lugares aos quais poderia ir, em todas as circunstâncias que vagamente divisamos, jamais consideramos a possibilidade de ela vir *aqui*.

Não tenho nem coragem de olhar para vê-la se esforçando para entrar pela passagem baixa. Sei que não vai fazer boa figura, atrapalhada com o prato e apoiando o peso na outra mão para não raspar os joelhos no chão, de modo que fica com as costas mais altas e os galhinhos secos grudam no seu casaco. Ela limpa um pedaço de chão de folhas e insetos, o melhor que pode, e senta de pernas cruzadas no chão à minha frente.

Não sei o que fazer de mim mesmo. Já é difícil saber como se comportar quando se está sozinho com a mãe de alguém até nas circunstâncias mais normais. Mas o que fazer quando os dois estão sentados como crianças na terra nua, cara a cara, num espaço que já é pequeno para uma pessoa da metade da altura dela?

E quando se sabe, ainda, que ela não é só a mãe de alguém — é também uma espiã alemã, uma traidora do seu país?

Para começar: para onde se deve olhar quando não há nenhum lugar para olhar senão para ela? Não dá para olhá-la nos olhos. Não se pode olhar para as pernas, cruzadas direito, mas com certa falta de jeito tímida debaixo da saia de verão azul-marinho. Não há o que olhar a não ser o pedacinho que fica no meio, e esta parte de uma senhora, como já sei há mais ou menos um ano, é o peito, seu busto, e é tão impensável quanto uma privada.

Ela põe o prato no pedacinho de terra entre nós. É decorado com rosas, e tem dois biscoitos de chocolate no meio.

"Achei que você gostaria de alguma coisa para beliscar", diz ela. "Keith precisa ajudar o pai na oficina, de modo que você vai ter que brincar sozinho hoje."

Pego um dos biscoitos e mordisco, grato por ter alguma coisa para fazer e alguma coisa para olhar. Silêncio. Será que ela veio da casa dela, atravessou a rua e sentou-se de pernas cruzadas na terra na minha frente só para falar isso?

Mas parece que ela está entretida observando nossa casa, nossos arranjos domésticos, como qualquer visita educada.

"Muito inteligente de vocês, meninos, colocarem este rótulo na planta", diz, indicando o ladrilho que guarda a entrada, "Privet".

Ao ouvir essa impropriedade de sua boca, sinto que meu rosto fica do mesmo jeito esquisito que Barbara Berrill já mencionou. Talvez ela não saiba como é feia essa palavra. Tento não olhar para o peito dela.

"Pena que o esconderijo fique com este cheiro horrível no verão por causa da flor. O nome 'privet' veio até a calhar!", diz. Ela sabe. "Mas que ótimo esconderijo!"

Pega o diário aberto. Lembro-me da lista de datas, com todos os x e pontos de exclamação, e meus músculos congelam junto com minha boca cheia de biscoitos de chocolate e mais os entalados na garganta.

Ela o fecha, no entanto, e olha a inscrição na capa: DIÁRIO CECRETO. Dá risada. "Ah, meu Deus, esta letra é do Keith, não é?"

Quero mentir e dizer que é minha, para não envergonhar Keith, mas nenhuma palavra consegue atravessar a barreira de biscoito. Quero arrancar o caderno dela antes que o abra de novo, mas ela não faz nenhum movimento nesse sentido.

Olha de novo o aviso em cima da entrada e ri outra vez. "Ah, *entendi*!", diz. "'Privet', mas queriam dizer 'propriedade privada', não é? Que engraçado!"

Põe o caderno no chão. "Acho melhor não ler, se tudo aqui é tão cheio de segredos."

Engulo os farelos do biscoito de chocolate. Ela dá uma espiada por entre os galhos.

"É um lugar muito legal para observação", murmura. "Dá para ver tudo que acontece na rua. É por isso que estão aqui, não é? Tomando conta de todos nós e escrevendo tudo no diário?"

Ainda não sou capaz de responder. Simples palavras como "sim" e "não" parecem estar sobrepostas sobre minha língua e se anulam mutuamente.

"Acho que em algum lugar Keith tem um binóculo que usa para observar aves. Pode ajudar."

Sim/não. Já estamos usando/não precisamos dele.

"E o que viram até agora? Alguma coisa terrivelmente suspeita?"

Minha cabeça sacode sozinha. Talvez esteja se recuperando do primeiro choque. Mas, no silêncio que se segue, enquanto continuo a tentar não olhar para o peito dela, vejo que sorri encorajadoramente para a parte superior da minha cabeça, e depois fica séria. Lá vem bomba.

"Bem, espero que a Polícia Montada pegue o inimigo e tudo mais, e certamente não quero estragar a brincadeira. Mas vocês têm que saber que às vezes o melhor dos jogos pode dar errado. Seria a maior vergonha se incomodassem qualquer um dos vizinhos. Por exemplo, eu acho que seria um pouquinho *demais* se seguissem as pessoas."

Então ela nos viu. Neste caso, por que veio contar para mim e não para Keith? Todo mundo sabe que você pode passar pito no seu filho e não no filho dos outros pelas coisas erradas que tenham feito juntos. Por que atravessou a rua e veio dizer isso tudo para *mim*, quando Keith nem está aqui?

"Keith se diverte tanto", diz ela, "encontrou um amigo de verdade, porque às vezes a pessoa que não tem irmãos ou irmãs se sente meio solitária. E além do mais, ele não faz amigos com facilidade. Sei que a imaginação de vocês pega fogo, a de vocês dois, e sei que já enfrentaram grandes perigos juntos e participaram de muitas aventuras. Mas Keith é muito influenciável, você já deve ter percebido."

Olho bem na cara dela pela primeira vez, completamente espantado. Será que ela não sabe *mesmo* que é Keith o instigador de todos os nossos planos? Como é que uma espiã experiente pode ter entendido tudo tão errado? Acho que é outro elogio para Keith — ele obviamente é tão bom quanto os pais em esconder sua verdadeira identidade de todo mundo à volta dele.

Os olhos dela são castanhos como os de Barbara, e perderam a calma complacência com a qual sempre me olharam no passado. Estão fixos em mim com tanta intensidade quanto os de Barbara, quando queria ver minha reação às histórias ridículas dela. Mas o brilho dos olhos da mãe de Keith não é provocativo e brincalhão. Ela está muito séria.

"Eu não quero ser obrigada a proibir Keith de brincar com você", diz ela com voz macia, "mas não quero que ele se meta em nenhum tipo de enrascada."

A voz dela fica ainda mais macia. Assim como os olhos. Agora que eu a encarei, não consigo desviar dos olhos. "Algumas vezes as pessoas têm assuntos que querem manter privados", diz, "assim como você e Keith, aqui. Elas têm segredos e não querem ver todo mundo falando sobre eles."

De repente me deu um medo, enquanto ela continua me encarando e eu continuo olhando para ela, um medo de que ela confesse tudo. Quero implorar que não faça isto. Não quero escutar. Não quero saber de verdade.

Mas ela olha para outro lado. "Coisinhas bobas, talvez", diz. "Eu não sei... Por exemplo, o senhor Gort. Se ele resolve ir ao bar da estação uma noite e tomar um copo de cerveja, acho que prefere que as pessoas não fiquem de olho nele e depois saiam por aí anunciando para todo mundo: 'Oh, o senhor Gort está no bar outra vez'. Ou, por exemplo, o senhor e a senhora Stott. Acho que não gostam que alguém vá atrás do pobre Eddie encarando o menino. Ou digamos que espionassem Trewinnick. Poderiam deixá-los um pouco envergonhados por causa da aparência deles."

Os exemplos dela não são nada convincentes. Todo mundo sabe que o sr. Gort vai ao bar. Todo mundo sabe que não é para ficar encarando o Eddie. E seria uma boa coisa, e não uma coisa má , se os Juice, em Trewinnick, percebessem como os achamos estranhos. Bom, ela não vai dizer quem ela realmente não quer que a gente siga, ou por quê. Ela não vai confessar. Fico entre aliviado e desapontado.

"Em todo caso", diz, pegando o prato vazio, "eu sei que você é um menino sensato, bem-educado, e achei que deveria ter uma conversinha com você, longe de Keith. E vamos guardar este segredo só para nós dois, combinado? Melhor não dizer nada dessa nossa conversa para Keith."

Faço que sim com a cabeça, o que mais poderia fazer?

"Então, veja, eu estou confiando em você. Estou confiando na sua honra. Certo?"

Concordo de novo, desarmado.

Ela põe a mão no meu braço e olha no meu olho. "Você não vai me decepcionar, vai, Stephen?"

Faço que não com a cabeça. Ela continua segurando meu braço com delicadeza e olhando meu rosto. Depois, com uma espécie de suspiro, larga-me e começa a sair pela passagem apertada. Pára e olha o ladrilho. "Sinto muito por não ter entendido que era propriedade privada, e não 'privet' — ligustro", diz. "Bobeira minha. Prometo que não vou me intrometer de novo."

Faz mais um pouco de ginástica para sair, pára e vira para mim outra vez.

"Você não tem ido brincar lá em casa há muito tempo. Vou falar com Keith para convidá-lo para o chá amanhã."

Tento fazer um balanço da situação enquanto ela desaparece no mundo exterior outra vez. Mais uma vez deixei que estranhos penetrassem no nosso espaço privado. Tudo mudou outra vez.

Depois que ela se foi me lembrei das costas do vestido dela ao sair desajeitadamente da passagem secreta, a simplicidade calma da roupa manchada pela poeira da terra nua, sua elegância ridicularizada pelas ocasionais folhas mortas e galhinhos dependurados nela. E eu tenho pena... um pouco de pena dela, apesar de seus crimes. Sinto pena de que tenha precisado se humilhar na minha frente desse jeito.

Quase morro de susto, pois percebo que está me olhando por entre os galhos outra vez. Não segura mais o prato. Está com a cesta de compras no braço. Sorri. Os olhos castanhos estão calmos.

"Muito obrigada por me receber tão bem", agradece.

Vai andando calmamente pela rua, em direção à esquina. Fico olhando-a ir. Desta vez, é claro, vai atravessar o túnel.

Não faço nenhum movimento para segui-la.

6.

O que será que estou sentindo? Será que é ansiedade pela tarefa que nos propusemos? Ou será aflição por não saber o que fazer depois que a mãe de Keith me pediu para abandonar o projeto? Ou é minha consciência pesada por causa de toda a fraqueza que tenho demonstrado e todos os maus pensamentos que tenho me permitido pensar?

Ou é por causa da inusitada luz do meu quarto no blecaute?

Há uma estranha luz branca flutuando em volta das cortinas de blecaute. Eu me levanto e enfio a cabeça debaixo da veneziana. Descubro que o mundo chato e sem cor lá de fora se transformou. Os arbustos emaranhados de nosso jardim e as fachadas das casas da frente estão definidos por um branco delicadamente brilhante e sobrenatural contra um fundo de veludo escuro. Reina absoluto silêncio. É como se a Vila se tivesse transformado em um quadro de si mesma ou o etéreo bater dos relógios dos Hayward tivesse sido preso e preservado como uma forma silenciosa no espaço.

Noite — a hora quase esquecida. E a lua cheia descendo derramada e suave por cima do telhado da casa, amaciando a confusão do jardim e as manchas e cicatrizes das reformas das envelhecidas casas da frente, levando embora toda a vergonha e confusão do dia e deixando somente este perfeito silêncio branco.

Estamos a meio caminho no calendário lunar. A meio caminho da próxima noite sem lua.

O que é que vou fazer? Claro que não posso continuar a vigiá-la e a segui-la depois que nos pegou no pulo e me fez dar minha palavra de honra de que pararia. Mas eu simplesmente não posso parar de vigiá-la e segui-la, já que mais ou menos insinuou que, se continuarmos, podemos encontrar algo que ela não quer que a gente saiba.

Tenho que conversar com Keith sobre isso e deixar que ele resolva. Afinal, ela é mãe dele! É a espiã dele! Mas é claro que não posso falar com Keith sobre isto, porque ela me pediu para não falar. Pediu-me para não falar e eu não tive outro jeito senão dizer que sim. Concordei. Dei a ela a minha palavra de honra.

Mesmo antes disso havia um monte de coisas crescendo a cada dia que eu não podia contar para Keith. A visita de Barbara Berrill, por exemplo. Suas histórias mais que bobas sobre a mãe e a tia dele. Agora, ainda por cima, tenho também que carregar este outro segredo que preciso esconder dele. Mas como poderemos continuar se eu não contar a ele sobre este último?

Eu me sinto como se minha cabeça fosse estourar tentando acomodar todas essas contradições. Mas então, continuo a olhar este sereno mundo branco fora da janela e tudo começa a parecer simples, afinal de contas. Se ao menos eu tivesse a tal corda cheia de nós sugerida por Keith, desceria pela janela e aterrissaria naquela grande calma. E me tornaria parte dela. Seria o autor de um simples ato heróico que resolveria tudo de uma vez por todas.

Eu deveria ir para o túnel agora, quando o mundo parou e ela não está lá para ser observada ou seguida. Descobriria o que foi deixado na caixa desta vez, antes que alguém tenha a chance de ir lá buscar. Encontraria a evidência que provaria sem sombra de dúvida que Keith está certo e que a mãe dele é, na verdade, uma espiã alemã.

Um único e bravo feito para depositar aos pés de Keith logo de manhã. E com esse golpe de mestre todos os meus problemas se resolveriam e todas minhas fraquezas e vícios seriam apagados, assim como todos os defeitos do dia se dissolvem à luz da lua.

Tenho que atravessar a escuridão do túnel. Sozinho. E sair do outro lado ao luar.

Se ao menos eu tivesse aquela corda cheia de nós!

O silêncio branco continua. Nunca vi o mundo assim antes.

Devagarinho percebo que não preciso de uma corda. Posso descer a escada.

Agora que tive esta idéia, preciso obedecê-la. Sei que vou obedecer.

Imediatamente fico aterrorizado. A noite de verão torna-se de repente gelada. Começo a tremer tão descontroladamente que mal consigo enfiar o suéter pela cabeça ou colocar a sandália nos pés. Escuto meus dentes batendo como dados sacudidos num copo. Geoff se mexe no sono, como se também tivesse escutado esse barulhão. Vou descendo a escada no escuro, atravesso a cozinha e saio pela porta dos fundos. Muito devagar abro o ferrolho, ainda tremendo. Saio na escuridão de prata e me torno parte dela.

Nunca na vida tinha me esgueirado de dentro de uma casa para a rua na calada da noite. Nunca antes experimentara este grande silêncio, ou essa estranha liberdade nova de ir aonde eu quisesse para fazer o que quisesse.

Não vou ter a coragem de ir até o fim, claro, vou morrer de medo antes de chegar ao fim da rua.

Mas eu preciso ir, preciso.

* * *

Entre o reflexo do disco prateado atrás de mim e o outro círculo à minha frente há uma escuridão cujo formato se define inteiramente pelo som. As reverberações da água pingando do negrume molhado dentro da escuridão acima da minha cabeça se confundem com corridinhas e salpicos trazidos por criaturas noturnas invisíveis fugindo do barulho da minha respiração em pânico. Aterrorizado, perco o pé na passagem estreita que contorna o lago também invisível e tenho que ficar tocando as paredes lodosas com a mão, para me equilibrar. O lodo está cheio de germes — estou enchendo minhas mãos de germes.

E afinal, de volta ao ar livre, olho com gratidão a serena cara branca da lua cheia sobre o leito da ferrovia. A noite sem lua está se aproximando, logo vai chegar, e estarei de novo no escuro, sem lua alguma para iluminar o mundo. E exatamente quando penso nisso, um ar frio passa por mim e a lua se esconde atrás de uma nuvem. O delicado mundo branco à minha volta desaparece.

Fico parado, controlando meu novo acesso de pânico. Lentamente vou montando uma espécie de mundo surgido das diferentes espessuras do escuro à minha volta e de alguns pequenos sons. O movimento das folhas nos galhos das árvores ao longo da viela. O murmúrio das linhas de telégrafo ao longo da ferrovia sobre mim.

Vou andando para a frente, na verdade vou me arrastando. Pelo toque, encontro a aspereza do muro de tijolos... os enferrujados elos da cerca de arame... os talos quebrados da salsa silvestre... a maciez metálica da caixa com a inscrição em alto-relevo.

Escuto. O sussurro das folhas, o murmúrio das linhas telegráficas. Minha própria respiração. O distante latir dos cães nos barracos das Lanes. Nada mais.

Abro a tampa. A parte de dentro brilha, refletindo um raio

pálido de luz que atravessa as nuvens. Mas no fundo da lata não há qualquer traço de luz. Estou olhando para o escuro. Há alguma coisa errada com este negrume — alguma coisa errada com o *som* dele... O problema é que não *há* som. As superfícies duras lá de dentro deveriam dar uma resposta tênue às pequenas respirações da noite, mas não há resposta alguma.

Cuidadosamente ponho minha mão lá dentro. A textura do ar parece mudar e se engrossar em torno dos meus dedos quando pego uma substância que cede sob a pressão deles. Tiro minha mão correndo.

O que eu senti, e estou trabalhando com uma percepção tardia, acho que foi uma *maciez*. Uma maciez seca e fresca. A caixa tem alguma coisa dentro dela. Devagar vou entendendo o que é.

Algum tipo de pano.

Ponho as duas mãos devagar e com muito cuidado dentro da caixa. Pano. Um monte de pano... Tipos diferentes de pano... Alguns lisos, outros fibrosos... uma bainha... um botão... outro botão...

Sob meus dedos agora há alguma coisa áspera ao toque, com um desenho de sulcos e estrias que me parece curiosamente reconhecível. Acho que sei o que é. Relaxo a mão para sentir a parte de baixo e a largura — e então paro.

A textura da noite à minha volta está mudando um pouco. Olho para cima e vejo a sugestão de uma moldura luminosa nas nuvens acima. A qualquer momento, a lua vai sair de novo. Mas alguma coisa também mudou. Alguma coisa no *som* do mundo.

Aguço os ouvidos. Nada. Só o balançar das folhas, o suspiro dos fios dos postes, o ir e vir da minha respiração.

Volto minha atenção para o objeto que estava tocando. A parte de baixo é igual à parte de cima. É da largura da minha mão... Eu sei o que é. Começo a escorregar minha mão pelo objeto, para sentir onde acaba e ter certeza, e paro de novo.

O som que mudou é o som de minha respiração. Ficou mais complexa. Não mais corresponde exatamente ao subir e descer que sinto dentro do meu peito.

Paro de respirar. O som de respiração continua.

Há alguém muito perto de mim na viela — alguém que entrou silenciosamente pela cerca de arame e parou para escutar, do mesmo jeito que eu.

Outro barulhinho bem leve. Uma mão procurando os tijolos do muro, do mesmo jeito que eu fiz há pouco... Os enferrujados elos da cerca estão sendo levantados outra vez. Um corpo passa por baixo...

Há alguém muito perto de mim, procurando o caminho em direção à caixa. É um homem — posso escutar a masculinidade da sua respiração equilibrada. Um homem adulto — posso escutar o tamanho dele. A qualquer momento vou sentir as mãos dele quando se estenderem para a caixa e encontrarem lá as minhas mãos.

Não consigo me mexer. Não consigo respirar. Um calafrio agoniado, elétrico, corre pelas minhas costas ao sentir a aproximação dessas mãos.

E de repente a escuridão se desfaz num jorro de luar.

A respiração regular atrás de mim acaba num arfar rouco e súbito.

Nenhum de nós se mexe. Nenhum de nós respira.

Eu só preciso me virar para vê-lo. Mas não consigo, assim como não conseguimos olhar para trás quando há uma terrível criatura atrás de nós num pesadelo.

A lua se esconde atrás das nuvens outra vez e o homem desaparece. Escuto o barulho dele arrastando-se de volta por baixo da cerca de arame e, na pressa, tropeçando ao correr pelo caminho esburacado das Lanes.

Espero, imóvel como pedra, ainda carregado daquela insuportável eletricidade gelada.

Espero... e espero... até que escuto os cachorros latindo de novo à distância e tenho certeza que ele se foi. Daí me viro e me atiro cegamente através do emaranhado da cerca, na atordoante escuridão do túnel.

Ao chegar correndo na esquina, vejo a Vila cheia de fachos de luz de lanternas que giram atarantadas, e figuras enlouquecidas correndo para um lado e para o outro. As luzes se dirigem imediatamente para mim e ferem meus olhos. Uma tempestade de apertões frenéticos e de murmúrios desaba sobre mim.

"Por onde você andou...? Que diabo você pensa que está fazendo...? Ficou louco...? Íamos chamar a polícia...! Sabe que horas são...?"

A rua cheia de pessoas em frenesi se resumia afinal a meus pais de pijama e camisola, me empurrando para dentro pela porta da frente, ainda tentando manter as vozes baixas para não acordar os vizinhos. Geoff me olha cinicamente da soleira. Acho que foi Geoff que me delatou.

Logo que a porta da frente se fecha atrás de nós, eles se sentem livres para soltar a voz, e, quando meu pai acende a luz, surge um novo motivo para se alarmar. "Você está ensopado!", grita minha mãe. "Está molhado dos pés à cabeça!"

É verdade; parece que atravessei o túnel pelo meio e ainda caí estirado na água.

Minha mãe arranca minhas roupas molhadas como se eu tivesse três anos.

"Por Jesus molhado!", diz Geoff. "O que estava caçando desta vez? Submarinos?"

"Ah, foi alguma idiotice com o Keith, não foi?", grita meu pai. Nunca o tinha visto nesse estado antes.

"Keith?", grita minha mãe, "*Keith* não anda solto por aí a esta hora da noite, fale a verdade."

Não digo nada, meus dentes já começaram a bater de novo.

"Ele estava ou não com você?", pergunta meu pai. "Será que tenho que ir bater na casa dele para saber se está lá?"

Diante desta horrível e transcendental possibilidade mudo de política e sacudo a cabeça.

"Tem *certeza*?", diz minha mãe. "Tem certeza que não enfiou Keith neste embrulho com você? Porque se você o meteu nessa história, nem sei o que a mãe dele pode estar pensando!"

Sacudo a cabeça de novo. Será que ela pensa mesmo que sou eu que invento essas coisas, e não ele? Como é que Keith conseguiu enganar nossas duas mães ao mesmo tempo?

"Se não achar impertinente de minha parte, gostaria de saber o que andou aprontando", informa meu pai.

Volto à incomunicabilidade total. Estaria me recusando, de propósito, a falar de coisas que sei que nunca poderão ser reveladas a estranhos? Ou estou simplesmente tão chocado que não consigo abrir a boca? Tudo que consigo pensar, nu e tremendo, mudo e infantil, é um simples e avassalador pensamento: que eu poderia ter me virado e visto quem era. Poderia ter me virado. Poderia ter visto o homem. Falhei outra vez.

Descubro que tenho uma coisa apertada na mão, enquanto minha mãe joga uma toalha em cima de mim e me esfrega violentamente para secar — é aquela coisa enrugada e com sulcos que tirei da caixa um pouco antes de ouvi-lo chegar. Olho o que é, afinal, e é exatamente o que pensei que era. Está tão molhada como todo o resto, e minha mãe a tira de minha mão e a joga por cima da pilha molhada amontoada no chão do meu lado.

A coisa parece estar completamente à vontade na sua nova vizinhança: uma meia de lã comprida, azul-escura, com o calcanhar muito remendado.

* * *

Keith vira e revira a meia nas mãos, inspeciona-a com cuidado. O remendo secou com uma cor mais clara do que o resto, é o que vejo, agora que recuperei a meia da cesta de roupa suja da minha mãe, e a sola está marrom de velha e de uso. Ele a vira do avesso. Não há nada escondido ali a não ser umas bolinhas de lã esfiapadas.

Estamos sentados à mesa do chá, sob o brilho dos candelabros de prata e do cinzeiro que os pais dele ganharam em algum campeonato mundial de tênis. Meu coração fica miúdo ao ver o pé de meia. Este é o fruto da minha grande aventura, o tesouro que me fez sair de casa na calada da noite para vir depositar a seus pés. Deveria ser outra coisa, é claro. Se o autor da façanha fosse Keith seria diferente. Seria um mapa ou um plano de alguma coisa. Uma mensagem em código. Ou pelo menos outro pacote de cigarros, com um sinal secreto. Nunca uma meia. Nunca uma meia velha.

Em cima do tampo brilhante da mesa, debaixo do olhar objetivo e franco do tio Peter na lareira, a sola marrom e o calcanhar costurado sobressaem muito definidos, fora de lugar.

"Havia mais coisas na caixa", explico outra vez. "Camisas e coisas. Aconteceu que eu estava com isto na mão quando escutei o homem."

Contei do homem para ele, e dos cachorros latindo nas Lanes. Não contei que a lua saiu de detrás das nuvens, não contei que poderia ter me virado e visto o homem ao luar.

As pálpebras de Keith baixam um pouco; um dos olhares do pai. Minha grande façanha não o agradou ou impressionou. Deveria ter imaginado. Ele é o herói de nossas aventuras, não eu.

"E tem certeza que ele não viu você?", pergunta.

"Eu me escondi", digo, sem olhar para ele. "Eu me escondi muito depressa." Percebo agora que fiz tudo errado.

"E conseguiu dar uma boa olhada nele?"

"Não pude, eu estava escondido."

Keith vira e revira a meia de novo, insatisfeito com uma das minhas explicações ou com as duas.

"Achei que poderia ser um disfarce", sugiro humildemente. "Era possível que fossem roupas comuns para alguém trocar. Se tivessem aterrissado de pára-quedas ou outra coisa qualquer e usassem um uniforme alemão. Se estivessem escondidos nas Lanes, em algum lugar."

De qualquer jeito, uma meia velha não é pagamento para bacon de câmbio negro, ou um presente de tia Dee para um namorado imaginário. Não que eu tenha acreditado naquela mentira por um minuto sequer. Nem teria dito qualquer coisa sobre ela para Keith mesmo se acreditasse. Seria ficar inventando histórias. Não se pode inventar histórias. Principalmente sobre a tia de alguém ou sobre a própria mãe de alguém.

Puxo a meia de cima da mesa e a escondo no colo quando a mãe dele entra na sala.

"Não sei se Stephen gosta de bolinhos de Chelsea", diz ela. "Foi a única coisa que encontrei no Court."

Ela sorri para nós dois em conjunto, com sua imprecisão costumeira e cuidadosa. Tudo deve ser como sempre foi, é o que ela está me dizendo. Mas não é, não é! Debaixo da mesa estou segurando a meia velha que ela pôs na caixa para X, para um pára-quedista alemão, e que eu retirei da caixa apesar do que ela me disse. Não posso olhar para ela. Sei que minha cara está daquele jeito esquisito outra vez. "Obrigado", murmuro.

Ela sai da sala, mas não tenho coragem de colocar a meia na mesa de novo. "Por que você tirou a meia da caixa?", pergunta Stephen, ainda insatisfeito e nada distraído com os bolinhos. "Quando descobrirem que está faltando, vão saber que mais alguém esteve lá."

Não digo nada. Não posso explicar que só a encontrei na minha mão depois, sem explicar minha fuga em pânico, e não posso explicar minha fuga sem contar da figura respirando na minha nuca e meu fracasso vergonhoso em não me virar e ver o sujeito.

Enfio o meu bolinho garganta abaixo, em silêncio.

"Era melhor a gente ir ver o que está acontecendo", ele diz. Há uma nota de sofrimento muito consciente na voz. Ele está retomando o fardo de liderança, tomando para si, sobre seus ombros, a pesada responsabilidade que um líder tem de assumir pelos erros de seus subordinados.

Faço um esforço atrasado para honrar meu compromisso com a mãe dele. "Acho melhor não", digo.

As pálpebras de Keith se abaixam de novo. "Por que não?", pergunta — e é claro que não posso explicar. Ele acha que estou com medo. Toda minha coragem da noite anterior não valeu nada.

"Só acho que não devemos", retruco com voz fraca.

Ele vai na frente até a porta da sala de visitas e bate, como de costume. "Só para pedir licença para *mim* brincar com Stephen lá fora", anuncia.

Há uma pausa enquanto ela pensa no assunto. Está lá no fundo, sentada à escrivaninha com o mata-borrão aberto e uma caneta na mão, e calcula se pode confiar em mim para honrar a promessa, e em Keith para que também não saia por aí fazendo besteira.

"Para *eu* ir brincar", ela murmura calmamente, afinal. Confia em mim.

"Para eu ir brincar", ele repete obedientemente. Recua. Dou um passo para a frente a fim de tomar-lhe o lugar e cumprir o ritual costumeiro.

"Muito obrigado por me receber tão bem", murmuro.

Ela sorri, talvez por escutar a fórmula que usou saindo de minha boca.

"Divirtam-se, meninos, tentem não se meter em encrencas."

Ela está me lembrando do acordo, é claro, e ao seguir Keith até o fim da rua, quebrando o pacto, desapontando-a a cada passo do caminho, me sinto pior do que nunca.

Na esquina paramos e olhamos cuidadosamente para trás, a fim de checar se a rua está vazia.

"Ela estava escrevendo cartas", diz Keith. "E logo vai sair para botar no correio."

Eu sei. E vai virar a rua à direita em vez de à esquerda, e nos pegará olhando dentro da caixa, e descobrirá minha traição. Sigo Keith desacorçoado através da escuridão cheia de ecos, entre a água e o lodo, tentando me convencer de que, se estamos na frente dela, não a estamos seguindo. Levantamos a cerca de arame e engatinhamos por baixo.

Na vegetação do muro do túnel não há nada à vista senão o fantasmagórico formato de uma ausência indistinta. A caixa se foi.

"É óbvio que ele te viu", diz Keith. "Mudaram o esconderijo. Agora os alemães sabem que nós os descobrimos. Precisamos começar tudo de novo, camarada."

Meu coração encolhe ao tom de voz do pai dele, à acusadora ausência no mato que me atordoa, ao meu próprio desespero.

"Sinto muito", digo humildemente.

Quebrar minha palavra de honra só me trouxe maus resultados. E a qualquer momento ela vai chegar com um novo carregamento de segredos para colocar na caixa. Vai descobrir que a caixa não está mais lá — e que fui eu a causa do desaparecimento.

"Sinto muito, Keith", sussurro, "é melhor irmos embora."

Mas Keith está sorrindo seu perigoso sorrisinho. Sei que vou ser humilhado por ser tão covarde e pela minha presunção de tentar dar a impressão do contrário.

"Então, *ele* viu *você*", diz, "mas *você* não viu *ele*."

Fico chocado com a injustiça daquilo. Keith não sabe como foi terrível ficar ali, sozinho. No meio da noite! Não foi ele que teve a experiência de se meter noite adentro!

"Estava escuro", explico. "É melhor irmos andando."

"Tinha lua, você disse que tinha lua."

"Não àquela hora."

"Quando?"

"Quando ele me viu. Quando eu não vi ele."

A fraqueza da resposta fica evidente, no momento mesmo em que a digo. O sorriso de Keith fica mais fino ainda, a voz mais macia.

"Você na realidade não estava se escondendo, estava? Estava só escondendo a cara."

"Keith, por favor, vamos embora."

"Estava só com as mãos tapando o rosto. Foi por isso que não o viu. Como Milly brincando de se esconder. Como um bebezinho."

Sinto um nó na garganta, e lágrimas de vergonha começam a encher os meus olhos. É a pura injustiça da acusação que me derruba, a atenção grotesca de Keith no meu momento de fraqueza depois de eu ter demonstrado tanta coragem, a rejeição cruel do tributo conseguido a duras penas que eu quis colocar aos pés dele. Mas é claro que minhas lágrimas são a prova de que ele está certo. Através da umidade trêmula tenho consciência de que o sorriso de Keith se evapora lentamente. Perdeu o interesse em mim. Vira de lado e dá de ombros. "Vá para casa, se é isso que quer fazer."

Passo por baixo da cerca outra vez, ainda choramingando, mais humilhado do que nunca. Luto para levantar o arame, e no meu desgosto nem isso consigo fazer.

De repente paro. Tento parar de soluçar para escutar.

Ouço o barulho fraco de passos que se aproximam ecoando no túnel.

Volto engatinhando para Keith. "Ela está vindo", murmuro.

Nós dois olhamos à volta procurando um lugar para nos escondermos. Mas dali, do lugar mesmo onde estamos, já escutamos os passos chegando... Já estão no buraco do arame... Eu já me deitei e apertei a cabeça contra o chão de modo que não possa ver o destino que vai me alcançar. Como Milly brincando de esconde-esconde. Como um bebezinho.

Então, devagar, o som dos passos que se aproximavam desaparece. Lentamente percebo que o mundo não se acabou, afinal de contas.

"Rápido", sussurra Keith. "Ela passou! Ela está indo para as Lanes!"

Eu me sento. Ele já está se arrastando para o buraco no arame. Saio atrás dele depressa, com mais vergonha de mim do que nunca. Mas não posso deixar de ver, quando ele se vira para passar por baixo da cerca, que há uma mancha de grama na sua bochecha. Estava escondendo a cara igualzinho a mim. Dois bebês juntos. Por um rápido instante sinto-me triunfante. Saio correndo para voltar para casa — e percebo, na metade do caminho do túnel, que Keith foi para o outro lado, para o lado das Lanes.

Nós dois paramos, surpresos. Ele vai segui-la. É claro, eu deveria ter percebido.

Ele espera que eu me vire e vá atrás dele, mas agüento firme. "O quê?", pergunta ele, sorrindo seu sorrisinho. "Está com medo dos cachorros?"

Sacudo a cabeça em negativa, mas não me mexo do lugar. Não *consigo*! Ela me fez dar a palavra de honra! E não posso explicar nada.

Então ficamos lá. Porque *ele* também não se mexe. Não vai sem mim. E num relance de comovida gratidão percebo que precisa de mim para acompanhá-lo. Sem mim não há jogo. Sem mim não há ninguém para ele ultrapassar em coragem.

Devagar vou andando para me juntar a Keith.

"Anime-se, então!", diz, friamente. "Ou vamos perdê-la."

Começa a andar depressa para alcançá-la. Eu vou no mesmo ritmo, meio passo atrás. Devagar diminuímos o passo em cada curva e volta da trilha esburacada, em cada abertura na cerca viva onde ela pode muito bem estar à espreita.

À nossa frente os cachorros começam a latir. Ela já está passando pelas Cottages. Corremos em frente.

Todas as tardes de verão nas Lanes padecem de um certo tédio sonolento. Mesmo o trem que ouço atrás de nós no aterro se arrasta sobre o leito com uma espécie de cansaço, como que subjugado pelo mesmo sufocante torpor verde. Nas poucas ocasiões em que exploramos este lugar antes, sempre senti que estávamos em outro país, mais antigo e mais assustador. Enquanto a trilha se enrosca para a direita e para a esquerda, reconheço o plátano com uma corda podre pendente de um dos galhos... o campinho repentino agora sufocado de groselheiras e azedinha... o trecho das urtigas... uma bota sem par, de boca aberta... uma cadeira de braços virada sobre um monte de estofamento encharcado. De repente as Cottages estão na nossa frente. E os cachorros.

Há três deles, com orelhas feridas voltadas para trás e olhos maus tão multicolores quanto seus pêlos, dançando a mesma dança de medo e ódio alternados, pulando na gente, agachando-se medrosos, atacando de novo. Imediatamente qualquer rusga que eu pudesse ter tido com Keith se desvanece, e estou do lado dele, ou bem atrás das costas dele, tentando me esconder e disfarçar o cheiro do meu medo, enquanto ele encara os cachorros de frente e anda devagar mas com firmeza, comigo atrás, andando devagar e nervosamente.

Nosso progresso é observado por uma meia dúzia de crianças

de várias idades, sem expressão nenhuma no rosto, em pé diante das Cottages, na própria trilha ou nos pequenos jardins de frente, cheios de ferro enferrujado e colchões velhos. Suas caras estão sujas e usam camisetas imundas e roupas cinco tamanhos maior do que elas. Tudo ao redor está cheio de germes. Não estão fazendo nada — nem brincando, nem chamando os cachorros, nem ao menos se divertindo com o nosso embaraço — , apenas se mantêm em pé, completamente imóveis, como se estivessem ali desde o começo dos tempos, olhando-nos com rostos impenetráveis, como se fôssemos membros de uma raça estranha e incompreensível, invasores da idade do ferro no território da idade da pedra, colonizadores brancos entre aborígines.

Uma idéia confusa me vem à cabeça, surgindo do meio do meu medo, a idéia de que essas criaturas secretas e inabordáveis têm a chave do mistério. Elas seguem as idas e vindas nas Lanes assim como nós na Vila. Viram X ir e voltar do esconderijo do túnel. Conhecem a cara dele. Sabem onde se esconde. Mas não há um jeito de lhes perguntar porque não há comunicação possível entre nós.

Keith trata as crianças e os cachorros com o mesmo desprezo. Examina as Cottages com um leve sorriso de pena quando passamos por elas, como se fossem desabitadas. Eu finjo examiná-las também, lutando para parecer tão orgulhoso quanto ele. Consigo ver como as casas são baixas e como o revestimento branco de madeira está cinzento e todo empolado. Percebo as cortinas rasgadas nas janelas e as duas portinhas na frente das casas. Em cada uma das extremidades das Cottages há uma horta muito cultivada, e no fim delas há um pequeno barraco caindo aos pedaços: a privada.

O olhar de chumbo das crianças caladas pesa tão opressivamente sobre mim como a atenção dos cachorros. Esse mesmo olhar se deteve há poucos instantes sobre a mãe de Keith. Um pensamento impensável, que vem se insinuando na minha cabeça há algum tempo, lentamente toma forma mais definida: ela está aqui, nas Cottages. Essa é a informação secreta que aquelas caras dissimuladas estão escondendo.

Uma das portas da frente se abre, um homem de camiseta suja aparece e nos olha da soleira da porta, mastigando alguma coisa de boca aberta.

X.

Será?

Continuamos andando, evitando os cachorros. Não é X, porque não pode ser. Não pode ser porque... se for, não há nenhum modo de continuarmos com o assunto. Talvez conseguíssemos lidar até com os alemães. Mas com esta gente seria impossível. Temos de acreditar que ela foi mais longe. É a hipótese com a qual temos de trabalhar.

Vamos andando devagar, com aquele pessoal nos olhando e os cachorros latindo para nós até ficarmos fora da visão deles numa curva. Sei que Keith pensou os mesmos pensamentos impensáveis que eu, mas nenhum de nós comenta nada.

Continuamos nossa pesquisa em cada entrada possível no emaranhado verde dos dois lados. Passamos um poço semi-seco onde uma vez viemos pegar girinos, depois uma pequena mina de calcário abandonada e um lugar onde o mato está gradualmente cobrindo uma confusão de carroças e carrinhos de mão quebrados. A trilha desaparece no nada. Um grande claro nesse revestimento natural se abre desdentado à nossa frente — acres e acres de terra despojada de suas árvores e plantações, com lotes de terreno onde se daria início a construções apenas demarcados no chão, abandonados mais tarde, com o início da guerra. Uma savana de mato grosseiro e ervas daninhas reclamou a terra. A grade de avenidas e ruas sem saída, de trevos e rotatórias, desapareceu como as porcas das rodas do carro do pai de Keith e como tantas outras coisas durante a guerra.

"Para onde, agora?", pergunto humildemente, minha voz não mais que um sussurro.

Keith olha com muita atenção o largo horizonte deste mar desolado. Os únicos sinais de vida são figurinhas trabalhando em uma ou duas ilhas distantes, formadas por longínquas manchas de lotes vazios. A milhas de distância, do outro lado, como rochedos baixos numa praia longínqua, estão as últimas casas das ruas incompletas, onde a construção parou. O que temos de acreditar é que alguém está vindo lá de longe desta paisagem lunar toda a tarde, para checar o conteúdo da caixa de críquete, e que a mãe de Keith já fez a desconsolada viagem a este destino mais desolado ainda, só que de cá para lá, ao contrário.

Mas onde, em toda aquela enorme praia, fica o porto? A "terra à vista"?

"Deve haver um caminho", murmura Keith.

Ficamos por ali na terra seca onde a trilha acaba. Por todo lugar, entre as touceiras de vegetação áspera, aparece o solo rachado, como o crânio careca entre tufos de cabelo do meu pai, e por todo lugar há caminhos que não levam a lugar nenhum.

Estamos no fim do mundo aqui, e o mesmo pensamento impensável voltou a nós. Temos que voltar ao último lugar que ela com certeza alcançou: as Cottages.

Ficamos por ali, perdendo tempo no terreno vazio no fim das Lanes. Nenhum de nós diz qualquer coisa sobre as Cottages, e sei que Keith está tão relutante quanto eu porque não há nada a fazer lá, mesmo que ele seja corajoso o bastante.

Todo mundo chama o lugar em que estamos de Barns, apesar de não existirem celeiros à vista, só uma desolação de bases de tijolos com mato crescendo por cima e folhas de zinco caídas, sobras de construções de chácaras que devem ter desmoronado há muitos anos. Mesmo os últimos vestígios estão começando a desaparecer sob um arvoredo de sabugueiros e restos de velhas vasilhas de esmalte de fundos pendurados. Havia um vagabundo morando por aqui no inverno passado, mas Norman Stott contou que a polícia o levou embora. Nós cutucamos aqui e ali nas velhas panelas e caldeirões, adiando nossa volta às Cottages. Keith pega uma pedra e joga na chaleira preta perto dos tijolos entre os sabugueiros. O barulho soa nítido no silêncio. Imito, pego uma pedra e também jogo, mas o caldeirão fica silencioso. Arranjamos alguma coisa para nos ocupar por um tempo. Keith pega outra pedra e acerta. Eu jogo outra e não acerto.

Há um movimento entre os sabugueiros.

Keith, na iminência de jogar uma terceira pedra, abaixa os braços. "O velho vagabundo voltou", sussurra.

Esperamos. Não há mais nenhum movimento. Keith atira a sua pedra na direção dos sabugueiros e acerta outro objeto de metal — alguma coisa maior e menos oca, pelo ruído. Uma das velhas folhas de zinco que está por ali caída no chão, talvez.

Keith rasteja em direção ao local. Eu me arrasto atrás dele.

Entre os tijolos quebrados, parece que há uns degraus levando para baixo da terra, para uma passagem secreta ou para as ruínas de um porão. Alguém colocou umas folhas de zinco sobre bases de tijolo de modo a fazerem as vezes de um telhado.

"Ele está lá", afirma Keith. "Estou escutando a respiração dele."

Presto atenção mas só ouço o súbito estrépito de um trem atrás das árvores, onde a ferrovia finalmente emerge do comprido aterro atrás dos McAfee. Há qualquer coisa de casual na indiferença costumeira desse som que faz estas matas melancólicas ainda mais melancólicas. Sinto o cheiro azedo e triste do sabugueiro no meu nariz, tão acre como xixi de gato, e imediatamente evocativo da polpa tenra e inútil da madeira que não arde numa fogueira e que se quebra facilmente quando se tenta fazer alguma coisa com ela. A inutilidade das pretensões do sabugueiro a ser uma árvore de verdade — sua humilhante posição no último degrau da hierarquia das árvores — parece curiosamente apropriada ao jeito pelo qual o mundo familiar acaba aqui no fim das Lanes. Viemos do mais alto ao mais baixo numa só jornada — dos heróis em molduras de prata nos altares da casa dos Hayward percorremos todas as gradações sociais descendentes na Vila, dos Berrill e Geest até nós, de nós aos Pincher, descendo mais e mais até o abandono sujo das Cottages e seus desgraçados ocupantes e chegamos ainda mais baixo, ao velho vagabundo que se refugia sob uma folha de zinco num sabugueiro fedorento, sem ter nem mesmo um cachorro para conversar. Nem mesmo uma privada para fazer suas necessidades.

Onde é o banheiro dele? No chão, como o de um animal. Posso sentir o cheiro que se mistura ao do sabugueiro. Sinto os germes fervilhando por ali.

O ruído do trem esmoreceu. E agora escuto alguma coisa. Uma tosse. Uma tosse muito baixa. Ele está se esforçando para que não o escutemos. Está com medo. Com medo de Keith, com medo de *mim*. Este é o degrau mais baixo da hierarquia humana a que uma pessoa pode chegar.

Imediatamente, depois de toda minha covardia nas Lanes, sinto coragem. Procuro à volta um instrumento que possa usar para amedrontar mais um pouquinho o velho. "O que foi?", sussurra Keith. Não digo nada. Vou até um dos montes de panelas velhas e tiro de lá uma barra de ferro dobrada e enferrujada. Vou tomar a liderança pelo menos desta vez. Vou mostrar a Keith que ele não é o único a pensar em planos e projetos.

Estendo a barra e bato devagar no zinco sobre a cabeça do homem. A tosse pára na hora. Prefere sufocar do que se deixar ver.

Bato de novo. Silêncio.

Keith olha à volta e encontra um velho pedaço de madeira cinzenta que parece vir de uma cerca. Bate por sua vez na folha de zinco.

Silêncio.

Eu bato. Ele bate. Nenhuma resposta. O vagabundo ainda prende a respiração lá embaixo.

Pego o ferro e bato no zinco com a maior força que posso. Keith faz a mesma coisa com seu pedaço de madeira. Socamos e socamos até o zinco começar a ceder. O barulho enche nossas cabeças de modo que não temos que pensar sobre a expedição não concluída e a expectativa de voltar às Cottages. O barulho preenche a grande desolação do fim das Lanes com um objetivo humano e alguma ação.

Se o barulho é tão alto aqui fora, como deve soar lá *embaixo*? Dou risada só de pensar. Não posso esperar para ver a cara cômica do velho quando ele finalmente sair de lá e a gente correr fugindo para as Lanes.

Mas ele não aparece, todavia, e por fim somos obrigados a parar, ofegando e rindo demais para continuar.

Nenhum sinal dele. Nenhum barulho, também, além da nossa nossa comoção e de outro trem chacoalhando indiferente atrás das árvores. É engolido pelas profundezas do aterro e o grande silêncio retorna.

Lembro-me do dia em que Dave Avery e mais alguns meninos da outra rua fecharam o pobre Eddie Stott no escuro do barracão do jardim dos Hardiment e depois começaram a bater no telhado. Lembro-me do terror de Eddie e de seus gritos de animal acuado.

O silêncio sob o zinco é ainda mais soturno. Nem um grito, nem uma praga, nem uma respiração.

Nosso riso parou. Sinto um dedo gelado de ansiedade tocar meu coração e sei que Keith também sente a mesma coisa.

O velho *não* está morto, apesar de tudo. Como poderia estar? As pessoas não morrem por causa de uma provocação sem graça.

Mas às vezes morrem de medo...

Keith joga no chão a sua madeira. Eu jogo o meu ferro. Não sabemos bem o que fazer.

Por que não descemos os degraus e olhamos? Porque não conseguimos.

E de repente nós dois nos viramos e corremos, nenhum de nós líder de nada, nenhum de nós conduzindo ou conduzido.

Corremos e corremos, até os primeiros cachorros que nos perseguem, correndo também, e nos forçam a diminuir o passo. Mesmo depois que passamos as Cottages e o último dos latidos se faz ouvir bem longe de nós, continuamos mudos. Passamos pela bota mofada, pelas urtigas e pelo pequeno campo de groselheiras, passamos o plátano com a corda dependurada, até que afinal saímos da terra escondida e antiga atrás do túnel.

Andamos silenciosamente até a Vila. Estamos em silêncio, porque nosso pânico diminuiu, e pensamos no velho mendigo. Sobre a presença não vista e não ouvida que preferia morrer a mostrar o rosto ou deixar que escutássemos sua voz. O desconhecido que permanece desconhecido. O valor da equação que ainda precisa ser determinado. X.

O pai de Keith está em pé no portão com o uniforme da Home Guard quando chegamos.

"A mamãe ainda não voltou da tia Dee", ele fala abruptamente. "Tenho uma parada militar nesta tarde. Jantar cedo. Será que ela esqueceu?"

Então a mãe não está de volta. Demora um pouco para que as implicações dessa afirmação façam sentido, para que caia a ficha na nossa cabeça. Meu estômago se revolve. Dou uma olhada para Keith. A mesma idéia passou pela cabeça dele; seu rosto fica branco. Nossos olhares se cruzam por um momento e depois cada um olha para o outro lado. O olhar dele torna-se nebuloso e vago. Os lábios acinzentados se curvam num dos sorrisos sem alegria do pai.

"Vá até lá lembrá-la, O.K.?", pede o pai de Keith.

Não posso olhar para Keith. Nem posso pensar no que ele pode fazer ou dizer.

"Esqueça", diz o pai, "aqui está ela."

Nós a vemos chegar pela esquina com sua cestinha de compras. Está andando depressa, pela primeira vez na vida, está quase correndo.

"Desculpe, Ted", diz por fim, sem respirar. "Dia de sua parada, eu sei. Fui até o Paradise. Tentei tudo para arranjar um coelho para o fim de semana. Nada feito. Voltei correndo."

Keith se vira em silêncio e vai andando para casa.

"Jantar na mesa em dez minutos, então, patroa", diz o pai. "Tudo bem?"

Ele segue Keith e entram em casa. A famosa baioneta pula na bainha sobre a nádega cáqui.

A mãe de Keith olha para mim ao se virar para fechar o portão atrás dela. Por um momento fica absolutamente imóvel, olhando-me e tentando retomar a respiração. "Foram vocês dois?", pergunta de mansinho.

Eu desvio o olhar.

"Ah, Stephen", diz ela tristemente. "Ah, Stephen!"

7.

O que é que Stephen entendia a essa altura sobre o que estava acontecendo?

Estou em frente a Meadowhurst, a nova casa sem graça que um dia foi uma terra de ninguém, de capim alto, chamada Braemar, e olho fixamente o segundo vaso de gerânios à esquerda da calçada. Deve ocupar o mesmo lugar que Stephen ocupava quando se sentava no esconderijo por horas e horas a fio nos dias que se seguiram à expedição até as Lanes. Keith parou de sair para brincar, e Stephen não sabia o que estava acontecendo dentro da casa dos Hayward; ficava inseguro de ir lá e bater na porta. Então ficava ali, sentado, sozinho. Seu traseiro no chão de terra, agora escondido pelas pedras da calçada. Sua cabeça, naquele tempo, estaria na mesma altura destas flores vermelhas de hoje.

Desconcertado, admiro as flores.

Da janela da sala de visita um menino me olha, tão absorvido e atento como eu. Tem mais ou menos a idade que Stephen tinha naquela época, e está tentando imaginar o que passa pela cabeça deste velho, de pé, olhando com intensidade insana um vaso de gerânios da mãe dele. Está pensando que nunca me viu na Vila antes. Lembra-se de todas as histórias de ladrões que roubaram a banheira ornamental de passarinhos do jardim do vizinho, ou dos fantasmas doentios de mãos estendidas que assombram as margens do seu mundo familiar, dos vendedores ambulantes sobre quem tanto o alertaram, gente que oferece todo tipo de prazeres terríveis que devem ser recusados, torturadores de crianças, assassinos eventuais andando à toa...

Eu o ignoro. Continuo pensando naquela cabeça que sai do vaso de gerânios. A coisa mais difícil de entender é que é a mesma cabeça que está aqui sobre meus ombros pensando no assunto — e o pior de tudo é que ainda não tenho a menor idéia do que acontece dentro dela, não mais do que o menino atrás das cortinas tem. Imagino que seja um nó variado e desconfortável de lembranças e apreensão. Que teima em se lembrar da trovoada de pauladas na folha preta de zinco e no silêncio que se seguiu; do olhar da mãe de Keith quando se virou para ele no portão e lhe fez a pergunta com tanta doçura; dos x e dos pontos de exclamação; dos beijos durante o blecaute. Da noite sem lua.

Impressões... medos... Mas o que Stephen *fez* com todas essas emoções? O que foi que realmente *entendeu*?

O que é que *eu* entendo? Agora? Sobre todas as coisas? Mesmo as coisas mais simples à minha frente? O que entendo sobre estes vasos de gerânios?

Só que são vasos de gerânios. Sobre os processos moleculares, químicos e biológicos que estão por trás daquele vermelho escandaloso, ou mesmo sobre os arranjos comerciais e econômicos que movimentam o mercado de vasos de flores, ou sobre as explicações sociológicas, psicológicas e estéticas da plantação de gerânios em particular, entendo mais ou menos nada.

E nem preciso entender. Só dou uma olhada em direção a eles e na hora pego a idéia geral: são vasos de gerânios.

Agora que se levantou a questão, não tenho certeza se entendo nem mesmo o que significa *entender* alguma coisa.

Se Stephen entendia qualquer coisa do que estava acontecendo, acho que era o seguinte:

Que havia traído a confiança da mãe de Keith e que a desapontara; que de algum modo havia piorado as coisas; que tudo no mundo era mais complicado do que ele supunha; que ela agora estava presa na mesma dificuldade que ele sobre o que pensar e o que fazer e presa da mesma angústia profunda.

Ao olhar fixamente os gerânios, uma pergunta básica, muito simples me vem à cabeça: será que Stephen ainda achava que ela era uma espiã alemã?

Meus olhos perdem o foco ao tentar rememorar; os gerânios se transformam numa vaga mancha vermelha.

Tanto quanto consigo me lembrar do ocorrido, como herdeiro dos pensamentos de Stephen, ele não achava que ela era mas também não achava que não era. Sem Keith por perto para lhe dizer o que achar, tinha parado completamente de pensar no assunto. Na maior parte do tempo você não anda por aí pensando que as coisas são assim e assado. Não fica pensando se está entendendo ou não. Você aceita as coisas, simplesmente. Não tenho a menor dúvida de que estes gerânios sejam gerânios, mas na verdade não estou pensando a idéia: "Estas flores são gerânios" ou "Estas flores não são nastúrcios". Tenho outras coisas com que ocupar minha cabeça, acreditem.

Vamos por outro lado. Vou me fazer uma pergunta ainda mais fácil. O que é que Stephen realmente achava que ela estava *fazendo*?

Não tenho certeza se ele pensava nisso de um modo concreto. O que é que ele achava que o sr. McAfee fazia quando saía nos fins de semana com o uniforme de oficial civil? Se algum dia a pergunta passou pela cabeça de Stephen, ele simplesmente chegou à conclusão de que o sr. McAfee continuava a fazer o que fazia quando descia a rua de bicicleta, que era ser um oficial civil. O que é que Stephen pensava que o sr. Gort fazia? Bem, aquele era um assassino, então, com certeza matava pessoas. Não me lembro de Stephen se perguntar alguma vez sobre quem eram as vítimas e por quê. O que fazia o pai de Stephen? Desaparecia de manhã e reaparecia à tarde. Desaparecer e aparecer era uma descrição de trabalho para lá de suficiente do ponto de vista prático.

O que *fazem* os espiões, pelo que se sabe? Eles se comportam de maneira suspeita. A mãe de Keith estava se comportando de maneira suspeita. Não seria o suficiente?

De todo jeito, o mistério por trás da nuvem de múltiplas possibilidades era agora X, a presença silenciosa e invisível de X nos Barns. O que Stephen pensava dele?

Pensava que era um alemão. Quanto mais obscura se tornava a germanidade da mãe de Keith, mais claramente ela era transferida para seu mensageiro ou mentor. A germanidade, revelada pela percepção inicial de Keith, foi a fonte onde toda a seqüência de acontecimentos teve início. Persistia, como uma crença residual em Deus no meio de um mar de dúvidas sobre detalhes teológicos, o único item de fé que Stephen tinha para se agarrar.

Mas Stephen também achava que ele era um velho vagabundo, pois morava onde moram os velhos vagabundos.

Então Stephen achava que era um velho vagabundo alemão?

Absolutamente. A idéia de que existissem velhos vagabundos de nacionalidade alemã nunca passou pela cabeça dele. O que ele pensava era duas coisas completamente sem relação entre si com partes não relacionadas de sua cabeça, agora eu entendo isto: que a figura invisível dos Barns era alemã e que, ao mesmo tempo, era uma coisa muito diferente — um velho mendigo.

Entretanto, desconfio que numa terceira parte do cérebro de

Stephen havia um elo inconsciente entre ser um velho vagabundo e ser alemão, o que fazia as duas crenças mais compatíveis: os *germes* com os quais os mendigos estavam presumivelmente cobertos, e que provavelmente tinham esse nome porque eram tão maus e traiçoeiros como os germânicos.

Pensaria Stephen que esta figura ambígua poderia ser também o namorado misterioso de tia Dee, como Barbara Berrill havia sugerido, ou que a mãe de Keith pudesse beijá-lo debaixo da folha negra de zinco? Não — idéias dessa espécie se tornaram mais ridículas do que nunca. Mesmo que as tias das pessoas tivessem namorados, não namoravam velhos vagabundos. Mesmo que beijassem as pessoas no blecaute, com certeza não beijavam germânicos cheios de germes.

Ainda assim, na cabeça de Stephen o eco da palavra "namorado", o fantasma daqueles beijos roubados, persistia como um leve aroma no ar.

O que ele queria, acho, era que todos os pensamentos se agitando na sua cabeça cessassem, que tudo parasse de acontecer e voltasse ao que era antes. Uma espionagem pura e simples que prometera tanto divertimento tinha virado um negócio difícil. O que ele queria é que Keith chegasse com alguma idéia nova, algum projeto novo que expulsasse o antigo da cabeça deles.

Mas Keith não apareceu. Stephen foi obrigado a sentar e ficar pensando sozinho.

Outra causa de aflição: o que teria acontecido com o amigo?

Toda vez que Stephen resolvia ir bater na porta de Keith como sempre, pressentia que seria aberta por outra pessoa que não ele, pela mãe, por exemplo, e só de pensar na repreensão calada, no triste "Ah, Stephen!", ficava onde estava, esperando que Keith viesse a ele.

Mudo o foco de meu olhar e o retiro dos gerânios para o menino que me olha. O que foi que *ele* fez com todas as *suas* aflições? Desapareceu — com certeza foi contar à mãe sobre mim, sem dúvida. Em um instante ela vai aparecer para descobrir o que está acontecendo, e ao me ver encarando a janela da sala de visitas irá correndo telefonar para a polícia, como a sra. Hardiment fez quando viu aquele misterioso intruso espreitando a Vila. Vou andando. Subo a rua e chego de novo à casa de Keith.

Foi o que Stephen também acabou fazendo na época. Não havia outro jeito.

Mas, em todo caso, tudo tinha começado a recuar um pouco para o passado, como sempre acontece. Nada mais aconteceu. Talvez tudo tivesse voltado a ser como antes.

É a mãe de Keith que abre a porta, exatamente como eu temia. Não consigo levantar os olhos para encará-la, porque toda a minha coragem se exauriu no esforço de atravessar o jardim e bater na porta, mas tenho a impressão que ela me olha com a antiga tranqüilidade. "Oi, Stephen", e desta vez não percebo nenhuma nota de reprimenda. "Faz tempo que não o vemos por aqui."

Eu repito a fórmula conhecida, olhos ainda baixos. "Keith pode sair para brincar?"

Por um momento ela hesita. Aí se volta para a escada, em direção ao segundo andar e chama: "Keith, querido! É o Stephen!". Vira-se de novo para mim e sinto o calor de seu sorriso. "Por que não sobe, Stephen? O Keith está arrumando o quarto de brinquedos."

Entro no hall, e a ordem familiar e calma se recompõe à minha volta: a chapeleira está lá com todas as escovas para roupas e calçadeiras... os cabides com as bengalas e bastões... os Trossachs... os pagodes. De algum lugar de fora da casa brota um solo musical sem fim e um assobio de lábios franzidos vem e vai enquanto o pai de Keith passa e repassa os afazeres no jardim. A mãe de Keith me olha enquanto subo a escada e o relógio de pedestal bate o quarto de hora.

É, tudo voltou ao que era antes.

Keith está sentado no chão do quarto separando e guardando as partes de um kit de montar nos compartimentos apropriados da caixa. Olha para cima por um minuto, quando entro. "Preste atenção onde põe os pés, meu chapa", diz ele.

Sento também no chão, em frente a ele, que continua trabalhando, sem dizer nada, como se não se surpreendesse em absoluto de eu ter ficado ausente por tanto tempo e ter voltado de repente. Acho que é isso que ele quer dizer — que nada de diferente aconteceu, afinal de contas. Está me dizendo que o jogo acabou e que a espionagem da mãe, que já nos pareceu tão urgente, ficou difícil de resolver. Foi arquivada e esquecida, como tantas outras questões que também pareciam tão urgentes na época. Nenhum de nós se referirá a isso outra vez. Ele encontrou a solução para toda a viscosidade e desconforto, exatamente como eu sabia que faria.

Respiro os perfumes familiares e doces do quarto: a velocidade metálica das rodas e suportes do kit de montar e a limpeza reluzente do papelão da caixa em que veio; sinto uma sutil intoxicação feita de cócegas no nariz pela cola com álcool que prende as asas da aeronave-modelo, de solvente de acetona da camuflagem, da quietude séria da máquina de lubrificar, dos bem mantidos modelos e motores.

"Vamos continuar a construir a via férrea?", sugiro. "Vamos fazer de novo o viaduto sobre os desfiladeiros nas montanhas?"

Estou tentando dizer a ele que entendo. Concordo que nunca forçamos ao máximo nossos ouvidos para escutar o terrível silêncio dos Barns, que as marcas do diário não queriam dizer nada e que a escuridão das noites sem lua vai e vem sem que nada aconteça. Estou prometendo que não vou falar sobre essas coisas, não mais do que ele, que aceito suas soluções com agrado e que também sei que o jogo acabou.

Ele continua pondo bases com bases e roscas com roscas. A arrumação perfeita do quarto torna-se gradualmente silenciosa. "Tenho que limpar minhas coisas de críquete quando acabar isto aqui", ele diz.

Eu o observo. Ele ignora minha sugestão boba sobre o viaduto, claro, porque saiu de mim e não dele. Já, já ele vai ter uma idéia novíssima arrancada de não sei onde. Vai nos liderar num novo projeto, e mal posso esperar para saber o que é.

Batem na porta, e a mãe dele olha para dentro do quarto. "Vou dar um pulinho na tia Dee. Vocês vão ficar bem sozinhos, não vão?"

Tudo voltou ao normal; ela vai dar uma passada na tia Dee como sempre fez.

Depois que ela sai, Keith continua calado. Mantém os olhos firmes no trabalho que está fazendo. Presta atenção, como eu, na normalidade da rotina da mãe. Concentra-se em vê-la subir a rua e entrar na casa da tia Dee e não virar a esquina no fim da rua, ou ir passear no túnel, ou nas Lanes.

Tudo está de volta ao normal; mas nós dois sabemos que o normal mudou e mudou para sempre. O jogo acabou porque o normal se estendeu e absorveu o anormal. A história mudou seu curso, como um navio muda de direção, e agora navega reta e equilibrada como antes, mas com destino diferente — e não estamos mais a bordo.

Keith põe o kit de construção de lado e pega os protetores e sapatos de críquete do armário. Desço a escada atrás dele e fico olhando enquanto espalha tudo em folhas de jornal no chão. A porta de trás da garagem do outro lado do quintal está aberta, e de lá vem outra variedade de cheiros familiares: serragem, óleo de motor, concreto varrido, carro. A sombra grande do pai, formada pela luz baixa sobre a bancada, move-se pelas paredes internas da garagem, como um ogro dentro de uma caverna, sobre as raquetes de tênis e outras lembranças da vida antes da guerra, e ele continua assobiando, assobiando.

Vejo as manchas cinzentas e as verdes de grama nos protetores acolchoados desaparecerem debaixo da primeira listra de brancura perfeita. Percebo que não vai sair nenhuma idéia nova, nenhum jogo. A nova normalidade não inclui o jogo. Não foi este o jogo que acabou; todos os nossos jogos acabaram. Sou cúmplice num crime que é tão incerto e ambíguo como estas manchas e a sujeira que agora estão desaparecendo debaixo das várias mãos de pintura, e eu desaparecendo com elas.

"É melhor eu ir para casa", digo, infeliz. "Deve estar quase na hora de jantar."

"Tudo bem." Outra listra de brancura brilhante e úmida aparece. Assim mesmo fico mais um pouco.

"Você vai brincar amanhã?", pergunto.

"Não sei ainda, tenho que ver."

De repente ele se levanta. O assobio parou, viro-me e vejo o pai nos olhando da porta da garagem, os lábios franzidos no sorriso conhecido, fino e impaciente.

"A garrafa térmica", diz ele.

Está falando com Keith, claro. Não dá nenhum sinal de ter percebido minha presença. Olho para Keith. Ele fica vermelho. Está sendo acusado de um crime e já está se sentindo culpado — duplamente culpado, porque sabe que deveria suspeitar imediatamente de que crime é culpado, mas não sabe.

O pai espera, Keith fica mais vermelho ainda.

"Vamos lá, meu velho", diz o pai, impaciente, e sinto um medo súbito por mim e por Keith. "A garrafa térmica. Na cesta de piquenique. Alguém disse que poderia tirá-la de lá?"

Keith olha para o chão. "Não fui eu."

Outro sorrisinho do pai. "Tirar coisas dos outros sem permissão — é roubar. Você sabe. Dizer que não foi você, quando foi — é mentir. Entendeu?"

Keith continua olhando para o chão. No silêncio, as palavras "mamãe deve ter pegado" estão no ar, audíveis só para Keith e para mim.

"Onde pode estar, então, meu velho?"

Outro silêncio, com três palavrinhas de comprimento: "Lá nos Barns".

"Não se faça de idiota. É alguma brincadeira de vocês? Seja homem e confesse."

O silêncio está pesado com a mesma explicação — duas vezes, calada por mim e calada por Keith.

"Estou desapontado com você", diz o pai. O sorriso está pior agora, há tristeza e pena nele. De repente percebo do que ele realmente suspeita. Que *eu* roubei a garrafa e que Keith está me protegendo.

"Você sabe o que vai acontecer com você, meu velho", diz o pai. "Lave esta coisa de suas mãos. Seque-as bem."

Entra em casa pela porta da cozinha, limpando os sapatos no capacho.

"É melhor você ir embora", diz Keith para mim. Ainda está com a cara vermelha, sem olhar para nada, a não ser para o chão. Segue o pai até a cozinha, também limpando os pés no capacho, e escuto o barulho da água da torneira se espalhando pela pia, enquanto ele limpa a substância branca que o creme deixou em suas mãos.

Eu iria com todo prazer, como Keith sugeriu, mas não posso, porque tenho que entrar na casa dele e enfrentar o pai. Tenho que impedir que esta coisa aconteça. Tenho que dizer a ele que está certo, que eu peguei a garrafa térmica.

E peguei mesmo, no final das contas. Eu a traí. Fiz com que

ela fosse ao Barns. Alguma coisa ruim está acontecendo lá, e eu fui o culpado, eu que fiz essa coisa acontecer. O jogo ainda não acabou. Simplesmente se tornou um tipo horrível de jogo.

Silêncio na casa. Preciso ir e contar a ele.

O silêncio continua e continua. Preciso dar um jeito.

O pai de Keith vem da cozinha e entra na garagem. Começa a assobiar outra vez.

Keith reaparece com o rosto todo manchado de vermelho, as mãos apertadas debaixo dos braços.

"Eu falei para você ir embora, meu velho", fala secamente.

"Sinto muito", sussurro de forma humilde. Sinto pena por não ter ido, por não ter tomado o castigo para mim, por vê-lo assim, pela dor da palmatória que levou, pelas pontadas que está sentindo nas mãos; por tudo.

O pai dele sai da garagem de novo. "Você tem até a hora de dormir para resolver esta questão", diz a Keith. "Se a garrafa não voltar, você vai levar o mesmo castigo de novo. E amanhã também. E todo dia até a garrafa aparecer de novo."

Fica um tempinho parado na porta, olhando o chão, pensando em mais alguma coisa.

"E sua mãe, está de novo na tia Dee?", pergunta finalmente num tom diferente. Keith concorda.

O sorrisinho volta aos lábios do pai. Ele retorna à garagem. A pedra de amolar zumbe e solta um súbito chuveiro de fagulhas. Não consigo ver o que está afiando, mas não preciso, porque sei o que é. É a baioneta, a famosa baioneta.

Começo a correr para o fim da rua. Não tenho uma idéia clara do que eu vou fazer, só sei que tenho que fazer *alguma coisa*.

Alguma coisa que, de algum modo, compense minhas falhas e traições. Alguma coisa corajosa e decisiva que salve Keith do pai e desvie a catástrofe que sinto se aproximar, apesar de não saber que catástrofe poderia ser.

No mínimo, tenho que colocar aquela garrafa térmica de volta à cesta do piquenique antes da hora de deitar e impedir que Keith seja castigado outra vez. Viro a esquina em direção ao túnel. Acho que estou correndo para os Barns. Não que tenha a intenção de ir até lá. Até onde sei, acho que espero ter a sorte de encontrá-la pelo caminho.

Meu plano prossegue por si mesmo antes que eu saiba direito que plano é. Quando saio da luz do sol e entro na trepidante escuridão do túnel, dou uma trombada violenta em alguém que vem vindo na direção contrária. Nós nos abraçamos, meu rosto queima em confusão doce de peitos, e dançamos juntos um tango precário para não cairmos na praia barrenta da grande poça subterrânea. Nós oscilamos para um lado, perto das paredes lodosas, e depois para o outro, perto do chão molhado. Quando nos recuperamos e conseguimos sair da escura pista de dança para fora do túnel, toda a dignidade tranqüila dela tinha se evaporado.

"Stephen!", grita, curvando-se para pegar do chão as roupas amassadas e os livros que caíram da sacola dela. No barro.

"A garrafa térmica", aviso.

"O que foi que eu te disse, Stephen?", pergunta ela, zangada como da primeira noite quando estava com o lodo do túnel na roupa. "O que foi que te pedi? Por que está fazendo isto?"

"A garrafa térmica", repito desesperado.

"Você é um menino terrível, Stephen, e estou muito brava com você."

"A garrafa térmica!"

Finalmente ela entende o que estou dizendo. Olha para mim, séria.

"O que você quer dizer?", pergunta numa voz diferente. "O que foi que aconteceu?"

E agora a minha língua está presa por uma questão complicada de semântica social. Não posso começar a contar o que aconteceu porque não sei como me referir à pessoa envolvida. Devo dizer "o pai de Keith"? Não posso falar no pai de Keith com a mãe de Keith! Ela deve ter uma relação mais direta com ele. A palavra "marido" me vem à cabeça. Posso dizer "o seu marido"? Não, isso é ainda mais impossível de dizer. "Senhor Hayward"? Pior ainda.

Ela, no entanto, já desconfiou. "Ted disse alguma coisa sobre isso?", pergunta, calma. Tudo que tenho a fazer é concordar, e ela já adivinhou também o fim da história.

"Ele não está pensando que foi o Keith que pegou, está?" Eu balanço a cabeça afirmativamente.

Ela morde o lábio. Os olhos castanhos me encaram com intensidade.

"Ele o castigou?" Respondo que sim.

"Bateu nele com a vara?" Concordo de novo.

Ela se encolhe, como se fossem suas mãos que estivessem pegando fogo.

"Ah, Stephen", diz, como já dissera antes. "Ah, Stephen!"

De não dizer nunca meu nome, passou a dizê-lo mais vezes do que todas as outras pessoas do mundo juntas.

"E mandou Keith colocá-la de novo no lugar?", pergunta com sua voz macia.

"Na hora de ir para a cama", consigo responder.

Olha o relógio e volta para o túnel. O claro vestido de verão dela está todo sujo de lodo verde, e as sandálias brancas fazem barulho de água a cada passo na lama. Tentei guardar seu segredo e ele agora está estampado nela inteira.

Ela pára e se vira.

"Muito obrigada, Stephen", diz humildemente.

8.

O que é que vai acontecer agora?

Vou para o esconderijo todas as tardes depois da escola. Respiro a doçura nova e perturbadora que enche o ar da Vila quando chega o verão: a leve e fácil inocência dos limões em frente dos Hardiment, e das madressilvas em frente à casa do sr. Gort e dos Geest; a sonolenta e melada riqueza dos lilases dependurados sobre a calçada dos Stott e dos McAfee; e a delicadeza refinada das rosas dos Hayward. Fico sentado sozinho, olhando desconsolado para a casa de Keith.

A única coisa que sei de verdade é que agora estou fora daquele mundo bem-ordenado para sempre. Nunca mais vou ouvir o bater dos relógios ou comer pasta de chocolate sob o brilho da prata polida. A família fechou-se sobre si mesma. Uma vez ou outra vejo uma cortina se mexer ao ser fechada contra o sol da tarde ou a sra. Elmsley saindo do quintal e indo para casa dirigindo a bicicleta. Algumas vezes Keith passa a caminho da escola e entra em casa com a bicicleta. Uma vez o pai de Keith saiu para o lado do quintal com uma mangueira, assobiando, assobiando, e regou o jardim da frente. Da mãe dele, nem sinal.

Alguma coisa está acontecendo, eu sei. Com metade da minha cabeça, espero que apareça por lá um policial e pare a bicicleta em frente à casa, como fez com tia Dee. Com a outra metade, espero que não aconteça absolutamente nada.

E não acontece nada, mesmo. Ela deve estar apenas repousando, esperando para recomeçar suas atividades quando chegarmos às noites sem lua. Sinto-me como se tivessem me deixado sozinho para resolver o destino do mundo. Sei que deveria contar a alguém. Mas quem? Um adulto. Eles que se virem. Mas contar o que a eles, de qualquer maneira? O que está acontecendo. Mas o que é que está acontecendo? Eu não *sei* o que está acontecendo!

E contar para qual adulto? Para o sr. McAfee, como fizemos com o caso do sr. Gort? Imagino o sr. McAfee olhando para a letra de criança como fez antes, mesmo que desta vez o nome dele vá escrito certo... e imediatamente perco o entusiasmo.

Minha família? Fico rodeando, enquanto minha mãe está fazendo o jantar, bem perto dela na cozinha, esperando que as palavras saiam da minha boca sem querer.

"O que é?", pergunta ela, impaciente. "O que é que você quer agarrado na barra da minha saia?"

Vou embora para o quarto, e meu irmão está sentado com a lição de casa na frente dele, tentando tirar as manchas de nicotina dos dedos com uma pedra-pomes antes que minha mãe perceba.

"Gostaria que você não ficasse entrando e saindo. Estou tentando estudar, que diabo dos infernos!"

Ou meu pai. Nem preciso esperá-lo chegar em casa para ouvir o que diria: "Shnick-shnack!".

E quando tento imaginar as palavras saindo de minha boca sei que tomariam um ar de intriga, de bisbilhotice horrível. Seria como inventar histórias ou contar mentiras. Acusamos o sr. Gort, é verdade. Mas daquela vez não era verdade como é agora. Ou como poderia ser agora. Contar histórias é pior do que espionar? Pior do que deixar alguém colocar a vida de nossos soldados e marinheiros em risco?

E é claro, nossos aviadores. Vejo o tio Peter no portão segurando Milly e rindo com toda a turma de crianças à volta, apertadas umas às outras para sentir o bordado áspero das folhas debaixo da águia e a maciez do veludo vermelho na coroa, e imagino que ninguém tocaria mais naqueles pedaços vermelhos de bordado — porque eu permiti que o matassem...

Arranco uma página de um de meus cadernos de escola. "Caro sr. McAfee", escrevo, e paro. Talvez dê tudo certo se eu não fizer nenhuma acusação ou insinuação — se eu simplesmente descrever o que vi e deixar que ele decida que providências tomar. Escrevo: "vi a mãe de Keith Hayward pondo alguma coisa numa caixa, no túnel, e eu olhei e tinha uma meia dentro". Rasgo. "O velho vagabundo está de volta nos Barns, só que ele é um alemão, e a mãe de Keith Hayward estava lá com ele."

Suo na palma das mãos. Isto é maledicência, não tem saída.

Então eu me sento sozinho no ar doce sob os arbustos, espionando e esperando. Até chamo o cachorro dos Stott, quando passa, e penso em maneiras de mantê-lo ali interessado em mim. Fico tão atento ao cachorro, que Barbara Berrill entra no esconderijo antes que eu perceba.

"Sempre sei quando você está escondido aqui", ela diz.

Sinto-me tão mal que nem consigo mandá-la embora. Fico mexendo com um galhinho, enquanto ela senta ao meu lado, com aquela enlouquecedora bolsa azul com fecho azul ainda dependurada no pescoço.

"Você ficou sozinho todos estes dias", diz ela. "Você e Keith não são mais amigos?"

Não tenho a mínima intenção de responder, é claro — e nesse instante, com a mania de ser do contra que os acontecimentos têm, Keith desce o caminho do jardim vindo da porta da cozinha e abre o portão da frente. Meu coração pula duas vezes, uma vez de alegria, outra de medo.

"Não se preocupe", sussurra Barbara Berrill. "Ele não está vindo para cá. Vai fazer compras."

Isto é pura bobagem. Keith nunca fez compras na vida. Mas ao fechar o portão e se virar, vejo que traz uma cesta debaixo do braço. Vai descendo a rua sem ao menos um olhar para o nosso esconderijo.

"É ele que tem feito as compras da mãe, nestes últimos dias", murmura Barbara Berrill. "E da tia também."

Keith entra pelo portão da frente da tia Dee e bate na porta. Sinto um ridículo repente de amargo ciúme. Como é que Barbara Berrill sabe os hábitos novos de Keith e eu não sei?

Tia Dee abre a porta e sorri. Está segurando um pedaço de papel que mostra para ele. Ela o estava esperando, é óbvio.

"Acho que alguma coisa estranha aconteceu", comenta Barbara Berrill. "A senhora Hayward vivia atrás da senhora Tracey. Agora parou de ir lá. Por que será? Terão brigado?"

Não faço a menor idéia. O que quer que tenha acontecido, no entanto, sei que foi minha culpa. A culpa encobre todo o ciúme.

"Ah, você não sabe mais o que acontece na casa dos Hayward", diz Barbara Berrill. "Você parou de ir lá, não é?"

Ela está torcendo a faca para machucar mais e eu me recuso a sentir dor. Mantenho meus olhos em tia Dee, que está lendo uma lista no pedaço de papel junto com Keith, lápis na mão, cortando itens e acrescentando outros.

Barbara Berrill põe a mão na boca e ri. "Talvez a senhora Hayward tenha um namorado, também, como a senhora Tracey", diz ela. Sinto que me olha para ver se minha cara está esquisita de novo, mas nada que ela me diga pode me chocar outra vez. "E o pai de Keith descobriu, e não deixa ela sair mais de casa."

Mantenho os olhos fixos em Keith. Ele pega a lista e vai indo para o fim da rua. Barbara Berrill encosta a boca no meu ouvido. "E talvez", sussurra, "ela faça Keith ler as mensagens dele para ela, talvez seja lá que está indo agora!"

Sei muito bem que isso é só mais um exemplo das coisas burras que as meninas dizem, mas, ainda assim, uma nova onda de ciúme corre nas minhas veias. Exatamente ciúme de quem, eu não sei. Será de Barbara Berrill por se achar no direito de especular sobre o comportamento de meu amigo? Ou de Keith por ter roubado de mim a confiança de sua mãe? Ou mesmo da própria mãe por ter esse suposto namorado?

Outro sussurro no meu ouvido: "Vamos segui-lo e ver o que vai fazer?".

Agora está tentando tomar de Keith a liderança nos projetos e planos. E o pior é que os tais planos e projetos dela são sempre contra Keith! Viro-me para manifestar minha indignação, mas antes que possa falar, ela já pôs a mão no meu ombro e aponta silenciosamente para a casa de Keith. A porta da frente se abre, e a mãe dele sai. Tem umas cartas na mão; ainda deixam que ela vá ao correio, de qualquer modo. Nós dois olhamos com uma enorme atenção, esquecidos de tudo mais, enquanto ela fecha a porta com muito cuidado atrás dela.

"Ela está *fugindo*!", sussurra Barbara Berrill.

A mãe de Keith desce o caminho do jardim até o portão da frente, e não parece absolutamente estar se esgueirando e fugindo, vai tranqüila e sem pressa como sempre... mas de repente pára e volta para casa. O pai de Keith apareceu no quintal, de macacão, e segura um pincel.

"Ah, não...", sussurra Barbara Berrill.

Ele anda devagar em direção à mãe de Keith, e conversam por alguns instantes.

"Estão tendo uma briga terrível", diz ela, baixinho.

Tanto quanto posso ver, estão conversando muito comportadamente, um casal como qualquer outro casal da rua, discutindo alguma pequena questão da rotina doméstica.

O pai de Keith vai de novo para o quintal. A mãe de Keith fica parada no portão do jardim, as cartas na mão, olhando calmamente para cima, para as serenas profundezas azuis do céu da tarde.

"Ela não sabe o que fazer", sussurra Barbara Berrill. "Não sabe se vai ou não."

A mãe de Keith continua lá por bastante tempo, procurando nos céus uma solução para os problemas dela.

"É por causa do namorado dela que você e Keith brigaram?", pergunta Barbara Berrill.

O pai de Keith aparece de novo. Tirou o macacão e pôs camisa e calça de flanela. Abre o portão do jardim, deixa a mãe de Keith passar na frente e vão descendo a rua juntos.

Barbara Berrill dá umas risadinhas. "Nossa! Ele até vai ao correio com ela!"

Isso mesmo, era isso que estavam discutindo — foi por isso que mudou de roupa. A tarde de verão está tão gostosa que ele ficou tentado a fazer um gesto de afeto, algo sem precedentes na natureza dele. Arrancou-se da bancada e do jardim por uma vez na vida para acompanhá-la num pequeno passeio.

Barbara Berrill está certa. Quando a mãe de Keith afinal chegou em casa com o vestido branco sujo de lodo verde, a situação mudou. Não há lodo no caminho para as lojas, ou para o correio, ou para a casa de tia Dee. Qualquer que tenha sido a história que contou ao pai de Keith, o lodo a deve ter desmascarado, contaminado todas as suas ausências. De modo que agora ele a trancou a chave. Ela tornou-se uma prisioneira. Toda possibilidade de contato com o mundo além do túnel foi destruída.

Vão passeando devagar pela rua e param para sentir o perfume das madressilvas em frente à casa do sr. Gort. Ela dá uma olhada em nossa direção, como se imaginasse o que os observadores estariam achando daquilo, e tudo que penso é que parece que nós vencemos. Sem qualquer drama ou escândalo demos cabo de sua carreira de espiã.

Ou *eu* dei cabo.

Eles continuam o passeio, mas de repente ela pára. Equilibra-se no braço do pai de Keith e levanta uma impecável sandália branca do chão para examinar a tira do calcanhar. Parece que aconteceu alguma coisa. Conversam do mesmo jeito que antes, ela entrega as cartas a ele, e volta para casa, parando outra vez no meio do caminho para mexer na tira do sapato.

"Ela está só fingindo", assopra Barbara Berrill no meu ouvido.

Ele a observa até depois de ela ter atravessado o portão da frente, olha os endereços dos envelopes e continua a caminhar para a caixa de correio. Ela pára dentro do portão, a atenção presa de novo pelo céu azul.

Parece que ainda está segurando uma das cartas.

"Está só disfarçando até que ele vá embora de uma vez. Daí ela vai..."

Vai o quê?

Ela abre o portão, dá uma olhada para a esquina e vem direto em nossa direção.

"Ah, *não*!", guincha Barbara Berrill e abaixa a cabeça. Eu imediatamente faço o mesmo.

"Stephen?", diz a mãe de Keith através das folhas. "Posso entrar?"

Tenho que me levantar e encará-la. É o que também faz Barbara Berrill. A mãe de Keith olha de um para o outro, desconcertada.

"Olá, Barbara", diz ela, "mil desculpas. Pensei que Stephen estivesse sozinho."

Volta pela rua, depois hesita e vem até nós outra vez. Sorri.

"Eu vim dizer que precisa vir tomar chá conosco a qualquer hora, Stephen."

Volta para casa. Pelo jeito a sandália não está incomodando mais.

"Ela queria que você fosse levar a carta para ele, não queria?", sussurra Barbara Berrill. "Você levaria, Stephen, se ela tivesse pedido? Se eu não estivesse aqui?"

Ponho as mãos na cabeça e encaro o chão. Não sei o que teria feito. Não sei nada de nada.

Barbara Berrill dá risada. "Daí teríamos descoberto onde ele mora."

Onde ele mora é a única coisa que acho que sei. Quem é ele é que eu não sei, e também não sei se gostaria de investigar mais de perto.

Tem uma outra coisa sobre a qual sinto um forte pressentimento. É como se eu soubesse: ela vai voltar e tentar me fazer o pedido outra vez.

"Se você e Keith não são mais amigos", diz Barbara Berrill finalmente, "posso olhar o segredo do baú?"

Um monte de crianças está em frente do portão de tia Dee. Eu as vejo ao dobrar a esquina no meu caminho para casa depois da escola no dia seguinte, e subo a rua para saber, para investigar, ainda com a mochila no ombro.

Todas as crianças mais novas da Vila estão lá, com exceção de Keith, que nunca brinca com os outros: as gêmeas Geest, Barbara Berrill, Norman e Eddie, Dave Avery — até Elizabeth Hardiment e Roger abandonaram os exercícios de piano para variar. Todos passam a mão com reverência em uma bicicleta vermelha e pesada encostada no pilar do portão, com uma capa de policial enrolada cuidadosamente no guidom.

Logo que me vêem começam a falar ao mesmo tempo.

"O homem apareceu de novo na noite passada!"

"O tarado!"

"No blecaute."

"A mãe da Barbara viu ele!"

O pobre Eddie Stott ri deliciado com toda a confusão. Todos olham com muito respeito para Barbara Berrill, associando-a com reverência à importância da mãe. Ela sorri de um jeito enigmático e não diz nada, lançando-me um olhar especialmente significativo para indicar que dividimos um segredo, e que sabemos quem é o homem e por que veio.

"Tinha uma barba", recomeçam os outros.

"Tinha uns olhões deste tamanho e olhava tudo!"

"Ela não pode ter visto nada disso no escuro!"

"Ela *conseguiu* ver! Era lua cheia!"

"E ela gritou!"

"E ele saiu correndo!"

"Entrou em Trewinnick!"

"Ele anda atrás das mulheres", anuncia Elizabeth Hardiment, e suas palavras têm credibilidade porque ela usa óculos.

"Claro", explica Roger Hardiment, que também usa óculos. "Por isso é um tarado."

Eddie ri e bate palmas.

Dou uma olhada para Barbara Berrill outra vez. Ela me retribui com um olhar solenemente excitado. Está tentando me dizer que resistiu à vontade terrível de contar a todos tudo o que sabe, e que só ficou quieta por minha causa e por causa de Keith, que é meu amigo, e porque é minha amiga também.

"Ele está saindo!", sussurra umas das meninas Geest e todos nos viramos para ver a casa da tia Dee. Não é o tarado xereta, é claro — é o policial, sendo levado até a porta por tia Dee. Ele se vira para lhe dizer alguma coisa. Ela concorda com a cabeça, silenciosa, mordendo o lábio, o rosto pela primeira vez na vida preocupado e ansioso.

"Olha só a cara dela!", sussurra uma das gêmeas Geest.

"Está mesmo com muito medo!", sussurra a outra.

"Se o homem voltou uma vez", explica Elizabeth Hardiment, "ela sabe que ele vai voltar de novo."

"Os tarados sempre voltam!", diz Roger Hardiment.

Quando o policial vai indo para o portão do jardim e a tia Dee já vai entrar, ela percebe todas as crianças lá fora. Abre bem a porta e acena para nós, sorrindo como sempre.

Dave Avery, Norman Stott e Roger Hardiment correm na frente e põem a bicicleta de pé para o policial. Todos o olham, esperando que faça algum pronunciamento sobre o caso. Tem um bigodão castanho-avermelhado virado nas pontas, que lhe dá um ar muito importante, mas não diz nada. Nós todos damos um passo para trás e silenciosamente o seguimos rua acima.

"Ele vai para Trewinnick", sussurra uma das gêmeas Geest.

"Você *vai* para lá?", pergunta a outra corajosamente.

Sem resposta.

"Papai viu o pessoal que mora lá", Dave Avery informa ao policial.

"Nunca estão em casa durante o dia", explica Norman Stott. "Só aparecem à noite."

Olho para além das folhagens no jardim maltratado e sem poda, como todo mundo olha ao nos aproximarmos da casa. As cortinas do blecaute estão fechadas, e o costumeiro abandono melancólico envolve tudo, sem ser perturbado.

"O cara ainda deve estar escondido aí atrás", sussurra uma das Geest.

Barbara Berrill me observa para ver como reajo à possibilidade da descoberta iminente. Toda a aflição que eu estava sentindo antes volta à tona.

O policial passa Trewinnick sem nem olhar.

Meia dúzia de dedos apontam seu erro. "Ali! Não! Aquela ali!"

Ele pára a bicicleta no portão dos Hayward. Claro.

"A casa de Keith", dizem todos, e todos se viram para mim, porque Keith é meu amigo, de modo que tenho alguma responsabilidade sobre o que acontece lá dentro. Não digo nada e tento não encarar ninguém, mas sinto o sangue subir ao rosto.

Todos se viram de novo, silenciosamente, para o policial que bate duas vezes com a aldraba pesada na porta.

"É porque a senhora Hayward e a senhora Tracey são irmãs", explica Elizabeth Hardiment.

"É, ou porque quando o sujeito correu para Trewinnick, subiu a cerca e começou a espionar a casa da senhora Hayward, no lugar da outra", diz Roger Hardiment.

Dão uma outra espiada em minha direção. Continuo de olho fixo na casa mas tenho que desviar o olhar porque a mãe de Keith abre a porta da frente e eu não quero ver a expressão dela quando o policial explicar a que veio.

Finalmente ela dá um passo para trás e o policial limpa os pés na barra de ferro, depois entra e limpa-os de novo no capacho, como sempre faço. A porta da frente se fecha. Eu deveria tomar alguma providência, eu sei. Por exemplo, bater na porta e contar tudo que sei ao policial. Mas só o que faço é ficar lá, na frente da porta fechada como todo mundo, tentando não imaginar o que está acontecendo atrás dela. Tentando não sentir que Barbara Berrill está me olhando de soslaio.

Então nós todos damos um passo para trás porque alguém está esperando para passar por nós rumo ao portão. É Keith voltando da escola, desmontando da bicicleta, sorrindo o sorrisinho fino do pai e embaraçado por encontrar a casa sitiada. Olhamos em silêncio enquanto ele manobra desajeitadamente para abrir o portão e colocar a bicicleta lá dentro. Eu deveria ajudá-lo, explicar o que está acontecendo. Não faço nada disso. Sobram as Geest para ter pena dele.

"Tem um policial aí", diz uma delas. "Está conversando com sua mãe."

"O tarado andou por aqui ontem à noite", diz a outra.

"É um tarado mesmo", concorda Roger. "Anda espionando sua mãe."

Keith não diz nada. Por um momento nossos olhos se encontram e vejo as pálpebras descerem naquela conhecida cortina de desprezo. Não sou mais amigo dele; sou alguém da multidão. Desvio o olhar rapidamente e percebo que Barbara Berrill nos observa.

"Por que ele não diz nada?", pergunta Norman Stott, me olhando, enquanto Keith empurra a bicicleta pelo caminho e desaparece no quintal dos fundos.

"Porque ele está preocupado com a mãe", diz uma das Geest.

"Não, não está", diz Dave Avery. "É que ele é metido, mesmo."

Todos me olham.

"Ele nem fala mais com você!", comenta uma das Geest.

"Talvez o tarado seja ele", diz Dave Avery.

"Ou talvez o Stephen!", diz Norman Avery, maliciosamente. Eddie me olha com confiança e tenta me dar a mão.

Não respondo a ninguém. Concentro-me em não tentar imaginar Keith pondo a bicicleta no barracão... tirando os livros da mochila... indo para o hall onde o pai escuta as novidades sem fazer comentários enquanto a mãe diz que não viu nem ouviu nada diferente. Eu me recuso a ver Keith corar e sorrir igual ao pai quando os três olharem para ele.

A porta da frente se abre e a mãe de Keith vem trazer o policial até a porta. Traz no rosto um sorriso de quem quer ajudar. Disse a ele que informará à polícia se vir alguma coisa suspeita.

O pai de Keith volta para a sua bancada, Keith vai para o quarto de brinquedos. Nada foi dito. Nada de deselegante vai acontecer.

As crianças entregam a bicicleta ao policial e saem junto com ele devagar, até o fim da Vila. Espero que ele desapareça, então engatinho para o esconderijo e me sento lá com a cabeça nas mãos. Mais uma vez não fiz nada. Nada para ajudá-la. Nada para fazê-la parar.

"Desta vez não era o namorado de tia Dee, era?", pergunta Barbara Berrill. Está sentada no esconderijo me olhando, mordendo a aba da bolsa com o lábio inferior, abrindo e fechando o botão de pressão. "Era o namorado da mãe do Keith. Como o pai dele não deixa ela sair, ele veio aqui. Visitar ela."

Eu continuo brincando com o mesmo galhinho seco de antes, quebrando-o em pedacinhos. A vida dá voltas.

"Mamãe ficou tão nervosa ontem!", sussurra Barbara Berrill. "Ela saiu para procurar Deirdre porque já estava quase escuro e Deirdre não tinha voltado para casa, e ficou que nem louca porque o papai não estava em casa para pôr ordem e tomar conta de nós — quando de repente viu um homem e pensou: 'Ah, não'!"

Quebro os pedaços do galho em pedacinhos menores ainda.

"Na verdade", ela sussurra, "eu sabia por que Deirdre não tinha voltado para casa."

Fica me olhando, para saber se eu também sei. Claro que sei, mas não vou dizer.

"Ela estava com seu irmão em algum lugar."

"Eu sei", digo, antes de lembrar que não ia dizer nada.

"E sei o que eles estavam fazendo", sussurra ela.

"Eles fumam cigarros", digo sem querer, incapaz de deixar que ela pense que sabe alguma coisa que eu não sei.

Nenhuma resposta. Olho para ela. Ela ainda está me observando, sorrindo secretamente. Sabe alguma coisa a mais e está louca para contar.

"Eles se beijam. Deirdre me contou. Fumam cigarros e se beijam."

"Eu sei, eu sei", me apresso a responder, apesar de não saber de nada. Mas eu mesmo acredito que sabia. É o tipo de coisa que Geoff *faria*.

Barbara segura a bolsa azul na frente da boca, ainda abrindo, plop, e fechando, plop, e me olha por cima dela.

"Sua cara está toda nhoque-nhoque de novo", diz.

"Não, não está."

"Você não está vendo."

Ela continua me olhando.

"Você alguma vez fumou cigarro?", pergunta.

"Fumei montes de cigarros."

"Aposto que não fumou nada."

"Fumei, já disse. Montes e montes."

Ela ri para mim, sem acreditar mas fingindo que acredita, para poder conversar sobre o assunto. "É bom?"

Tento me lembrar como é que foi mesmo quando Charlie Avery e eu fizemos dois cigarros das guimbas do cinzeiro do pai dele. Tudo de que posso me lembrar é do delicioso cheiro de fogos de artifício dentro de casa e do fósforo estalando. Dou de ombros. "É bom."

"Você fuma cigarros com Keith aqui neste esconderijo?",

pergunta. Está segurando alguma coisa que achou no chão ao lado dela. É um cigarro que alguém começou a fumar e depois amassou. Fico tão espantado que não tenho tempo para dizer que fomos nós. "Então alguém mais andou por aqui", diz ela.

Sinto uma espécie de vertigem. Perdi todo o apoio que tinha no mundo. Estranhos estão invadindo nosso lugar especial e sussurram e contam segredos e fumam cigarros e não consigo controlar nada disso.

Barbara inspeciona o cigarro. "Tem ponta de cortiça." Põe entre os lábios e finge fumá-lo, morrendo de rir.

"Você vai pegar germes!", eu grito, chocado. "Não sabe por onde este cigarro andou!"

Ela o tira da boca e languidamente assopra anéis imaginários de fumaça.

Levo um minuto para adivinhar o que ela vai dizer. Olho-a ainda mais perturbado. O quê — Geoff e Deirdre? No escuro? Fumando? E se beijando? *Aqui*?

"Aposto que sim", diz ela. "Você tem fósforo?"

Não adiantaria responder, de qualquer jeito. Ela sabe que não tenho.

Mostra o baú fechado com cadeado. "E aí na sua caixa secreta?"

Hesito por um instante ao me lembrar do toco de vela e dos fósforos para acendê-lo, depois sacudo a cabeça. Meu momento de hesitação, no entanto, foi muito comprido.

"Vamos lá", diz. "Ele nem vai ficar sabendo."

Ela se curva sobre mim e experimenta o cadeado. Meu colo está cheio do peso e da maciez dela, e dos movimentos do seu corpo quando puxa o cadeado de um lado para outro. A bolsa azul veio parar em cima da minha mão. Sinto a rugosidade do couro e o brilho do fecho contra minha pele e o pedaço molhado da bolsa que ela estava mastigando.

"Onde está a chave?", pede. Não digo nada. Vira e me olha, fazendo graça de cabeça para baixo, o cabelo caindo nos olhos. "Ou ele não deixa você ter a chave?"

Minha tontura volta. Não há chão firme em lugar nenhum. Viro de lado, por baixo dela, e pego a chave escondida sob a pedra. Escuto o deslizar macio da chave na fechadura que Keith conserva muito bem lubrificada. Ela levanta a tampa e olha o que há lá dentro.

"Estas são as coisas secretas de vocês?", diz. Pega vários itens, ainda deitada no meu colo. Eu a observo sem poder fazer nada. A enormidade do meu crime é quase grande demais para que se possa compreender. Primeiro, deixei uma estranha entrar no nosso lugar privado — e agora deixo que veja nossos pertences mais secretos. Como é que isto foi acontecer?

"Essas balas de revólver são de brinquedo?"

"Não, são de verdade."

"Por que você guarda esta meia velha aqui?"

Arranco a meia da mão dela e jogo na mala de novo. "Precisamos dela para uma coisa muito especial."

Ela pega a faca de trinchar. "Para que serve isto?"

"É uma baioneta."

"Uma *baioneta*?" Sente o fio com cuidado. "Para espetar as pessoas?"

É, e também para selar o juramento de não revelar nada de tudo isto para nenhuma alma viva, e para cortar a minha garganta se eu quebrar o juramento. E que Deus me ajude, ou meu pescoço será cortado e esperarei a morte. Não digo mais nada.

"O cabo soltou", diz. "Para mim parece mais uma faca de trinchar."

Para mim, também, parece mais uma faca de trinchar. Tiro da mão dela e guardo cuidadosamente na mala. Ela se senta e me mostra o que achou lá, guardadinha no lugar — a caixa de fósforos. Acende um, e sinto o pinicar emocionante da fumaça de fogos de artifício no meu nariz. Põe o cigarro de volta na boca e devagarzinho avança com a guimba torta e enegrecida em direção à chama. Seu rosto brilha na luz vacilante e as pequenas imagens do fogo dançam na escuridão dos olhos semicerrados dela.

De repente deixa cair o fósforo e arranca o cigarro da boca, engasgando e tossindo. "Ugh!", ela resmunga, olhando o cigarro de maneira assustada. "É completamente horrível."

Eu estendo a mão. "Deixa eu fumar um pouquinho."

Ela me ignora. Com cautela infinita põe o cigarro de volta na boca e tenta de novo. Outra vez engasga e tosse, e ainda por cima enche os olhos de fumaça. Desta vez me entrega o cigarro, às cegas, e aperta as costas das mãos contra os olhos.

Eu ponho o cigarro na boca. A ponta de cortiça está úmida dos lábios dela, como a aba da bolsa. Muito devagarinho puxo um pouco da fumaça. Sinto a presença dela dentro da boca, como se fosse algo sólido. Ela tira a mão dos olhos e me olha, chorando e piscando. Seguro a fumaça na boca por uns instantes, com todo cuidado para que não vá para a garganta. Tem gosto de importância e de ser adulto. Levanto minha cabeça, como já vi Geoff fazer, e assopro a fumaça outra vez. Suspiro, satisfeito.

Ela toma o cigarro de volta. "Como é que você consegue?", pergunta humildemente.

"É só uma questão de costume."

Ela espreme os olhos e chupa só um pouco da fumaça.

"Agora, solta", ensino. Ela assopra a fumaça e põe a cabeça para trás para não ir nos olhos.

Entrega-me o cigarro e me observa encher a boca com um pouquinho da fumaça.

"Você está se sentindo bem?", pergunta. "A idéia é te fazer ficar mal."

Estou me sentindo bem? Sinto... *alguma coisa* me perturbando. Acho que não é enjôo. É uma espécie de levantar vôo, como se eu estivesse *planando* nos céus. Sinto-me livre, como se não estivesse mais preso às regras e restrições da infância. Posso abrir caixas trancadas e quebrar juramentos sem sentido com impunidade. Estou prestes a entender mistérios antes fechados para mim. Estou emergindo do mundo escuro e velho dos túneis e terrores e chegando a um planalto vasto onde o ar brilha e largos horizontes azuis se abrem por toda parte.

Ela estica a mão para o cigarro e dá outra baforada. Desta vez engasga, mas ri.

"O quê?", pergunto.

"Nós", diz ela, "fumando."

Passamos a chama mágica de cá para lá. Seguramos o cigarro de vários jeitos ousados e impressionantes — entre dois dedos estendidos, como Geoff, ou com a palma da mão levantada ao lado do rosto (como uma saudação) e o cotovelo apoiado na outra mão, como a sra. Sheldon. Fazemos bico para receber o sacramento. Chupamos para dentro a fim de saborear a boca cheia de fumaça. Observamos a ponta incandescente aumentar e diminuir, o brilho acompanhar nossa respiração e a fumaça azul se enroscar por entre as folhas do esconderijo.

Deitamo-nos na terra e semicerramos os olhos para o céu e para a fumaça enquanto conversamos de muitas coisas. Ou Barbara fala. Ela odeia a srta. Pinnegar, a professora de arte da escola — todas as meninas a detestam e a chamam de Pimpim. Rosemary Winters era a melhor amiga dela, mas não é mais, porque disse qualquer coisa maldosa sobre ela para Ann Shakespeare. Ela imagina o que será que a mãe de Keith e o namorado pensam em fazer, agora que todo mundo está tomando conta deles.

"Não é o namorado dela", explico calmamente. "Eles são apenas espiões alemães." Só que não falo, obviamente. Não falo nada.

"Talvez da próxima vez que ele vier no meio da noite, ela vai se esgueirar devagarzinho da casa e vão fugir juntos", sussurra.

"Eles são espiões alemães!" O único motivo pelo qual não digo nada é porque tudo é muito mais complicado do que isso. Maciez e peitos e beijos se misturam ao quadro geral, não sei bem como. A espionagem era parte do mundo de passagens secretas e baionetas que tinha ido embora encaracolado na fumaça azul do cigarro, e desaparecido no céu aberto.

Ela dá outra baforada no cigarro e passa para mim. Quase não há mais nada, só a ponta de cortiça.

"Nós poderíamos espionar para ver o que está acontecendo", ela diz, suavemente. "Poderíamos sair de casa sem sermos notados à noite e nos escondermos aqui, como seu irmão e Deirdre."

Sinto uma espécie de arrepio e um mal-estar no estômago. Talvez eu esteja começando a ficar enjoado. Lembro, enquanto penso em Barbara e em mim escondidos aqui, lado a lado de noite, que dentro de três dias já vai ser a noite sem lua.

Lembro mais uma coisinha, também — onde vi pela última vez uma caixa de cigarros com ponta de cortiça.

Talvez não tenham sido Geoff e Deirdre, afinal, que estiveram aqui na noite passada. Talvez tenha sido ele. Observando a casa. Esperando a vez dele...

Os cigarros de ponta de cortiça na caixa de lata escondida atrás do túnel eram Craven A. Olho o toco de cigarro que estou segurando. O nome no papel sumiu, nós o fumamos. Destruímos a prova.

E agora tudo mudou outra vez. O ar da Vila se enche todas as tardes do canto dos passarinhos — nunca tinha reparado nisto antes. Enche-se de cantos e de perfumes de verão, enche-se de olhares estranhos e insinuações bem ali, ao alcance dos meus olhos, desejos, tristezas e esperanças indefinidas.

Esta perturbação doce tem nome. Chama-se Lamorna.

Lamorna. Saboreio a palavra na ponta da minha língua uma vez e mais outras, e ela própria, a palavra, repete-se a si mesma. Lamorna é a doçura do vestido de Barbara Berrill quando ela se inclinou sobre mim para olhar o baú. Lamorna é a descrição científica correta do contraste entre a textura enrugada da bolsa e o brilho macio do fecho. Lamorna é o cheiro de fogos de artifício do fósforo e os dois reflexos brilhantes nos olhos dela.

Mas Lamorna também é o nome da ternura da voz da mãe de Keith quando me chamou por entre as folhas, pedindo minha ajuda, e o olhar de apelo que percebi por um segundo nos olhos dela antes que percebesse que eu não estava sozinho.

Lamorna. Uma terra distante de além-mar, azul no horizonte azul. O murmúrio das árvores, o nome de uma canção que um dia escutei. Há neste nome um pouquinho do terror das Lanes, também, e do silêncio sob os sabugueiros.

Lamorna... E lá está a própria palavra, demarcada pelas letras de metal em alto-relevo, pintadas na mesma cor descascada da madeira atrás delas, quase escondida por uma profusão de brincos de princesa no portão da frente da casa de Barbara Berrill.

Num lado da rua, uma palavra gravada formal e corretamente no meio do cobre azinhavrado, atrás do padrão de rosas: *Chollerton*. No outro lado, em letras descuidadas, de coração aberto, de metal descascado: *Lamorna*.

Vejo tudo que não via antes, por onde quer que eu olhe, agora que Lamorna está no ar. Olho para o céu da tarde, como a mãe de Keith fazia, muito paciente em pé no portão esperando para ser acompanhada até a caixa de correio; e para minha surpresa vejo que ela não estava olhando o vazio, um calmo e sereno não-acontecer, mas alguma coisa infinitamente complexa. Há uma batalha aérea silenciosa no ar lá em cima — a grande luta do cair da tarde entre os insetos voadores e as andorinhas de vôo rasante.

E mais uma vez, dez mil pés acima das andorinhas, vejo os rastros heróicos de fumaça que já vi escritos em um outro céu de verão, muito antes. Agora chegou a noite, e escuto as sirenes começando a gritar perto e longe, uma correndo nos calcanhares da outra, e a pesada vibração dos bombardeiros. As lanternas apontando para o alto lambem o céu, lambem o universo, as bolas fulgurantes das labaredas em queda livre e o alaranjado faiscante sobre a casa da srta. Durrant.

E de repente, numa série de rápidos quadros, como se a escuridão estivesse sendo acesa pelos relâmpagos de bombas não ouvidas, vejo a história inteira.

A forma fantasmagórica do pára-quedas flutuando mais uma vez... O súbito e impressionante impacto no chão... O homem fica ali, tonto, depois engatinha sobre a incompreensível paisagem escura desta terra inimiga, sobre o inexplicável desenho de solo rachado e moitas verdes, de meios-fios abandonados e bueiros, procurando um refúgio...

Ele não é um espião. Não é um velho vagabundo. É um piloto alemão que foi atingido e caiu.

A mãe de Keith o achou. No blecaute, uma noite, talvez, quando ele saiu do túnel para procurar comida. Ela teve pena dele. Lembrou-se da moldura de prata que tem em casa com o retrato de outro aviador, do aviador que um dia também pode cair em terra estranha e rastejar para se esconder num buraco, e precisar de ajuda. Ela não disse nada a ninguém. Só para tia Dee, debaixo do retrato do mesmo aviador. Começou a juntar comida e cigarros da casa da tia Dee para levar para ele... Roupas limpas... Café quente para encher a garrafa térmica que ela tirara da cesta de piquenique... Então dois meninos pequenos encontram a caixa onde as coisas eram deixadas. Agora ela tem que levar tudo para o esconderijo dele. Tem que encontrá-lo cara a cara. Todos os dias ela vem... E devagar o acolhe no peito...

Sinto a cabeça leve. Aliviado por saber que a mãe de Keith não é uma espiã, afinal de contas. Um pouco alarmado por ela estar dando auxílio e conforto ao inimigo, mesmo assim, porque um piloto alemão atingido ainda é um alemão. E com uma espécie de excitação que paira no ar, tão variável e inatingível como luz de verão. Tem a ver com o peito em que ela acolhe o alemão. Senti sua maciez perturbadora quando trombei com ela no túnel. Aquilo se mistura à suavidade do vestido de Barbara Berrill quando ela se inclinou sobre mim para olhar o baú...

O nome sopra no ar perfumado, devagar e docemente como um suspiro. L... a... m... o... r... n... a...

Mas alguma coisa mudou no perfume do esconderijo. A doçura ingênua dos limões e da madressilva foi velada por uma doçura de um tipo diferente, rude, vulgar, impulsiva, com um toque do mau cheiro acre e felino do sabugueiro.

A origem dele está muito perto, e a percebo assim que levanto meus olhos. Os galhos verdes e sem graça dos arbustos onde me escondo estão começando a se dissolver num mar de odor ofensivo e brancamente florido.

No meio do branco, numa tarde quente, encontro dois olhos castanhos me observando. Meu coração pula, primeiro de excitação e depois, no mesmo instante, de ansiedade.

"Stephen", diz a mãe de Keith calmamente, "agora que você está sozinho... quero te pedir um favor. Posso entrar?"

9.

Paro outra vez, por um instante, em frente a Meadowhurst. Lá está Stephen, o segundo vaso de gerânios à esquerda. E lá está *ela*, a mãe de Stephen, agachada ao lado dele, o terceiro vaso de gerânios.

O jogo entrara numa fase completamente diferente. Acho que Stephen entendeu isso quando ela se sentou à frente dele. Tinham começado como antagonistas, e agora estavam prestes a se tornarem cúmplices.

Ela havia mudado de alguma maneira. Lembro-me de perceber isso imediatamente. Ela mudara tanto quanto os arbustos, tanto quanto o próprio Stephen e todo o resto em volta dele.

Qual teria sido a mudança? Acho que ela parecia mais perfeita do que antes. Os lábios mais vermelhos, a pele do rosto mais macia, os olhos mais brilhantes. Usava uma echarpe de seda azul-pálido à volta do pescoço, bem alta, que ia até o queixo, presa na frente por um alfinete de prata. O conjunto todo parecia erguer sua cabeça e lhe dar um ar de soberania real, mesmo ali, sentada de pernas cruzadas no chão como uma pedinte à frente de

Stephen. E pedinte é o que acho que se tornaria. Só hoje vejo com clareza a que extremos deve ter sido levada para se humilhar daquela maneira, a ponto de pedir ajuda a uma criança.

Tenho dificuldade em lembrar como ela começou a abordar o assunto. Acho que simplesmente pôs a cesta de compras que estava carregando no chão entre eles e contou, muito sossegadamente, o que queria dele. Acho que Stephen ficou sem reação, mas é claro que entendeu.

Ela se desculpou por ter que pedir um favor a ele. Acho que até disse que não tinha outra saída — que não havia ninguém a quem pudesse recorrer.

Teria explicado por que não pediu a Keith? Não precisava — Stephen entendia muito bem, Keith não sabia de nada disso — tinha escolhido não saber. De qualquer maneira, havia algo de impensável em pedir que ele fizesse. O que seria essa coisa impensável? Nada de específico. O que é impensável, pela própria natureza, não pode ser alguma coisa. Sua imperfeição é o que o faz tão forte, tão poderoso. Impregnava o ar sem ser visto, como um perfume.

A cesta estava coberta com uma toalhinha de chá, como se aquilo fosse um piquenique que os dois fossem compartilhar. Ela não mostrou a cesta aberta. Acho que explicou que era simplesmente umas coisinhas de que ele precisava. Quem precisava das coisinhas? Ele. Acho que era assim que ela o chamava. Ele...

O que ou quem quer que fosse ou não fosse, Stephen só sabia de uma coisa: ele era alemão. Para isso não havia saída.

Não tinha cupons de comida, ela contou a Stephen. Estava doente — precisava muito de um médico. Mencionou a umidade. Não especificou bem onde ficava essa umidade.

Stephen se lembrava da tosse baixa e persistente da câmara subterrânea debaixo dos sabugueiros. Também pensou no alemão sentado onde ele estava agora, no esconderijo, acendendo um cigarro no escuro, e tossindo, e amassando o cigarro outra vez sem fumar.

Ela gostaria de mandar para ele alguma coisa quente, disse, mas claro que Stephen sabia por que ela não podia; por causa da garrafa térmica que tinha ido parar de volta na cesta de piquenique na garagem e ficaria lá durante toda a guerra.

Disse a Stephen para não descer os degraus, mas para deixar tudo em cima — só gritar para ele saber que estava lá.

"Você sabe onde é, não sabe?", perguntou a Stephen. "Não foi imaginação minha, foi?"

Stephen conservou a cabeça baixa e não disse nada. Ela, no entanto, entendeu. Ele sabia. Não havia sido imaginação dela.

"Então, vai me fazer este favor, Stephen?"

Ainda continuo de olhos baixos. Sinto o leve e silencioso tombo do pára-quedas na escuridão. Sinto o impacto dos ossos se quebrando, do lodo de sangue nas mãos...

Mas se ele é um alemão!

"Stephen, querido, escute", ela diz, tão suavemente como o ruído de seda do pára-quedas. "Eu não posso explicar. Demoraria demais, e preciso voltar, e além disso há algumas coisas que são difíceis de explicar para outras pessoas."

A meiguice da voz, a proximidade dela curvada sobre mim e, acima de tudo, o "querido" que ela só usa para o próprio filho faz meu rosto se desmanchar, eu sei, como as dobras do pára-quedas quando pousa no chão à minha volta. Mas ele é um *alemão*!

"De qualquer jeito, acho que você *entende*, sim", ela diz, tão suavemente quanto antes. "Entende, não é, Stephen? Um pouquinho, pelo menos. Sabe, as pessoas às vezes se sentem isoladas. Sentem-se como párias, como se o mundo estivesse contra elas. Com certeza já viu meninos na escola serem humilhados por esta ou aquela razão. Às vezes por razões que eles não podem evitar e das quais não podem se defender — gracinhas sobre a aparência deles, ou sobre o seu jeito de falar, ou porque não são bons nos esportes. Ou mesmo à toa, sem motivo algum. Só porque são quem são. Não é verdade?"

Concordo. Sei de um menino com quem implicam a mais não poder. Sinto a dor nas minhas orelhas, e o medo de que elas saiam nas mãos dos torturadores quando eles sacodem minha cabeça de trás para a frente e de frente para trás. Mas eu não sou um *alemão*! O que faz toda a diferença!

"Então você me ajuda, Stephen? Você me ajuda?"

Ela está com muita pressa. Não tenho idéia de onde foi parar o pai de Keith ou o que está fazendo, mas ela sabe que logo notará a ausência dela. De repente, toda a confiança que trouxe consigo vai sumindo de sua voz.

"Sei que é terrível ter que pedir a você para fazer isto, Stephen. Não o faria se pudesse pensar em um outro jeito. Eu me sinto tão..."

Pára de falar. Ergo os olhos para ver o que aconteceu. Ela tampou a boca com as mãos e está com os olhos cheios de água. Duas palavras quase inaudíveis finalmente escapam: "Tão envergonhada!".

Ela vai chorar. Olho para outro lado. É a pior coisa que poderia acontecer. Não vou ser capaz de segurar a barra agora. Mas *preciso*! Ele é um pária por um bom motivo — porque é *alemão*! Faço um esforço final.

"Tia Dee", eu digo. "Ela poderia levar as coisas. A senhora tomaria conta de Milly, e tia Dee levaria as coisas."

Silêncio. Levanto os olhos outra vez. Ela está absolutamente imóvel, as mãos ainda na boca, me olhando através das lágrimas. Imediatamente compreendo. O homem que costumava visitar a tia Dee no blecaute é o mesmo alemão dos Barns. Agora que raciocinei um pouco, é a coisa mais óbvia. Foi tia Dee e não a mãe de Keith quem o encontrou, foi a tia Dee que primeiro o acolheu no peito.

A mãe de Keith solta um terrível, trêmulo soluço. Então outro e mais outro.

Silêncio de novo. Dou outra olhadinha. Está sentada com a cabeça baixa e o rosto coberto pelas mãos, tremendo. Olho para o outro lado de novo. Não devo vê-la assim. Manchas molhadas aparecem no chão de terra entre nós. Uma lágrima cai nas costas da minha mão.

Espero, sem coragem nem de respirar. Na calçada do outro lado as irmãs Geest desenham uma amarelinha no chão e Norman Stott tenta apagar tudo com a sola do sapato. Barbara Berrill passa, chamando o cachorro dos Stott. A qualquer minuto uma das crianças vai escutar ou Barbara vai chegar perto e espiar através das folhas. Eu me lembro dela sentada onde a mãe de Keith está sentada agora, os olhos também cheios de lágrimas por causa do cigarro, e percebo que as coisas que parecem mais simples e objetivas não são nunca nem simples e objetivas, mas infinitamente complexas e dolorosas.

Ela continua tremendo em silêncio. E é tudo culpa minha. Foi porque eu encontrei a caixa que a mãe de Keith teve que levar as mensagens de tia Dee até os Barns. Por isso ela teve que encontrar o alemão cara a cara. Por isso acolheu-o no peito — e roubou-o da tia Dee. Por isso não pode pedir para tia Dee ir. Por isso nunca mais vai à casa de tia Dee. Só de olhar para coisas que eu não devia olhar eu as mudei. Coloquei o pai e a mãe de Keith um contra o outro. Coloquei tia Dee e a mãe de Keith uma contra a outra. Estraguei tudo. "Sinto muito", balbucio, "sinto muito."

O pai de Keith aparece lá detrás do quintal. Atravessa o jardim da frente, assobiando a canção que nunca chega ao fim, olha para o outro lado da casa, volta ao portão e fica de frente para a rua. Parou de assobiar.

A mãe de Keith dá um suspiro longo e pesado. Não está chorando mais. Está olhando o pai de Keith através dos dedos. Ele se vira, inseguro, e volta para a porta da cozinha.

"Tenho que ir", diz, numa voz tão fraca que mal sai da garganta. Puxa um lenço da manga e enxuga os olhos. "Acho melhor me arrumar um pouquinho, primeiro."

Olho para ela. Mudou completamente outra vez. Que fim levou toda aquela perfeição com a qual chegou? Está manchada, borrada, e percebo por que parecia tão vívida antes; ela tinha se maquiado mais do que de costume.

"Estou terrivelmente chateada, Stephen. Vamos fingir que isto nunca aconteceu, está bem? Sei como sabe fingir, quando quer. E não se preocupe em levar as coisas. Vou pensar em outro jeito de mandá-las. Eu nunca deveria ter pedido a você. Foi um erro. É que eu estava me sentindo tão *perdida*, precisando tanto de ajuda!"

Segura o lenço em frente à boca e olha através de mim por um tempão, como se estivesse se lembrando de alguma coisa passada há muito tempo.

"É, era assim que fazíamos", disse, pensativa. "Eu tomava conta de Milly enquanto Dee ia lá."

Quase não a reconheço, agora que tirou quase toda a maquiagem do rosto. Mas há qualquer coisa muito familiar na aparência dela, vinda de outro contexto qualquer, como se eu já a tivesse visto num sonho.

"Ah, Stephen, a vida às vezes pode ser tão cruel. Parece fácil à primeira vista. E depois..."

Põe os braços em volta das pernas, do mesmo jeito que Barbara, com o queixo apoiado por cima.

"Quando você e Keith começaram seu joguinho de detetives, quando começaram a bisbilhotar minhas coisas e a me seguir, acho que nunca pensaram que acabaria assim, comigo chorando no seu ombro. Pobre Stephen! Foi uma coisa feia que fizeram, quer dizer, essa coisa de ficar espionando as pessoas. Ainda assim, que castigo terrível!"

Ela me dá o mais triste dos sorrisos. Agora sei onde vi esse rosto. É naquela foto da moldura de prata da sala de visitas em que uma menina muito séria observa a todos. Usa luvas compridas e um chapéu de aba larga, brincando de gente grande, um braço protetor passado em volta da irmãzinha menor que finge por sua vez ser uma criança pequena e a olha com confiança ilimitada.

De novo sinto a caixa trancada começando a se abrir e revelar seus mistérios. Estou deixando para trás os velhos túneis e terrores da infância — e entrando num mundo novo com túneis ainda mais escuros e terrores mais difíceis de entender.

Ela apalpa o rosto com os dedos. "Oh, querido, nem lembrei de trazer um espelho. Estou muito horrível?"

Acho que está. Mas sacudo a cabeça dizendo que não.

Pega a sacola para ir embora. O pai de Keith aparece muito silencioso do outro lado da casa, vem de novo até o portão e olha para a rua. Ela espera.

"Esquece. Vou pensar em outra coisa. Não conte para ninguém, Stephen, agora que você sabe quem ele é."

Balanço a cabeça negativamente. E estendo a mão e tiro a cesta da mão dela.

Ela me olha, surpresa. "Ah, Stephen", murmura. "De verdade?"

Inclina-se para a frente e me beija. Tento evitar, desajeitadamente, e os lábios dela beijam minha sobrancelha. Mas posso sentir na minha testa as lágrimas que escorrem de novo.

Enquanto o pai de Keith espera no portão da frente, ele começa a assobiar de novo de maneira distraída, indecisa. Volta para o fundo da casa ainda assobiando. A mãe de Keith começa a difícil saída do esconderijo. Tento não pensar no que vai acontecer quando ela chegar em casa.

Ela pára, olha a nuvem branca de flores do esconderijo à volta dela e franze o nariz.

"Está vendo? Eu disse para você que as flores soltariam um cheiro fortíssimo."

E tinha razão — está forte demais. Mas, de qualquer jeito, aquele fedor doce me derrotou.

E, misturado à doçura do aroma, como as letras de uma música numa canção, sinto a doçura persistente do som de L... a... m... o... r... n... a...

Empurro a cesta para trás de mim, para que fique o mais escondida possível. Mas Barbara não consegue tirar os olhos dela. Senta-se de pernas cruzadas no chão, exatamente no lugar da mãe de Keith, e inclina-se de lado para ver além de mim.

"O que é que ela quer que você faça com isto?", pergunta.

"Nada."

"O que foi que ela falou?"

"Nada. Não sei."

"Só deixou isto aqui e não explicou nada?"

"Não lembro."

Barbara sorri, mas não o seu sorrisinho de cumplicidade como o da última vez em que nos encontramos. É o riso largo de novo, o riso de deboche. Eu deveria ter saído imediatamente, logo depois da mãe de Keith. Estava só esperando enquanto pensava um pouco no assunto, queria ter certeza de que eu estava pronto para ir às Lanes outra vez, passar pelos cachorros, descer a escada de terra sob a sombra dos sabugueiros.

"Ela estava chorando", diz Barbara com certa ternura.

Há qualquer coisa de vergonhoso nessa acusação. Sinto vergonha pela mãe de Keith e por mim mesmo, por ter testemunhado suas lágrimas. "Ela não estava chorando", respondo.

"Estava, eu fiquei observando vocês dois. Você não sabia, sabia?"

"Claro que sabia."

"Não sabia, não."

Meu coração fica pequeno. Como é que voltamos a esta bobagem de sabia/não sabia, depois de termos deixado as criancices de lado? Como o mundo ensolarado pode ter ficado tão escuro de repente?

O sorriso de zombaria de Barbara está mais malvado do que nunca. "Ela limpava os olhos a toda hora. E a maquiagem dela ficou toda borrada."

"Estava rindo", digo, desarmado.

"Rindo?" O sorriso de deboche cresce de tamanho. "Rindo de quê?"

"De nada."

"Rindo de nada? Então ela é meio maluca, como Eddie Stott?"

O que é que está acontecendo? Nunca a ouvi dizer coisas desse tipo antes. Não desde que o tempo de Lamorna começou.

Continua olhando a cesta. A curiosidade dela é maior do que a mesquinhez. "Eu poderia ir com você", diz, com uma voz mais amiga. "Eu podia te ajudar a levar a cesta."

Gostaria de responder, mas não sei como. Balanço minha cabeça miseravelmente. Ela olha para outro lado, rejeitada. "Tudo bem, pode ir sozinho, então. Não me importo."

Continuo sentado, olhando para o chão. Eu quase tinha tomado coragem quando ela apareceu. Estava prestes a enfrentar os cachorros nas Lanes e até a chegar perto do alemão.

"Um, dois, três, vai!", ela provoca.

Sinto a coragem fugindo de mim a cada palavra dela.

"Eu não vou *seguir* você, se é isso que está te preocupando! Por que eu iria me importar de saber para onde você está levando estas coisas bobas dela?"

Impasse. Vamos ficar aqui o resto da vida.

"O que tem lá dentro, afinal de contas?", pergunta, o tom desdenhoso amansado um pouco pela curiosidade.

Dou de ombros. "Umas coisas."

"Que coisas?"

"Não sei. *Coisas*."

"Coisas secretas? Como na sua caixa? Facas de trinchar, velhas e enferrujadas?"

Estou muito infeliz para falar, mesmo que soubesse o que falar.

Ela começa a dar risadinhas espremidas. "Ou será que *você* é o namorado dela?", diz suavemente. "Seria engraçado, se a mãe de seu melhor amigo fosse sua namorada!"

E agora parece que reconheço alguma coisa no sorriso debochado dela, um raiozinho de tristeza, quase como o olhar de súplica nos olhos da mãe de Keith quando me fez o sermão sobre as pequenas intimidades que as pessoas podem querer preservar. A esta altura toda minha angústia explode. "Eu achava", gritei, "que nós íamos ser..."

Parei. O *que* eu achava que iríamos ser? Eu ia dizer "amigos". Não foi isto que ela falou um dia, que eu poderia ser seu segundo melhor amigo depois de uma tal menina da escola? E depois ela não disse que ela e a menina tinham brigado? Hesito em falar a palavra "amigos". Com medo de que ela comece com toda aquela conversa sobre namoradas e namorados outra vez, e não quero dizer nada tão bobo e horrível quanto isso.

Mas nenhuma outra palavra me vem à cabeça. "Amigos", digo eu, humilhado. "Achei que íamos ser amigos."

E tão rápido como começou, o problema acabou. O grande sorriso de zombaria some. Ao contrário, ela me dá um dos sorrisinhos. Ela quer mesmo ser minha amiga tanto quanto eu quero ser amigo dela.

Abre, com um plop, o fecho da bolsa azul saltitante. "Tenho uma coisa secreta para te mostrar", diz. Estende a bolsa aberta e nós dois olhamos para dentro, cabeças próximas, a ponta cacheada dos cabelos dela roçando meu rosto. No meio das moedinhas de meio centavo há um pacote, amassado e torto pela estreiteza da bolsa, com as palavras "10 Players Navy Cut" nas bordas.

Afastamos nossas cabeças e olhamos um para o outro. "Tirei da sacola de Deirdre", informa.

Dentro do pacote há um único cigarro, também torto e amassado feito o pacote. Ela fecha a bolsa de novo com um plop. O fecho abre plop e fecha plop, um som simpático, percebo, como se estivesse dizendo "Lamorna" numa única sílaba. "Era por isso que eu estava vindo para seu esconderijo. Achei que a gente pudesse fumar um cigarro juntos."

O ar se enche de doçura e passarinhos outra vez. Dou de ombros bruscamente para esconder o grande sobressalto de felicidade que me toma. "Está bem", resmungo.

Pego os fósforos da mala. Ela põe o cigarro na boca, e me olha brincalhona enquanto o acendo. Vejo a pequena chama refletida em cada uma de suas pupilas, e agora sei que vou ter que deixá-la ver meu segredo em troca. Levanta a cabeça e solta uma baforada de fumaça; entrega-me o cigarro e, mesmo enquanto dou uma tragada, ela se debruça sobre mim e puxa a toalha da cesta. Não faço nenhum movimento para impedi-la. Nossa briga parece que acabou em entendimento perfeito.

Ela levanta a toalha e tira dois ovos, segurando-os bem no alto para que eu os veja, rindo. Ela os deixa de lado com cuidado. Passo-lhe o cigarro e ela aspira a fumaça enquanto alcanço por minha vez a cesta e tiro um pacotinho embrulhado em papel impermeável. Dentro dele estão duas tiras de bacon.

Barbara dá risada. "Pensei que eram coisas para eles fazerem uma festa à meia-noite. Doces, cerveja e coisas do tipo."

Pega um punhado de batatas e cenouras. Tiro uma lata de presuntada e um pedaço de carne-seca.

"Que festa mais sem graça", comenta Barbara.

Enfio a mão na cesta e encontro uma caixinha branca. No rótulo, letras conhecidas: "W. Walworth Watkins, MPS FSMC FBOA, Farmacêuticos e Oculistas Responsáveis". Debaixo do cabeçalho tem uma anotação escrita à mão: "Dr. K. R. G. Hayward. Comprimidos M & B. Tomar com água três vezes ao dia".

"M & B", diz Barbara. "É o que a gente toma quando fica com febre."

Eu sei, também já tomei. Estes devem ser uma sobra daquela doença que Keith teve no inverno.

Barbara dá outra chupada no cigarro e enfia de novo a mão na cesta. Desta vez vem um envelope. Está fechado, mas sem endereço — nem mesmo um x. Olha para mim com o sorrisinho cúmplice.

Arranco das mãos dela. Não vamos olhar uma carta pessoal. Olhar as marcas de escrita num mata-borrão é uma coisa, porque foi deixado lá para todo mundo ver, mas abrir envelope é outra coisa. Todo mundo sabe disso.

Está sentada e me olha, pensativa, deixando que a fumaça escape devagarinho da boca. Então se debruça devagar sobre mim até que seu rosto esteja a poucos centímetros do meu.

"O que foi?", pergunto apreensivo, esquivando-me para trás como se já soubesse o que viria depois.

Ela se debruça mais um pouco e põe os lábios sobre os meus. Alguns instantes se passam. Ela retira os lábios.

"Foi bom?", pergunta.

Bom? Eu nem tinha chegado a pensar se fora bom ou não. Estava muito preocupado com os germes.

"Deirdre disse que era bom", comenta.

Debruça-se de novo. Eu fecho os olhos e desta vez tento não

recuar. Sinto um fiozinho de tabaco no lábio inferior dela e não tenho muita certeza de onde foi parar a ponta do cigarro aceso. Uma idéia esquisita passa por minha cabeça: que eu descobri o valor de x.

Ela retira os lábios de novo e me olha. "E então?"

"Bem bom", respondo educadamente.

Ela fica a cavaleiro sobre mim, me empurrando contra o chão. O que está fazendo é curvar-se até conseguir tirar a baioneta da mala. Puxa a carta do meio de meus dedos e a abre com a faca afiada.

"Não", digo muito bravo. "Não, não e não!"

Faço força para me sentar, mas estou sem ação debaixo dela. Ela sorri triunfalmente em cima de mim e tira a carta do envelope.

"Não!", grito, me debatendo como um peixe na areia. "Não! Não faça isso, não devemos, não devemos!"

Percebo que alguém nos observa por entre as folhas.

"Posso te dar uma palavrinha, meu chapa?", diz uma voz aterradoramente conhecida.

O pai de Keith. De todos os lugares do mundo, aqui. E agora.

Fica em pé na rua esperando Barbara desmontar de cima de mim. Nem nos olhamos. O pai de Keith também não me olha. Barbara começa a colocar tudo de volta na cesta. Eu saio do esconderijo e fico na frente dele esperando minha sorte. Ele dá uma espiada para mim, de relance.

"Traga a cesta", diz bruscamente, e espera enquanto eu volto e a tomo das mãos de Barbara. "Não dê para ele", ela sussurra, mas entrega a cesta tão incapaz de resistir como eu. "Você não pode dar isto para ele!"

Eu o sigo até a casa de Keith, segurando a cesta com as duas mãos, morto de medo. É a primeira vez na vida que ele se dirige diretamente a mim. E me chamou de "meu chapa", quase como se eu fosse da família.

Mas não vou lhe dar a cesta. Vai me conduzindo para a porta do lado da garagem, e já me recuperei bastante do meu susto para ter a certeza de que não vou entregar nada.

Não sei como vou conseguir, mas não vou entregar, aconteça o que acontecer.

Nem mesmo se me chamar de "camarada".

A luz está acesa sobre a bancada e ele dobra pequenos pedaços de metal colocando-os na boca do torno. Aproxima a cabeça muito pertinho do trabalho, ainda assobiando. Parece estar medindo seja lá o que for com um micrômetro. O ar está cheio de cheiro de serragem e óleo, de concreto e carro, e de medo.

Sem aviso, pára de assobiar. "Um pequeno conselho de amigo, mocinho", diz ele. "Bobeiras. Joguinhos sem graça. Nunca brinque dessas coisas."

Silêncio. Solta o micrômetro e o aperta em outra parte do metal. Eu o observo, hipnotizado, sem idéia alguma do que fazer ou dizer.

"Jogos bobos de faz-de-conta", continua ele, curvando-se para ler o micrômetro. "Se alguém pede a você para brincar de um jogo bobo de faz-de-conta, só diga: 'não, muito obrigado — não sou nenhum bobo'. Criança, adulto, não faz diferença. Diga sempre: 'Não, obrigado, nada feito'."

De repente me olha com severidade, sorrindo seu sorriso sem lábios. "Certo?", pede. Eu faço que sim com a cabeça, mudo. Ele continua me olhando. "As pessoas se fazem de bestas com essas brincadeiras, meu chapa. Enfiam-se nas maiores confusões. Já tive uma conversinha com Keith, não quero que ponha mais idéias na cabeça dele."

Sorri aquele terrível sorriso dele outra vez, mas desta vez vejo uma leve insinuação do que vi no sorriso da mãe de Keith.

Vem à minha mente que o pai de Keith está achando esta conversa tão difícil quanto eu acho, e naquele instante aprendo uma verdade mais geral e surpreendente — os adultos, afinal, não são membros de uma espécie completamente diferente da nossa. Até o pai de Keith pertence ao mesmo ramo do reino animal que eu.

"O jogo acabou. Certo?"

Concordo com a cabeça outra vez. Não há nada que eu possa fazer.

"A cesta, então."

A cesta. Chegamos ao ponto.

Olho para o chão. Silêncio total. A superfície do concreto é muito mais complexa do que se pode imaginar. Há pedrinhas de diferentes tamanhos incrustadas nela. Algumas das pedras conseguiram se soltar e desapareceram, deixando pequenas crateras no formato de pedras.

"A cesta. Ponha no banco, meu chapa."

Continuo olhando o chão. Em algumas das crateras, umas pedrinhas menores se refugiaram como caranguejos eremitas em conchas vazias.

"Não vou repetir, camarada."

Assim mesmo nada acontece. Uma outra revelação, devagarinho, começa a se formar no meio de meu medo: ele não está fazendo nada porque não pode fazer nada. Não pode me bater porque, por um bendito acaso da providência divina, não é meu pai. Não pode arrancar a cesta de minhas mãos, porque estaria abaixo da dignidade dele conseguir alguma coisa à força e não pelo medo. Ele só pode esperar que eu me submeta a ele.

Mas é o que não vai acontecer.

Esta é a coisa mais corajosa e mais terrível que já fiz na minha vida inteira. Sinto minhas pernas tremendo de horror e alegria.

O silêncio continua. Levanto meus olhos do chão e o encaro. Ele desvia os olhos do trabalho e me olha também. Ficamos assim, olho no olho.

O sorriso dele desapareceu. Não parece bravo, no entanto. Parece intrigado. Não sabe o que fazer.

Também parece mais desprezível do que jamais vi alguém na vida.

Nós dois baixamos rapidamente os olhos.

"*Por favor*", diz, numa voz pequena, estranha e aflita.

E eu cedo. Contra essa palavra humilhante e poderosa não tenho forças. Ponho a cesta perto da boca do torno.

Sei que esta foi a coisa mais fraca e mais covarde que já fiz na minha vida inteira. No espaço de um minuto despenquei do melhor para o pior. E, enquanto me precipito no pior, ouço os passos tranqüilos da mãe de Keith atravessando o quintal, às minhas costas.

"Ted, meu bem!", diz a mãe de Keith, "Keith *ainda* não acabou a lição de matemática, mas já está estudando há uma hora e meia, coitado..."

Ela pára. "Olá, Stephen", diz, surpresa. Não posso encará-la. Há um silêncio que parece infindável, e sei o que está fazendo. Está olhando a cesta na bancada. Outra eternidade, e sei que me olha, depois olha para o pai de Keith, depois para a cesta de novo.

A toalhinha de chá já não cobre nada, toda desarrumada. O conteúdo da cesta. O ovo que Barbara quebrou na pressa, o envelope aberto.

"Ah, muito obrigada", diz ela, calmamente, e afinal de contas nem um minuto se passou ainda. "São estas as coisas que você e Keith pediram emprestadas para o esconderijo?"

Ela se dirige à bancada para pegar a cesta. O pai de Keith a retira do alcance dela, silenciosamente, sempre com aquele sorrisinho.

Outra eternidade, e ela se vira para mim. "Por que você não

sobe e vai brincar um pouco com o Keith?", diz calmamente. Vira-se para o pai de Keith. "Acho que ele pode dar uma trégua para a matemática por hoje, você não acha?"

O que acontece depois não sei, não escuto, porque já estou na porta. Keith está esperando no degrau da cozinha, do outro lado da casa, a lição de matemática na mão. Ele me olha, evidentemente exausto demais — pela luta com a matemática — ou assustado demais — por seja lá que for que esteja acontecendo na casa dele — para se surpreender. Não tento animá-lo, como a mãe dele sugeriu. Não digo nada, porque estou envergonhado demais para falar.

Saio correndo para a rua. Barbara Berrill está à espreita, esperando por mim submissa e amedrontada. "A cesta", sussurra, olhando minhas mãos vazias. "Ele pegou a cesta, o que foi que ele fez? Bateu em você?"

Nem escuto direito o que diz, porque já estou na metade da rua. Vou correndo para a casa da mamãe. Minha vida acabou.

"Eu não posso fazer nada!", diz minha mãe pela décima vez, "se você não me conta o que é que está acontecendo, como vou te ajudar?"

"Não está acontecendo *nada*", insisto miseravelmente, também pela décima vez.

"Mas eu *sei* que andou chorando. É só olhar sua cara!"

"Eu *não* andei chorando!!"

"Foi alguma coisa na escola? Está preocupado demais com os exames? Os outros meninos andaram por aí dizendo coisas de você outra vez? Estão xingando você?"

"Não."

"Você e Keith brigaram?"

"Não!"

Até meu pai percebe que alguma coisa está errada. Ele me faz sentar na poltrona em frente a ele depois do jantar e me olha com uma simpatia triste. "Eu tomaria para mim todos os seus problemas", diz, "e te daria os meus, em troca. Você está com problemas que ninguém teve antes, eu sei. Os meus, você não acharia tão ruins. Os problemas dos outros nunca são tão complicados quanto os nossos."

Meu pai tem problemas? Se alguma coisa me pudesse fazer rir seria isso. Quais seriam os problemas de meu pai? *Ele* não traiu o país dele. Não lhe deram uma tarefa e *ele* fracassou, não lhe confiaram um segredo e o revelou, não deixou um pobre homem doente morrer de fome. *Ele* não foi atormentado por aquele cheiro ruim no nariz e aquela música doce de Lamorna nos ouvidos, e não perdeu os dois.

"Mas os problemas de ontem nunca são tão ruins quanto os de hoje", diz ele. "E quando você levanta de manhã os problemas do dia anterior são aqueles do dia de hoje."

É possível, mas a dificuldade está em chegar ao dia seguinte. Como chegar ao dia seguinte de manhã sem conseguir dormir? Muito depois que Geoff já guardou debaixo da cama o monte de velhas revistas naturistas e desligou a lanterna, eu continuo bem acordado. Escuto os últimos trens do dia passando atrás das casas do outro lado da rua, aparecendo no leito do aterro e subindo a encosta, ou esforçando-se na direção oposta, e vivo entre os longos intervalos entre eles. Eu me levanto e ponho a cabeça debaixo da cortina do blecaute. No espaço entre a casa dos Sheldon e a dos Stott, um último fiozinho de lua sorri sobre o nascer do sol, como se o pai de Keith tivesse acabado de passar por ali. A lua mudou de lado desde que a vi pela última vez, mudou de lado como eu. Tornou-se o oposto de si mesma. Seus braços estão esticados para o norte e não para o sul, e está morrendo nas sombras restantes da lua cheia que eu vi quinze dias atrás.

Amanhã à noite ela terá se acabado de vez.

Nada, no entanto, pode acontecer na escuridão, agora. Pode? Volto para a cama e vejo o crepúsculo morrer opaco em volta das cortinas. Lá longe, dentro da noite, onde não trafegam os trens normais, uma locomotiva a vapor passa devagar, e o estrondo grosso de seus carros lotados continua e continua, muito depois que a própria locomotiva já se retirou para os sonhos alheios.

Meus problemas estão piorando e não melhorando. Tudo está ficando mais e mais confuso na minha cabeça. Estou assombrado pela figura escura que simultaneamente cai na noite sem lua e está deitada na terra nua de um país estranho, morrendo de fome e frio. À volta dela, rindo de sua solidão, paira o cheiro doce e ruim de uma felicidade intangível e as fracas notas de uma melancólica canção chamada "Lamorna".

Com certeza eu estava dormindo e sonhando, porque acordo cheio de uma nova angústia: ele estava morrendo na escuridão do úmido subterrâneo e a mãe de Keith o estava embalando, seus braços brilhantes à volta do fantasma se esvanecendo, enquanto eu e Keith martelávamos o zinco por cima das cabeças deles.

Eu me levanto e vou até o quarto de meus pais do outro lado do hall da escada, como costumava fazer quando era pequeno e tinha um pesadelo. O quarto está cheio da respiração deles — o som irregular e pesado e o cheiro acre de quarto de dormir. "Tive um pesadelo", suspiro abalado, como costumava fazer. Eles continuam a respirar, inconscientes. Entro nos pés da cama e devagarzinho vou subindo até me encaixar entre os dois debaixo das cobertas, insinuando-me no estreito canal formado pelas costas deles. Virei criança outra vez.

Mas agora aquele lugar seguro não é mais o mesmo que antes, o conforto absoluto. As paredes de carne ao meu lado são claustrofóbicas. A imersão de meus pais no sono só me faz mais amargamente consciente de meu próprio isolamento no mundo.

Fico lá, mais acordado do que nunca, ou mais confuso por não saber se estou ou não acordado. Agora o homem que morre não é ele, sou eu. Abate-se sobre mim, com força jamais sentida, a idéia de que um dia vou ser eu a estar no caixão, deitado no fundo da terra. Este meu corpo que está aqui atormentado na escuridão se tornará uma matéria sem vida, segura entre as paredes estreitas de madeira dos dois lados e fechado pela tampa que aperta meu peito e meu rosto. Entendo pela primeira vez na vida que cedo ou tarde chegará o dia em que vou morrer, e que desse dia em diante estarei morto para sempre. Sinto um terror cego me atravessar. Grito e grito, mas nenhum som emerge, porque estou morto debaixo da terra para sempre.

De repente uma luz, tão forte que nem consigo abrir os olhos direito. Através de minhas lágrimas consigo apenas vislumbrar meu pai e minha mãe se curvando sobre mim, acordados de repente, consternados.

"O que é, meu amor?", suplica minha mãe, "você *precisa* nos contar o que é."

Continuo a chorar, incapaz de me mexer entre aquelas paredes estreitas, ainda incapaz de explicar qualquer coisa — agora incapaz de falar ou mesmo de sacudir a cabeça.

Meu pai está errado e certo, as duas coisas, é o que descubro quando a manhã chega. Meus problemas não diminuíram — mas agora, de qualquer maneira, sei o que fazer deles.

Tenho que dar um jeito de redimir todos os meus fracassos e desta vez vou conseguir.

Tenho que sair no escuro e levar ao homem que morre o auxílio do qual ele depende. Sinto um terror doentio só de pensar. O sonho horrível que tive à noite, se é que foi um sonho, ainda continua comigo pelo dia inteiro na escola. Fizemos o exame de redação e perco metade do tempo olhando cegamente para o papel à minha frente, incapaz de decidir se devo escrever sobre "A casa do inglês é seu castelo" ou "Os prazeres do ócio", porque só consigo pensar no outro exame por que terei que passar depois da escola, quando eu descer naquele túmulo vivo.

Pelo menos não há escolha a ser feita nesta prova particular. Depois da escola vou direto ao armário do banheiro e encontro a caixa de comprimidos que me receitaram no ano passado. Olho no armário debaixo da escada, onde Geoff e eu dormimos durante os piores ataques aéreos, e encontro, equilibrado por cima dos medidores de eletricidade e caixas de fusíveis, a coleção confusa de pacotes e latas que minha mãe deixou lá com rações de emergência e a caixa de primeiros socorros da família, para o caso de sermos atingidos e ficarmos presos debaixo dos escombros como a srta. Durrant. Pego uma lata de sardinhas e uma de leite condensado, um pacote de biscoitos de queijo e um de ovos desidratados. Há muito não dormimos debaixo da escada, mas de qualquer modo é difícil imaginar o que minha mãe achava que Geoff e eu faríamos aqui com os ovos desidratados.

Enfio todas as comidas na minha mochila de colégio. Não encontro substituto, é claro, para o que estava dentro do envelope. Vou ter que tentar explicar o que foi que aconteceu. Será que ele entende um pouco de inglês? Como é que ele e a mãe de Keith se comunicavam? Se ela é uma espiã alemã, com certeza sabe alemão. Tento imaginá-la mastigando aqueles famosos sons guturais... mas ela não é uma espiã alemã! Será que é? Tudo isso pertence a um passado que deixei para trás há muito tempo. Terei mesmo deixado?

"Vou sair para brincar", aviso à minha mãe.

Ela perscruta meu rosto. "Com Keith?", pergunta, desconfiada.

"Não."

"Tenha coragem", diz ela. "Não deixe que maltratem você."

De novo parto para aquela terrível viagem. É ainda mais assustador agora que estou sozinho, claro, e a incerteza do fim me parece ainda mais profunda, escurecida pela sombra do meu sonho que demora a se desvanecer.

A poça grande do túnel se encolheu no tempo seco de verão e virou um correr de pequenas poças. As cercas das Lanes mais adiante perderam sua umidade verde e ficaram cinzentas e manchadas de pó. Está quente outra vez, como estava quando vim aqui com Keith, e o ar está muito parado. Mas desta vez há um desagradável brilho amarelo no céu e um ocasional rugido que tanto pode ser uma tempestade como um distante ataque aéreo.

Um a um, vou encontrando os desalentadores pontos de referência e deixando-os para trás. O plátano com a corda podre dependurada. O campinho de groselheira e azedinha. O canto de urtigas. A bota. A cadeira quebrada. Depois vêm os latidos e os cachorros. Quatro deles, hoje, mais atrevidos agora que estou sozinho, fedendo a medo. Seus ataques os trazem mais e mais para perto de mim, e um deles tenta morder minha mão. Dois me atacam por trás. Em pânico, eu me viro para encará-los, e o balanço da minha mochila faz com que se afastem por um momento. Tiro a mochila do ombro e giro-a à minha volta. As crianças de frente das Cottages me olham cada vez mais sem expressão, como sempre. Uma delas pega uma pedra e a joga em mim, e me encolho, mesmo no meio da briga com os cachorros. De momento a momento estou expiando todas as minhas covardias passadas.

Parece que se passa uma eternidade antes que eu me livre dos olhares das crianças e do último dos cachorros, que deu uma latida final e desistiu de mim.

Agora o lago ressecado... O veio de calcário coberto de mato... O verde mar das ervas daninhas sobre as carroças de varas quebradas, as varas saindo delas como mastros de um naufrágio... Ando mais e mais devagar, e paro. Cheguei.

Os Barns, como todo o resto das Lanes, ficam mais profundos no espesso verde do verão do que antes. É mais difícil encontrar os tijolos para pisar e as folhas tortas de zinco.

Chego mais perto de maneira relutante e paro de novo, pois sinto o cheiro azedo e derrotado dos sabugueiros. Começo a distinguir o zinco e os tijolos sobre os degraus que levam ao fundo da terra. Não há sinal de vida. Prendo a respiração e escuto. Nada. Só o rugido ocasional da trovoada distante e o chacoalhar indiferente de um trem que passa.

O túmulo vivo.

Então, entre os sabugueiros, sinto o cheiro fraco de outro cheiro que senti antes, de excremento humano em solo mexido. Ainda há um homem vivo aqui. E depois do grande silêncio que cai, depois que o trovão se aquieta quando o trem chega a alguma estação distante além do túnel, escuto o mesmo barulho que escutei antes. Uma tosse sufocada e baixa.

Ele ainda está aqui, a seis metros de distância de mim.

E agora, é claro, não sei o que fazer. Penso na mãe de Keith, que sai do mundo de enfeites prateados e sons argentinos e desce a grande ladeira do mundo degrau a degrau, até se encontrar onde estou agora, em meio ao odor dos sabugueiros e do excremento — e depois continua, cada vez mais para baixo, submundo adentro.

Vou andando devagar para a frente, em direção ao topo dos degraus. A tosse pára. Ele me escutou.

Os degraus se desintegraram, esboroando-se lá embaixo. Desapareceram na escuridão. Naquela escuridão, eu sei, estão os olhos dele me observando.

Quero dizer alguma coisa para quebrar o silêncio, mas não consigo pensar na palavra adequada.

Tiro da minha sacola as coisas que trouxe e coloco-as no primeiro degrau. Eu deveria estar entregando alguma coisa mais, percebo — alguma resposta à carta que perdi. Deveria dizer alguma coisa para explicar por que faz tanto tempo que ela não vem, e por que ela não virá nunca mais.

É impossível, no entanto. Trouxe tudo o que podia. Pego minha sacola vazia para ir embora, sentindo os olhos dele em mim.

E então, de dentro do escuro, a voz dele. Uma única e calma palavra:

"Stephen?"

10.

Será que Stephen afinal entendeu quem estava ali na escuridão, quando ouviu chamarem por seu nome?

Ao tentar juntar todos estes pedaços, cinqüenta anos depois, não tenho idéia se ele entendeu ou não. Tudo o que posso lembrar é do arrepio gelado que o percorreu quando escutou o chamado. Tudo que lembro é a paralisia que o acometeu ali, agachado, com a mochila no ombro, incapaz de se mexer, de falar e até de pensar.

"Stephen?"

De novo, tão calmamente quanto antes. Então era alguém que reconhecia Stephen. Alguém que sabia o nome dele.

"O que está fazendo aqui?"

A voz ainda era calma, mas dura, de alarme e suspeita . Sem o menor traço de pronúncia estrangeira. Ele não parecia um vagabundo. Pela voz poderia ser até um vizinho. Um professor da escola. Alguém da família.

E Stephen ainda não sabia quem era?

Fico pensando que a figura da escuridão poderia estar formulando a mesma pergunta. Suponho que pensasse que Stephen sabia. Suponho que nunca lhe tenha ocorrido que Stephen pudesse não saber. Certamente não lhe ocorreu que Stephen pudesse saber e não saber ao mesmo tempo.

"Por que você veio?"

Stephen conseguiu apontar para as coisas que tinha deixado no degrau.

"Foi Bobs que te mandou vir?"

Bobs. O aparecimento desta palavra do meio da escuridão era ainda mais paralisante do que o som de seu próprio nome, porque nunca ouvira ninguém, a não ser o pai de Keith, chamá-la por esse nome. Não podia responder; não admitiria saber quem era Bobs. Não quando esta intimidade vinha da boca de um velho vagabundo. De um alemão. De um velho vagabundo e de um alemão com uma voz tão familiar como a própria voz da mãe de Keith.

Lembro-me que a tosse começou de novo e que Stephen tomou coragem para levantar os olhos e olhar escuridão adentro, agora que ela estava se dissolvendo um pouco. Podia ver um emaranhado escuro de cabelo e barba, e esse perfil cabeludo se mover um pouco quando o homem tossia. Por um instante Stephen viu o brilho dos olhos que o observavam. O homem estava sentado no chão, no que parecia uma montoeira de cobertores e sacos, as costas na parede da câmara subterrânea.

Será que Stephen não sabia mesmo quem era? Ainda acho que ele pensava que o sujeito era um velho vagabundo, mas que também não era um velho vagabundo. Tenho quase certeza que se aferrava à idéia central de que o homem era também um alemão. Mas talvez começasse a compreender que era um alemão totalmente inglês.

O ataque de tosse passou, e quando a voz se manifestou de novo estava mais suave e menos desafiadora. “Ela não pôde vir?”

Sacudo a cabeça negativamente.

“Nem uma carta? Você trouxe uma carta?”

Balanço a cabeça outra vez. Ele suspira.

“Por que ela não pôde vir?”

Como é que posso explicar? “Ela não pôde e pronto.”

Outro silêncio, e a voz pergunta ainda mais suavemente. “As coisas estão complicadas para ela?”

Outra vez eu não respondo. Outra vez ele entende. Outra vez sussurra. “O que é? Ted?”

Já escutei a mãe de Keith falar a palavra, assim como já o escutei chamá-la pelo nome. Mas é mais difícil ainda entender que o pai de Keith possua um simples atributo humano como um nome, e impossível admitir que isso aconteça quando o nome é pronunciado, como o foram o da mãe de Keith e o meu, de dentro daquela estranha escuridão. Continuo olhando para o chão.

O homem emite um som que parece um pequeno gemido. “Sinto muito”, diz ele, a voz ainda mais gentil. “Você pode dizer isto a ela? Que sinto muito?”

Nada de resposta de minha parte, mas agora ele não entende bem o significado do silêncio. “Pode?”, insiste. “Você conta para ela?”

Concordo, pela mesma razão pela qual concordei das outras vezes, porque não há outra coisa que eu possa fazer, embora não faça idéia de como poderei contar qualquer coisa para ela.

“E diga a ela...” Ele pára. “Diga a ela...”

Mais tosse, e mesmo quando cessa por um instante ele ainda não tem força para falar. Tenho a impressão de que começou a tremer. “Não, nada mais”, diz finalmente. “Acabou-se, então. Acabou-se.”

Silêncio. Estou ainda agachado no degrau, e com cãibra no

joelho. Será que completei minha tarefa? Será que eu expliquei tudo o que conseguia explicar? Será que ele me disse tudo o que conseguia me dizer? Posso fugir? O silêncio continua, continua. Parece que ele não quer dizer mais nada. Eu me levanto.

"Não se vá", diz imediatamente, e percebo na voz dele o mesmo tom da voz dos pais de Keith — comando com uma sugestão leve de súplica. "Fique e converse um pouco. Acaba sendo triste, ficar deitado aqui sozinho. Nada para ver a não ser aquele pedacinho de verde no topo dos degraus. Nada para fazer senão pensar. Uma vista engraçada do mundo... Sente-se."

Eu me sento no degrau de cima, ainda completamente subjugado pela autoridade dos adultos.

"Então, por que *você?*", ele pergunta. "Por que ela escolheu *você?*"

Dou de ombros. Como explicar?

"Você parecia estar fazendo o possível e o impossível para se tornar desagradável. Enfiando o nariz onde não era chamado, coisas que nada tinham a ver com você. Era uma brincadeira, não era?"

Continuo calado. Não há como explicar!

"E agora? Outro joguinho? O que foi que ela te disse?"

"Nada."

"Mas você está aqui."

Mais uma vez não consigo uma resposta. Estou aqui, é verdade.

"Não vai contar a ninguém sobre mim?"

Sim e não. Não sei o que vou fazer.

"Sim ou não?", ele insiste.

Dou de ombros.

"E o que significa isso?"

"Não", murmuro.

Sou subitamente tomado pela estranheza de sonho da situação. Estou negociando com um velho vagabundo. Estou fazendo um juramento de eterno segredo para um alemão. Num buraco debaixo da terra no meio de uma moita de sabugueiro, numa opressiva tarde de verão com ameaça de trovões no ar. E a coisa mais estranha de tudo é que a situação *não é* estranha. Há algo de absolutamente normal nestes sabugueiros, nestes tijolos quebrados, neste buraco no chão, neste dia pesado, neste homem doente.

"Como está Milly?", ele pergunta.

"Está bem", respondo, levantando de novo os ombros.

Ele sabe todos os nossos nomes. Um desconforto gelado desce pela minha espinha só de pensar que um alemão, um inimigo que caiu do céu da noite, pode falar nossa língua como nós falamos — e saber tudo sobre nossas vidas como se fosse um de nós. Ele apareceu e sentou-se nos mais secretos lugares na escuridão e ficou nos observando. Moveu-se invisivelmente entre nós como um fantasma e aprendeu nossos nomes e caras.

"E como está..." Ele pára. Está tentando se lembrar de mais algum nome para perguntar pela pessoa. "E a mãe de Milly?", pergunta finalmente. Dou o mesmo tipo de resposta.

A voz dele é tão comum, tão familiar. Mas ele não é nem um pouco comum, nem familiar! É um velho mendigo, sujo e barbudo. E ainda por cima um *alemão*! A germanidade flutua no ar, inerente à personalidade dele como a essência assassina do sr. Gort, tão intimamente penetrante como o cheiro do ligustro na minha vida, tão sujo como os germes que ele cospe.

"Escutei os cachorros atrás de você. Não morre de medo deles?"

Outro dar de ombros.

"Então, se eu dissesse: tome, o balde está aqui, pegue, vá até ali, depois dos cachorros, e me traga um pouco de água do poço atrás das Cottages...?"

Faço que sim com a cabeça. Ele, no entanto, não faz o menor

movimento para me entregar o balde. Ri. "É, sei como você iria pegar a água. Sairia correndo como um raio, fugindo de mim. Iria, mas não voltaria."

Não digo nada. Ele disse tudo por mim.

"Pobre menino", pondera, numa voz diferente. "Mas é isso que acontece. A gente começa a brincar de algum faz-de-conta e se é o corajoso, o grande herói. Mas a brincadeira vai e vai, a coisa se torna mais perigosa, começa a dar medo, muito medo, e você um dia se cansa, porque não dá para ser corajoso a vida inteira. E daí uma noite acontece. Você está lá em cima no escuro a oitocentos quilômetros de casa e de repente o escuro está dentro de você também. Na sua cabeça, no seu estômago. Você pifou, como um desses passarinhos de brinquedo. Não pode pensar nem em se mexer. Não vê, não escuta. Tudo está afogado neste grande grito de terror da noite, e o grito ecoa e ecoa, e quando você percebe ele está saindo de *você*."

Ele começa a chorar. Entre uma palavra e outra, sem aviso. Eu gostaria de estar em qualquer outro lugar do mundo. Mas, é claro, tenho que esperar.

"Então os outros têm que trazer você para casa", ele murmura. "Estão com o coração tão doente quanto o seu, mas de algum modo têm que resistir e trazer você para casa. Confiaram em você e você falhou. E depois você não pode nunca mais olhar a cara deles, nunca mais pode ficar junto com eles. Desse dia em diante é um pária. Não há mais lugar para você em lugar nenhum."

Ele está tremendo de novo, também, de modo que o choro treme junto, muito estranho. Devagarinho o acesso diminui. "Então isto é o fim? Acabou-se tudo?", pergunta, a voz equilibrada de novo, mas muito baixa e sem nenhuma expressão. "Eu sempre soube que acabaria uma hora ou outra, mais cedo ou mais tarde."

Atrás das árvores, um trem aparece nos trilhos.

"Isto é a única coisa que mantém minha sanidade", diz. "O barulho dos trens. Fico aqui esperando por eles. Três vezes por hora eles sobem, três vezes descem para as casas da Vila. Para cima e para baixo no grande mundo. Estou em todos estes trens, até a Vila. Depois estrada acima."

Começa a tossir e tremer de novo.

"Vai embora, então! Só me dê as coisas que trouxe."

Vejo a brancura de suas mãos estendidas no escuro, esperando. Não há como não obedecer. Tenho que me agachar para entrar debaixo da folha de zinco, e quase caio de comprido nos degraus quebrados lá no poço. Estou bloqueando a pouca luz que existe, e a única coisa que posso sentir é o cheiro. Uma mistura de terra molhada, umidade, sacos velhos, comida mofada, doença, e o cheiro azedo da respiração de homens velhos que ficam dormindo em cima de jornais na biblioteca pública.

Ponho as coisas no chão ao lado dele, ainda sem encará-lo, tentando não respirar os germes. De esguelha, no entanto, quando já me viro para ir embora, enxergo um par de olhos febris me espionando por baixo daquela cabeleira e barba escuras.

"Espera, espera!", diz ele.

Espero, meus olhos agora fixos ansiosamente na luz do sol que vem do topo dos degraus. Tenho que respirar fundo. Sinto os germes entrando dentro de mim. Nas minhas costas ouço o barulho de um lápis rabiscando um papel. Uma pausa. Depois o papel sendo arrancado do bloco e amassado. Mais rabiscos. Outra vez o papel amassado e jogado fora.

Ele suspira. "Para quê? Gostaria que ela ficasse com alguma coisa minha, mas..."

Silêncio. Parece que se esqueceu de mim. Começo a subir os degraus.

"Foi sempre ela, sabe", fala baixinho. Eu paro. "Desde o começo. Sempre ela."

Mais silêncio. Muito quieto, faço uma outra tentativa de ir embora.

"Espere!", diz ele outra vez. "Aqui, leva isto."

Volto, tentando não olhar diretamente para ele. Está segurando com força uma coisa agarrada no seu pescoço. Seja lá o que for, dobra uma vez, duas, e me dá. Relutante, estendo a mão e pego o objeto. É macio e sedoso, e quente da febre do seu corpo.

"Só para que ela tenha alguma coisa minha", ele murmura. "E diga a ela... diga... ah... nada, nada... Só entregue isto. Ela vai entender."

Já mergulho na luz do mundo lá fora, sobre os degraus quebrados, agarrado à minha mochila e enfiando o lenço de seda dobrado lá dentro.

"Stephen!", ele me chama com urgência quando já estou me dirigindo às Lanes. "Stephen, diga a ela 'para sempre'. Entendeu? 'Para sempre'."

No céu, em algum lugar muito distante, a luz do sol de verão vacila. Adiante, os cães começam a latir à minha aproximação.

Para sempre.

As sílabas ecoam suavemente na minha cabeça do mesmo modo que Lamorna fazia antes. Lamorna soava como ondas lambendo suavemente a praia; "para sempre" soa como uma chave girando suavemente em fechaduras bem lubrificadas.

"Acabou-se", disse ele. "Para sempre."

Alguma coisa, eu sei, está sendo trancada no passado, do mesmo modo que eu e Keith trancamos nossos objetos secretos dentro do baú, do mesmo modo que um dia eu serei trancado dentro da minha caixa estreita. É algo que sempre foi assim, como ele disse, desde o começo. E fui o escolhido para virar a chave. Para sempre. Se eu pelo menos conseguir transmitir a ela esta palavra, podemos esquecer que todo o resto aconteceu. Tudo pode voltar a ser como era antes.

O que acontecerá a *ele*, lá naquela cova debaixo dos sabugueiros? Eu não sei nem quero saber, não tenho que me preocupar com isso porque, aconteça o que acontecer, logo acontecerá e tudo terá passado. Para sempre.

Durante a noite inteira a palavra roda na minha cabeça, com a maciez sedutora da chave girando no cadeado de nossa mala. Durante os exames de geometria e francês na escola, no dia seguinte, sinto a insidiosa suavidade do embrulho de seda no meu bolso. É verde-claro, manchado de marrom e cortado por veias de linhas irregulares. É um tipo de mapa, e posso ver de uma olhada que dei, sem abri-lo, que as palavras nele escritas são alemãs: "Chemnitz... Leipzig... Zwickau...". É um mapa da terra dele — a última relíquia da sua vida antiga. Não quero saber mais nada, nem pensar na flagrante germanidade dele. Só quero entregar o lenço a ela e virar a chave por meio daquelas três palavras macias. Mas como? Essa é a questão. Não posso ir lá e bater na porta. E se for Keith a atender, o que faço? E se o pai estiver por perto?

Tudo que posso fazer é ir para o esconderijo e esperar que a oportunidade se apresente. Ela vai adivinhar que tenho uma mensagem para ela. Ela vai arranjar um jeito de atravessar a rua.

Mesmo ao rastejar para o esconderijo percebo que alguma coisa mudou. "PRIVATE", anuncia o título na frente da entrada. O chão foi varrido de folhas mortas e galhinhos quebrados. Alguém estendeu uma velha flanela sobre a tampa da mala de lata, e no meio do pano há um vidro de geléia com um maço de botões de ligustro já meio murchos.

Imediatamente tomo consciência outra vez do cheiro grosseiro e doce no ar à minha volta, e minha cabeça se enche com o som delicado de Lamorna. Uma onda de excitação me atravessa, ao pensar em Barbara aqui sozinha, marcando o esconderijo com a presença dela. A onda de excitação é logo substituída por outra de alarme e indignação contra a presunção dela. Arranco o vasinho e o pano do baú antes que Keith apareça e os descubra.

Gradualmente meu medo vai passando. Keith não vem. Toda essa parte da minha vida acabou, e não há volta possível. Cubro o baú com o pano outra vez, reponho o jarrinho da flor mal-cheirosa e começo a espionar a casa. Alguma coisa lá mudou também. Ao lado da porta da frente, na perfeição do jardim, tem uma coisa diferente, um objeto estranho que nunca esteve ali. Um carrinho de bebê.

Imediatamente me assusto. Durante todo o tempo em que fui à casa de Keith nunca vi tia Dee ou Milly lá. Tento imaginar tia Dee rindo seu saudável riso entre os sons reverentes do carrilhão e o silêncio... ou Milly escondendo a cara melada naquela mobília discreta de veludo...

Mais uma vez escuto a voz da escuridão debaixo da terra, sussurrando meu nome. Afasto a lembrança da minha cabeça. Não tenho que pensar nessas coisas, porque logo terão ido embora para sempre. Só o que tenho a fazer é esperar, com minha cabeça atenta.

A porta da frente se abre, e tia Dee sai carregando Milly. Milly está chorando. A mãe de Keith aparece na porta e fica lá olhando, sem dizer nada, enquanto tia Dee amarra Milly no carrinho. Continua quieta na soleira enquanto tia Dee atravessa correndo o jardim até o portão, então corre atrás dela e diz alguma coisa. Tia Dee pára e escuta, de cabeça baixa. Milly chora mais alto do que nunca. A mãe de Keith volta depressa para a porta da frente, tia Dee corre atrás dela. Ficam conversando no degrau, enquanto Milly faz um escândalo no portão. Tia Dee aperta a cabeça com as mãos, depois tampa os ouvidos.

A sra. Avery vem subindo a rua carregando um saco pesado

de batatas. Passa pela casa dos Hayward e se curva para consolar Milly. Tia Dee sai do jardim, sorrindo para a sra. Avery. A mãe de Keith sorri do degrau.

A sra. Avery volta pela rua e continua no caminho de casa. O sorriso de tia Dee se desmancha. Pega a chorona da Milly e corre pela rua para a casa dela, cabeça baixa, empurrando o carrinho na frente.

A mãe de Keith desce com passos indecisos pelo caminho do jardim, então vê que está sendo observada pelo pai de Keith da porta da frente e começa a ir atrás de tia Dee. O pai de Keith vai até o portão da frente e fica examinando as rosas, a assobiar.

Quando a mãe de Keith alcança a porta da tia Dee, esta já está fechada. Ela bate e espera. Bate outra vez. E espera. O pai de Keith entra em casa de novo, ainda assobiando.

A mãe de Keith anda de volta pela rua. A sra. McAfee vem vindo na direção oposta. Ela sorri para a mãe de Keith. "Sua Ena Harkness* é um verdadeiro orgulho para nossa rua!", diz. A mãe de Keith sorri de volta. "Ted trabalha duro neste jardim", responde. Vai subindo o caminho do jardim de casa, calmamente e sem pressa como sempre. E formalmente vestida com outra echarpe de seda, desta vez vermelha em vez de azul, bem alta em volta do pescoço.

A porta da frente se fecha. Sinto o outro pedaço de seda no meu bolso, mas me parece agora que nunca serei capaz de entregar minha mensagem. Tudo mudou mais uma vez, e mudou para sempre.

Errei quanto a Keith. Quando engatinho para entrar no esconderijo depois do jantar, lá está ele, esperando por mim.

* Variedade de rosas vermelhas. (N. E.)

Está sentado de pernas cruzadas no meio do novo chão varrido de fresco, perdido nos próprios pensamentos. Há pelo menos duas semanas não aparece por aqui, mas me olha de relance, como se me tivesse visto há algumas horas. Não dá nenhuma explicação do porquê de seu desaparecimento e nem do porquê de ter voltado. Seu rosto tem uma expressão determinada e pensativa, muito atento ao objeto que tem nas mãos.

É a baioneta.

O baú está aberto. No chão ao lado dele está a toalhinha de flanela que cobria a tampa, o vaso de geléia com o ligustro e o ladrilho com o aviso "PRIVATE".

Claro. Eu sabia que ele voltaria mais hora menos hora. Sinto a vergonha no meu rosto, e depois uma sensação ainda pior nas minhas mãos e na minha garganta e no fundo do meu estômago. Medo.

Percebo imediatamente que há um caminho, e só um caminho, pelo qual posso evitar o castigo que vem vindo. Posso mostrar a ele o lenço. Está no bolso de minha calça. Foi por isso que voltei, para trancá-lo no nosso baú.

Vou estendê-lo no chão na frente dele e contarei que resolvi o problema que ele tinha proposto para nós. Solucionei o mistério que começamos a investigar juntos. Vou contar a ele com simplicidade: "É uma mensagem secreta para a sua mãe. Do velho vagabundo dos Barns. É um alemão. Está doente. Sua mãe teve dó dele".

Mas não o faço, no entanto. Não lhe mostro o lenço porque não pode ser mostrado. Não digo as palavras porque não podem ser ditas.

Ele levanta os olhos da baioneta e olha para mim pela primeira vez. Os olhos estão frios. "Você mostrou a ela nossas coisas", diz baixinho.

"Não mostrei!", eu grito. Tarde demais, reparo que ele nem

lhe havia dado um nome e que eu poderia ter fingido não saber do que se tratava.

Ele olha o ladrilho e a decoração que retirou de cima do baú.

"É, mas eu não mostrei a ela nada do que estava dentro!", grito. Porque eu não mostrei *mesmo*. Foi ela que olhou! E, de todo jeito, não há como adivinhar que o baú foi aberto.

Ele sorri o sorriso fino do pai.

"Mas eu *não* mostrei, juro!", grito, quase chorando de sinceridade. "Honestamente e do fundo do coração, é verdade!"

Ele começa a sacudir a cabeça levemente, devagar e deliberadamente, como se estivesse contando os segundos para a minha confissão. "Você jurou, camarada", ele diz.

"Eu sei, mas não fiz *nada* errado!"

De repente, ele ergue a baioneta e a segura em frente ao meu rosto. Olha dentro dos meus olhos, sem sorrir ou sacudir a cabeça. "Jure outra vez", ordena.

Ponho minha mão na parte chata da lâmina como já fiz antes. E como antes, sinto na pele a agudeza elétrica que a envolve. "Eu juro", digo.

"Que eu não quebrei a promessa solene de jamais revelar nossos segredos".

Baixo meus olhos ao repetir as palavras, mas eu *não* quebrei o segredo, eu *não* revelei nossas coisas!

"Que Deus me ajude", repito com ele, ainda sem olhá-lo, "ou meu pescoço será cortado e esperarei a morte."

Consigo levantar os olhos afinal e vejo que está tirando alguma coisa do baú e a segura em frente ao meu rosto para que eu veja bem. É o pacote achatado dos cigarros Player. Os olhos dele se fixam em mim. Meu rosto está queimando com o calor da minha vergonha.

"Não foi... eu não...", gaguejo. "Ela deve ter encontrado a chave."

De repente seu rosto está junto do meu, apesar de estar rindo de novo, e sinto a ponta da baioneta contra minha garganta. "Você jurou", ele sussurra. "Você jurou duas vezes." Não consigo falar. Alguma coisa, talvez o terror ou a pressão da baioneta na minha traquéia, parece estar contraindo minha voz. Tento jogar a cabeça um pouco para trás. A baioneta segue o movimento e aumenta a pressão.

"Você disse 'Deus me ajude!'", ele sussurra. "Você disse 'ou meu pescoço será cortado e esperarei a morte'."

Não consigo falar. Não consigo me mexer. Só o que posso fazer é ficar paralisado de medo enquanto a pressão da lâmina contra a minha traquéia aumenta. Ele não vai cortar minha garganta de verdade, eu sei. Vai continuar até cortar a pele, e deixar os germes entrarem pelo meu sangue adentro. Não consigo tirar os olhos daquele sorriso grudado na minha cara. Vai chegando mais e mais perto, como o rosto de Barbara Berrill quando me beijou. Os olhos dele olham dentro dos meus. São os olhos de um estranho.

A lâmina faz mais pressão a cada instante, e agora não tenho muita certeza de que ele vá parar.

"E então você mostrou a ela", murmura. Sei que meus olhos estão se enchendo de lágrimas de dor e humilhação, e sinto outra pequena fonte de umidade em volta da ponta da baioneta, enquanto o sangue jorra e se mistura com os germes. E agora estou começando a achar que é verdade, que eu mostrei para ela nossas coisas sagradas, apesar de subitamente perguntar a mim mesmo se ele está falando de Barbara Berrill ou da mãe dele, talvez. Tenho a estranha sensação de que estamos falando das duas — que o crime pelo qual ele está me punindo não é o meu, absolutamente, mas o crime que está sendo cometido na casa dele. E mesmo no auge de meu terror descubro onde foi que ele aprendeu esta forma particular de tortura com este instrumento particular, e descubro por que a mãe dele, no auge do verão, está usando uma echarpe bem enrolada em volta do pescoço.

Devagar, devagar, a pressão no meu pescoço aumenta. Tudo o que tenho a fazer é tirar o lenço do bolso e dar para ele, como dei a cesta para o pai.

No entanto, isso eu não posso fazer. Não posso deixar que os olhos de Keith caiam sobre estas palavras cruas e íntimas, escritas na seda por aquele fantasma vivo nos Barns, escritas para a própria mãe de Keith. Chemnitz... Leipzig... Zwickau... Não podem ser reveladas! Tanto pela segurança de Keith como pela segurança dela. Não posso mostrar a ele o que a espionagem realmente significa — o medo, as lágrimas, as palavras de seda sussurradas.

Chemnitz... Leipzig... Zwickau... Se esses nomes fossem um dia pronunciados, outro nome poderia aparecer no meio deles, um nome que deixaria Keith envergonhado para sempre, um nome em que eu mesmo nunca pensei.

Agora ele não sorri mais. Está muito atento. A ponta da língua se aninha na bochecha, como quando ele se concentra em algum detalhe delicado de algum modelo que está construindo. A umidade no meu pescoço começa a escorrer pela frente da minha camisa. Ouço um choramingar que parece vir de mim.

E lá estamos nós agachados, amarrados juntos pela lógica da tortura. Ficaremos aqui para sempre. Minha mão se moveria e lhe daria o lenço, se pudesse. Mas não posso. Eu dei ao pai dele o que não deveria ter dado, não vou dar outra vez.

E de repente, acabou-se. A pressão na minha garganta começa a ceder e desaparece totalmente. Eu não percebera que meus olhos haviam se fechado até que os abro para ver o que está acontecendo. Keith está sentado de cócoras outra vez, e olha para o sangue na baioneta. Limpa-o cuidadosamente na terra.

"Faça o que quiser então, camarada", diz friamente. "Brinque de casinha com sua namorada se lhe der na telha. Não dou a mínima."

Olha para mim com desprezo.

"Por que está choramingando?", ele diz. "Isso não doeu. E, se pensa que doeu, é porque não sabe o significado da dor."

Na verdade não estou chorando. Tenho lágrimas nos olhos e minha respiração está entrecortada e convulsiva, mas não estou chorando de verdade.

Ele levanta os ombros. "De todo jeito", diz, "foi tudo culpa sua, cara." Procura uma coisa na mala e tira um pedaço de lixa que usa para lustrar a baioneta. Está na cara que perdeu todo o interesse por mim. Minha respiração volta lentamente ao normal. Ainda estou vivo, e a doçura rude do ligustro inunda meu nariz.

Nenhum de nós diz mais nada. Não há mais nada a dizer.

E o lenço ainda está no meu bolso. Ele perdeu a coragem uma fração de segundo antes que eu perdesse a minha. O mundo mudou outra vez. E outra vez, penso eu, para sempre.

Tento me enfiar para dentro de casa sem chamar a atenção. Fechei o último botão de minha camisa, mas não vai tão alto quanto a echarpe da mãe de Keith, e de todo jeito já percebi que o sangue se espalhou no colarinho e começou a formar uma mancha escura na camisa. Meu plano é chegar ao banheiro lá em cima e fazer um curativo na minha garganta para estancar o sangue, depois lavar a camisa na pia.

Já estou na escada quando minha mãe sai da cozinha.

"Onde diabos você se meteu, menino?", pergunta. "Com o que pensa que está brincando? Sua mochila está no mesmo lugar onde a deixou depois do colégio. Você tem prova amanhã! E tem que estudar!"

Antes que eu possa tentar responder a qualquer dessas perguntas, ela já percebeu o estado da minha camisa.

"O que é *isto*?", pergunta, ainda mais brava. "Uma coisa vermelha? Espero que não seja *tinta*! Ora, Stephen, *pelo amor* de Deus, como você espera que eu consiga *lavar* esta tinta? É sua camisa de escola!"

De repente ela se inclina e olha de perto.

"Seu pescoço...", diz. "Sua garganta..."

Ela me pega pelo braço e me leva para a sala de jantar, onde meu pai está sentado na mesa em frente de suas fichas e papéis e os óculos na extremidade do nariz.

"Olhe!", grita ela. "Olhe só o que aconteceu agora! Eu sabia que havia alguma coisa errada! Você tem que dar um basta nisto!"

Delicadamente, meu pai desabotoa meu colarinho e examina minha garganta.

"Quem foi que te fez isto, Stephen?"

Não respondo.

"Foi Keith, não foi?", pergunta minha mãe.

Balanço a cabeça.

"Um dos outros meninos?"

Sacudo a cabeça de novo.

Meu pai me leva para cima com cuidado. "Não gosto de ameaças", diz. "Já vi isso demais na minha vida."

Enche a pia, depois lava a ferida com uma ternura que nunca havia visto nele antes. Minha mãe tira a camisa molhada como se estivesse me descascando. Recupero o lenço quando vai cair no chão e o seguro com força na mão.

Geoff sai de nosso quarto para ver o que está acontecendo e fica em pé na porta do banheiro, enquanto os fios vermelhos de sangue se enroscam na água como anéis de cigarro às avessas.

"O que foi que aconteceu, criança?", pergunta Geoff. Chamar as pessoas de "criança" é a afetação mais recente dele. "Tentou cortar a garganta?"

"Se foi Keith", diz minha mãe ao meu pai, "você vai ter que dizer alguma coisa para os pais dele."

"Isto não foi uma brincadeira", responde meu pai, limpando delicadamente o machucado. "Quase atingiu a traquéia. Poderia ter cortado a artéria."

"*Precisa* dizer a nós quem foi, meu bem", diz minha mãe. "Não é fofoca nenhuma."

Não digo nada.

"Ele não consegue falar", diz Geoff. "Cortaram as cordas vocais dele."

"Não se meta, Geoff", diz meu pai. "Vá pegar a caixa de primeiros socorros que está no armário debaixo da escada."

Ele segura um pedaço de algodão junto à ferida, esperando o sangue parar de escorrer. "Conte apenas para nós o que aconteceu, Stephen."

Silêncio.

"Foi uma das crianças? O que disseram? Xingaram você? De que nomes te chamaram?"

Silêncio.

"Ou foi um adulto?"

Continuo em silêncio, e me ocorre que não precisaria falar nunca mais.

"*Onde* foi que aconteceu? Na rua? Ou na casa de alguém?"

"*Por favor*, querido", implora minha mãe. "Você poderia ter se machucado demais."

"Poderia ter morrido, criança", diz Geoff, voltando com a caixa de primeiros socorros. "Ah, e alguém roubou nossas rações de emergência, por falar nisso."

"Por que não pode nos dizer o que foi que aconteceu?", meu pai me pergunta com seu jeito razoável e delicado. "Pediram que não dissesse nada? Ameaçaram você?"

Silêncio.

"Stephen, o que aconteceu? Aconteceu mais alguma coisa?"

"Talvez tenha sido o tarado", diz Geoff. "O que fica perambulando pela rua durante a noite."

"Stephen", fala meu pai devagar e com muito cuidado, "tem gente neste mundo que sente prazer em ferir os outros. Algumas vezes gostam de ferir as crianças. Gostam de amedrontar as crianças. Se algo desse tipo aconteceu com você é preciso que nos conte."

"Ele roubou a comida", diz Geoff. "Aí cortou o pescoço de Stephen para que ele calasse a boca."

Meu pai põe mercurocromo na ferida. Dói muito mais do que a baioneta. Eu me encolho e grito. Ele tira uma atadura da caixa e começa a enrolá-la no meu pescoço.

"Ou foi *você* que tirou a ração de emergência, Stephen?", pergunta muito baixinho.

Choro silenciosamente de dor.

"Para brincar no esconderijo?", continua o pai. "Ou talvez para dar para alguém? Alguém que fica andando aí pela rua? Alguém que pediu comida?"

"Aquele velho vagabundo, provavelmente", sugere Geoff.

"Não vou me zangar, Stephen. Teria sido uma boa ação. Só preciso saber."

"É aquele vagabundo que se esconde nos Barns", diz Geoff.

"Pensei que o haviam levado embora", disse minha mãe. "Achei que tinham prendido ele depois que mexeu com aquele menino."

"Talvez esteja de volta. Talvez ele seja o tarado."

"Foi o vagabundo, Stephen?", pergunta meu pai.

Sacudo a cabeça. Tento responder: "Não foi o vagabundo. Não foi nos Barns". Só que as palavras não saem, só um choro compulsivo e infantil como o de Milly no carrinho. Estou me comportando exatamente como aquele fantasma no túmulo — corajoso uma vez, corajoso duas vezes, mas não corajoso para sempre.

Meu pai passa os braços à minha volta. Minha mãe acaricia meu cabelo.

"Pobre criança", diz Geoff.

"Você vai ter que dar parte disto", murmura minha mãe a meu pai, sobre a minha cabeça, quando paro de chorar um pouco.

"Você tem o telefone da polícia?", pergunta meu pai, e imediatamente começo a gritar mais alto ainda, desesperadamente.

Alguém bate na porta da frente. O terror silencia a gritaria — a polícia já deve estar aqui.

Geoff desce para atender.

"É Barbara Berrill", diz, na volta. "Quer saber se Stephen pode sair para brincar."

Começo a chorar alto outra vez.

Sou acordado das profundezas de um sono sem sonhos por um sentimento incômodo de que alguma coisa está errada.

Fico no escuro escutando o barulho da respiração de Geoff, tentando descobrir o que me incomoda.

A dor na minha garganta — é isso. E quando ponho minha mão no pescoço para investigar, encontro o curativo. Agora me lembro. *Tudo* está errado. O choro de Milly, tia Dee apertando os ouvidos com a mão, a cara de Keith junto da minha...

O policial que virá de manhã conversar comigo... O lenço que o policial encontrará quando vier...

E, por falar nisso, onde está? Sento na cama em pânico. Não me lembro o que fiz com ele! Deixei largado em algum lugar para que qualquer pessoa o encontre!

Procuro embaixo do travesseiro, o coração gelado... mas está lá, bem onde eu o enfiei todo manchado de sangue quando minha mãe me botou na cama e eu por fim abri minha mão muito fechada. Imediatamente vejo o policial investigando o quarto, abrindo meu armário de brinquedos, levantando o colchão e a roupa de cama. Tenho que encontrar um lugar melhor para escondê-lo.

Terá sido isto que me acordou? Possivelmente. Ou há outra coisa errada? Algo que ainda não posso localizar?

Algo na sala? Ou alguma coisa lá fora?

Levanto e ponho a cabeça debaixo da cortina do blecaute. Está tão escuro lá fora quanto está aqui dentro, e levo um tempão até distinguir a linha dos telhados das outras casas contra o céu. Estou olhando para o que Keith e eu tanto esperamos. A noite sem lua.

E na escuridão parece que há uma presença escondida. Um som de alguma espécie. Um som muito baixinho, mas que não deveria estar lá. Escuto intensamente, fazendo força. É contínuo e imutável, um sibilar sustenido e leve, como se alguma criatura estivesse respirando silenciosa e incansavelmente.

Começo a tremer porque sei que tenho que me embrenhar naquela escuridão que respira para encontrar um lugar onde esconder o lenço. Silenciosamente, calço minhas sandálias e ponho um suéter sobre o pijama, como já o fiz antes. Relembro, com saudade, aquela noite com a lua quase cheia, e minha idéia infantil de que precisaria de uma corda para sair de casa, pela janela. A dificuldade em sair, desta vez, não seria resolvida por cordas. A dificuldade está na própria escuridão e no som na escuridão que não deveria estar lá. A dificuldade está na tremedeira que não pára.

Mais uma vez solto o ferrolho da porta da cozinha, depois saio pé ante pé pela confusão do jardim maltratado e fico no portão, aproveitando a quietude perfumada e vazia da rua, pensando para que lado ir, eu, tão sem substância quanto a escuridão à minha volta. O som aqui fora é mais insistente. Parece que vem de muito longe mas ainda assim está no ar, por toda parte. Por um instante acho que escuto vozes distantes e abafadas chamando, mas quando seguro a respiração e paro de tremer, para ter certeza, não há mais nada a não ser o longo suspiro de antes.

Onde é que vou encontrar um esconderijo para o lenço? Não posso trancar no baú, porque Keith o achará mesmo que o policial não o faça. Penso em cada uma das casas escuras da rua. A dos Sheldon, a dos Stott... Lamorna, Trewinnick... Cada uma delas, um mundo de costas para mim.

As vozes novamente... Seguro de novo a respiração e tento não tremer... Nada. Só aquela longa e estranha respiração animal.

Há uma possibilidade, e fico lá no escuro um tempão antes de me persuadir a aceitá-la. Mas se não há outro lugar... Ando pela rua e viro em direção ao túnel.

Ao chegar mais perto, meu medo aumenta. A escuridão total da boca do túnel já seria suficiente, mas existe alguma coisa a mais nele, também. Alguma coisa que mudou. Ao me aproximar, a massa do aterro que se eleva contra a escuridão do céu me parece diferente. Maior do que de costume, pressionando a boca do túnel. Alguma coisa no perfil dela também está diferente, eu diria errada, diferente das proporções a que estou acostumado. O horizonte entre a escuridão do aterro e a escuridão do céu não é mais comprido e reto — está irregular e confuso.

O som e o formato do mundo mudaram, tornaram-se, de alguma maneira, deslocados.

Agora estou envolvido pela escuridão oca debaixo dessa massa estranha... tateando meu caminho pelo limo através dos imensos ecos de minha própria respiração... e emergindo naquele mesmo respirar equilibrado da noite quieta. E me lembro, ao levantar os elos enferrujados da cerca, do respirar ritmado do homem invisível atrás de mim, quando estive aqui antes, e outra vez sinto o arrepio gelado na nuca.

Passo pelo buraco da cerca e vou procurando meu caminho com mãos e pés entre o capim até encontrar o vazio junto aos tijolos onde se escondia a caixa de críquete. Tiro o lenço da manga de meu suéter e escondo-o o melhor que posso, no escuro, debaixo da terra úmida e da vegetação grosseira.

Um novo som me faz levantar a cabeça, um latir distante. Há alguém nas Lanes.

O pobre fantasma doente levantou-se do túmulo, vem me punir por tê-lo atraiçoado — vem me flagrar no ato de enterrar o objeto precioso que me confiou. Engatinho pelo capim baixo e atravesso de novo a cerca. Corro de volta para o túnel, depois paro, porque alguém está entrando do outro lado. Dois fracos faróis encobertos e seus reflexos nas poças vêm em minha direção, andando sobre a trilha irregular. O som grave de uma máquina a baixa velocidade ecoa dentro do tijolo molhado.

Um veículo de algum tipo — e no meio da noite, num lugar em que jamais se viu outro veículo.

Só há um lugar para onde pode estar indo. Os Barns.

Eu me arrasto pela cerca e espero atrás do muro de tijolo que ele passe. Eles vieram buscá-lo porque eu obedeci de novo aos adultos, mesmo que não tenha cedido, e porque fui fraco demais e deixei que a verdade transparecesse para meus pais. Tudo que posso fazer é me esconder mais uma vez.

Espero, enjoado de mim mesmo, até que o murmúrio da máquina desapareça.

Mas o barulho continua, calmo e parado como uma respiração misteriosa.

Levanto a cabeça um pouquinho sobre o muro de tijolos. Lá está o veículo estacionado na minha frente, uma massa vaga e grande delineada contra o pedaço de chão. Na frente, os faróis encapuzados do blecaute, e o vermelho pequeno e brilhante da luz de trás também encapuzado. Um par de portas está aberto atrás e duas manchas de luz andam de um lado para o outro, sobre o muro e sobre o leito dos trilhos.

Uma da manchas de luz mexe-se abruptamente mirando o meu lado da viela, e eu me abaixo exatamente na hora que o brilho do holofote me alcançaria.

Eu estava errado. Não estão atrás dele. Estão atrás de mim.

A luz acha o buraco na cerca, eu me aperto com a cara no chão no buraco onde escondi o lenço, como já o fiz uma vez antes, e escuto o barulho do arame fisgando um tecido enquanto alguém se espreme por ali, para passar por baixo. A respiração de um homem. Depois o enganchar no arame outra vez e o som de um segundo homem.

As mãos pesadas estão a um minuto de me pegar e me arrastar para a luz brilhante de suas lanternas...

Ouço o barulho do capim se quebrando e a respiração se aproxima mais de mim... depois passa e tudo fica silencioso. Escuto o arrastar de botas no tijolo. Os homens subiram para o parapeito, como Keith e eu fizemos da primeira vez que viemos aqui, e estão seguindo em direção ao topo da boca do túnel.

Então não é a mim que procuram, ou voltarão se eu me mexer e me encontrarão como quando Keith e eu descemos e encontramos a caixa?

Eu espero... espero...

O latido dos cachorros parou. Quem quer que fosse que estivesse andando pelas Lanes já está muito longe das Cottages, quase posso sentir sua aproximação. Ou também já viu as luzes do carro e parou?

Ainda espero. Ainda não há nada a ser ouvido além do murmúrio dos veículos que esperam e o respirar quieto e anormal da noite. Devagar, ergo minha cabeça acima dos tijolos...

E agora escuto vozes nas Lanes, e ao mesmo tempo lanternas se aproximando do aterro. Não somente duas, agora, mas umas seis, vindo devagar no caminho dos trabalhadores ao lado dos trilhos. Toda hora um dos jorros de luz de uma lanterna ilumina as rodas e a parte de baixo da longa série de carros estacionados esperando na linha, por toda a parte superior do túnel. Uma das lanternas joga luz para cima por um momento e ilumina parte da carga que se projeta deles — o azul de ovo de pato da parte de baixo de uma asa de avião abatido, com o distintivo vermelho, branco e azul saindo de um emaranhado pontiagudo de restos de metal, um planador camuflado com o brilho vermelho, azul, e branco.

Escondo minha cabeça de novo enquanto os homens vêm se arrastando e escorregando pelo parapeito inclinado do muro de arrimo acima de mim. Agora respiram com força, e soltam pequenos grunhidos de alerta ao lutarem com o peso e o desajeitado formato da carga que suportam. Esperam, a três passos de mim, respirando e mudando o peso dos pés, enquanto a cerca de arame é arrancada dos postes de concreto e cai para trás, barulhenta, para que os carregadores possam passar.

O pessoal que vem das Lanes grita. "Conseguiram pegá-lo?", diz um deles.

"A maior parte dele, quer ver?"

Um silêncio, e do outro lado da parede de tijolos, o gemido entrecortado de alguém vomitando.

A única coisa que sei ao certo é que fui *eu* o autor disto. Chorei e fiquei fraco e não disse nada, e eles foram lá buscá-lo. Ele saiu correndo na frente deles para o leito da via férrea e atravessou a linha, em direção às casas da Vila ou para mais longe, para o imenso mundo. Lá na escuridão, acho, ele perdeu o pé. Imediatamente a força terrível escondida nos trilhos pulou sobre ele, e o trem o fez em pedaços.

As portas dos carros se fecharam. O murmúrio do motor aumentou, transformou-se num uivo, depois aos solavancos recuou em ecos no túnel. As vozes foram se repetindo atrás deles, algumas delas levantadas numa cacofonia de apelos fantasmagóricos e respostas cheias de riso.

Os barulhos morrem até que de novo não haja mais som na escuridão, só aquele preocupante, longo e profundo suspiro. Agora eu sei o que é: o assovio do vapor escapando das locomotivas que param bem lá na frente nas profundezas do aterro. O suspiro se junta numa única e aguda exalação. Outra exalação — um alvoroço de exalações —, uma seqüência medida delas, e o ruído de junções apertadas vem se espalhando pelas linhas dos vagões. Vagarosamente o trem recomeça o interrompido progresso pela subida.

Quando voltei para a cama já estava quase tudo dissolvido na noite remota, e a escuridão outra vez silenciosa.

Finalmente o jogo se acabou, de vez.

11.

Tudo na Vila continua exatamente como antes; e tudo mudou. As casas estão onde sempre estiveram, mas tudo o que um dia disseram não dizem mais.

Pelo menos não para mim. Subo a rua e desço, uma vez mais, bobamente, um estranho mais que evidente, um velho caduco vagando por ali. Viro a esquina e ando por baixo da ponte da ferrovia, outra vez, mais bobamente ainda, pois nada resta das Lanes. Onde, neste labirinto de Crescents, Walks e Meads, estaria o plátano com a corda podre? Onde a lagoa seca, onde as Cottages? Seria este posto de gasolina desinteressante, junto da rotatória, os Barns? Será?

Volto à ponte da estrada de ferro. Ainda é flanqueada dos dois lados por muros, como era o velho túnel. Caminho pela calçada cinzenta e lisa, espreitando a estrutura de tijolos onde estava escondida a caixa de críquete. As paredes foram reconstruídas, com certeza, quando refizeram o túnel e alargaram a estrada. Ou será possível que o muro velho tenha sido mantido de um lado da rua por economia? Os tijolos aqui parecem velhos... e a rampa conhecida... Na extremidade mais baixa do muro, onde ficava a cerca de arame, há agora uma subestação elétrica, com uma outra cerca de arame galvanizado, nova e limpa, separando-a do aterro. Não há como se esgueirar por baixo e é muito alta para eu subir por ela. Espio através dos fortes elos de arame cinzento. O fundo do aterro atrás do muro está sendo usado como lixeira, e é impossível ver, sob a camada de entulho velho, se ainda há um buraco atrás dos tijolos onde se possa esconder alguma coisa.

Fico leve e irracionalmente desapontado. Tenho vergonha de confessar, até para mim mesmo, mas acho que foi por isso que parei para olhar a ponte. Talvez, até, tenha sido o motivo desta minha longa expedição. Só para ter certeza. Só para checar se não está por aqui, em algum lugar — e isto é tão bobo de pensar, parece-me, assim que ponho em palavras. O lenço. O único pedaço de evidência material que poderia provar que todo o estranho sonho realmente aconteceu.

Sei, com toda a certeza, que não existe mais. Já teria apodrecido há meio século. Ou quem sabe foi encontrado antes por alguém. Outras crianças, talvez, atrás de uma fantasia delas próprias. Imagino o que teriam pensado do achado — Chemnitz... Leipzig... Zwickau... Quando o lenço fosse encontrado, todas as três cidades estariam na zona soviética de ocupação ou na República Democrática Alemã, e sugeririam espionagem comunista e não nazista. Imagino-os levando o lenço à polícia, sentindo-se muito importantes com a descoberta, ou carregando-o com todo cuidado para ser identificado no museu local. Se fosse o caso, eu poderia até achá-lo ainda preservado numa caixa empoeirada ou exibido numa vitrine junto com uma montagem caprichosa de pedaços de projéteis e velhos cartões de racionamento.

Por que não voltei depois e recuperei o lenço? Porque depois daquela noite entrei num corredor diferente de minha vida. Uma porta tinha se fechado atrás de mim, e nunca mais a abri. Nunca voltei às Lanes, nunca mais atravessei o túnel. Tirei todas essas coisas da cabeça. Até hoje. Estou aqui, neste lugar específico, pela primeira vez em cinqüenta anos, espremido entre a subestação e a cerca de arame galvanizado, pensando nesses dias passados.

E então, o que aconteceu naquela noite? Nada. A vida continuou. Pelo que me lembro, levantei no dia seguinte como de costume, fui à escola e lutei para me manter atento aos problemas de álgebra e ao exame de história. Recusei-me a satisfazer a curiosidade de todo mundo sobre o curativo no meu pescoço e suportei tão filosoficamente quanto pude a hipótese oferecida por meus amigos Hanning e Neale — de que eu havia tentado me enforcar, mas falhara por ser bom só para levar cachação. Não contei nada a meus pais sobre os acontecimentos da noite. Eles também não comentaram mais sobre a minha garganta, e nenhum policial veio me interrogar. Ficou subentendido que o problema fora resolvido e que não havia necessidade de me atormentar. Suponho que tenha havido um inquérito sobre o corpo que foi encontrado na linha férrea, e deve ter havido alguma prova de identificação, mas não me lembro de ter ouvido falar nisso. Bem, era tempo de guerra. Nem tudo era passível de ser reportado ou contado.

A vida continuou; mas num caminho levemente diferente. Nunca mais voltei à casa de Keith, nunca mais voltei ao esconderijo, e sei tanto do fim que a baioneta levou quanto do lenço. Talvez esteja no museu, também.

De vez em quando Keith passava de bicicleta a caminho da escola, mas não me via. Notei o estranho olhar furtivo do pai dele num dia em que trabalhava no jardim da frente, e o escutei assobiando uma passagem ou duas da grande cadência sem fim. Algumas vezes a mãe ria para mim quando ia às compras carregando a cesta ou cartas para o correio, um lenço ainda alto no pescoço, mesmo depois que meus curativos já tinham sido tirados. Uma vez ela parou e disse que eu deveria ir lá tomar chá qualquer dia, mas "qualquer dia" não era uma data específica, e logo Keith foi embora, primeiro numas férias com a família e depois para o colégio interno.

Também tia Dee sorria para mim, tão corajosamente como sempre, mas minha mãe me contou que ela não estava nada bem, e sim terrivelmente triste porque tio Peter tinha sido dado como desaparecido e porque, justamente quando ela mais precisava do auxílio da família, aparentemente tinha se desentendido com a irmã. Minha mãe às vezes tentava ajudar um pouco com Milly e as compras, até que tia Dee mudou-se do bairro umas poucas semanas depois e nunca mais foi vista por ninguém. Minha mãe, ela própria tinha se apaixonado um pouquinho por tio Peter, um dia me confessou — aliás, como todas as mulheres da Vila.

Fui a Lamorna várias vezes, mas Barbara nunca podia sair para brincar. Comecei a vê-la do outro lado da rua, nos Avery. Charlie Avery havia sido convocado, e Dave trabalhava no triciclo sozinho — com Barbara sentada na calçada de pernas cruzadas, observando-o e entregando-lhe as ferramentas com a bolsa saltitante de couro azul e fecho brilhante ainda pendurada no pescoço. Passei pelas primeiras angústias, que eram muito comuns nessas ocasiões, como descobriria depois.

O perfume dos limões e das madressilvas acabou; o sopro melado e confortante dos lilases veio e foi embora; o fedor rude e urgente do ligustro desapareceu.

Havia muitas coisas sobre as quais Keith estava errado, percebi gradualmente com o correr da vida. Mas ele estava certo sobre uma coisa surpreendente que levei anos para descobrir. Havia um espião alemão na Vila naquele verão. Não era a mãe dele — era eu.

Tudo continua exatamente como antes; e tudo mudou. Stephen Wheatley tornou-se este velho que percorre devagar e cautelosamente as pegadas de seu antigo eu, e o nome deste velho é Stefan Weitzler. Aquele observador-mirim no arbusto fedorento, que especulava sobre as idas e vindas do pessoal da rua, voltou a usar o nome sob o qual foi registrado no bairro calmo e verde da grande cidade alemã onde nasceu.

Renasci como Stephen quando meus pais deixaram a Alemanha, em 1935. Minha mãe, em todo caso, era inglesa, e sempre falou inglês conosco em casa, mas de repente meu pai ficou mais inglês ainda e todos nós nos transformamos em Wheatley. Ela morreu no começo dos anos sessenta, e quando meu pai a seguiu, menos de um ano depois, senti uma grande inquietação dentro de mim, uma inquietação oposta a esta que me trouxe de volta à Vila. A vontade de estar em outro lugar, que em alemão chamamos de *Fernweh*, que no meu caso é também *Heimweh*, uma vontade de voltar ao lar — o terrível repuxar dos dois lados, a corda tensa de opostos que atormenta os deslocados em todos os lugares.

Bem, a minha vida na Inglaterra, na verdade, nunca tinha alçado vôo. Meu casamento não era um casamento de verdade, meu emprego de engenheiro na escola de engenharia local nunca fora um emprego de verdade. Eu tinha uma vontade profunda de saber mais sobre o meu pai, sobre o lugar onde nascera e crescera. Onde ele e minha mãe haviam se apaixonado, onde primeiro eu vira a luz. Então fui lá e descobri que meus dois primeiros anos se passaram numa rua muito calma, ladeada de jardins, que parecia um eco da Vila na qual cresci. Razão, sem dúvida, pela qual eu achava que a Vila, por sua vez, se parecia com o eco de um sonho anterior.

Passei uns poucos e tristes meses na minha terra natal redescoberta, lutando com uma língua que só começara a aprender na adolescência, tarde demais para algum dia sentir-me confortável com ela, trabalhando num ambiente que eu não entendia muito bem. Do passado de meu pai quase não sobrara nenhum traço. Os pais dele e os dois irmãos tinham sido presos e mortos. A irmã dele, por alguma razão, não foi assassinada e morreu no próprio porão com suas duas crianças, assassinadas por tio Peter ou por qualquer um de seus colegas do Comando de Bombardeios.

E ainda assim, ainda assim... fiquei. Meu emprego temporário tornou-se fixo. Acho que vocês jamais leram o inglês dos manuais de instalação e manutenção para transformadores e chaves de alta voltagem da Siemens, mas, se por acaso leram, conhecem um pouco do meu trabalho. A história dos manuais, como sempre aconteceu comigo, é a história de outra pessoa, assim como a história do espião alemão e como todas as histórias de minha infância com Keith. Novamente, tudo que fiz foi o papel de discípulo leal.

E é claro que chegou o dia em que encontrei alguém, e, à medida que comecei a ver a Alemanha com os olhos familiares dela, a percepção das coisas à minha volta mudou de novo... Logo havia uma casa em outra rua calma ladeada de árvores... A casa se tornou um lar... Apareceram as crianças, e muitos parentes alemães para visitar... E agora, antes que eu possa distinguir direito se sou daqui ou de lá, ou mesmo o que é aqui e o que é lá, minhas crianças cresceram e temos o túmulo da mãe para cuidar e levar flores todas as semanas.

Na verdade havia *dois* espiões alemães na Vila, pensando bem — o outro era um profissional sério e dedicado.

Uma vez tentei conquistar um pouco de crédito com Keith dizendo que meu pai era um espião alemão. O pior, ou melhor, é que era mesmo, como descobri mais tarde. De qualquer modo era alemão, e tinha um tipo de emprego qualquer no Serviço de Inteligência Econômica, apesar de estar do lado dos britânicos e não da Alemanha. Foi por isso que naquela época voltou de uma misteriosa viagem de negócios no Norte. Foi desmobilizado mais cedo de seu confinamento como inimigo estrangeiro na ilha de Man porque precisavam do conhecimento dele sobre a indústria ótica alemã e da sua habilidade em decifrar códigos relativos a ela. Alguém que fez um trabalho sobre a história da Campanha Aliada de Bombardeios me contou que, se não fosse pelo trabalho do departamento de meu pai, os alemães teriam sido tido melhores alvos para suas bombas, e tio Peter e os colegas mais dificuldades ainda com as defesas antiaéreas alemãs.

Acho que com o passar do tempo fui ficando mais e mais parecido com meu pai. Eu me escuto repetindo as mesmas coisas excêntricas e irritantes que ele falava, que na época não percebia serem simplesmente alemão. Olhava para o quarto de meu filho quando ele era pequeno e lhe dava a maior bronca por causa da *Kuddelmuddel*, e quando ele tentava encontrar uma desculpa eu dizia que era besteira, exatamente como faria meu pai: *Schnickschnack*!

Sim, nós éramos os alemães num país em guerra contra eles, e nunca ninguém soube disso. Ninguém a não ser eu escutou os desesperados refugiados que vinham ao meu pai pedindo ajuda. Ninguém desconfiava que língua estavam falando um com o outro. Éramos também os Juice, os judeus num bairro sem judeus Os misteriosos estrangeiros morenos de Trewinnick acabaram por se revelar gregos ortodoxos e ninguém chegou a saber disso também. Não sou mais religioso do que meu pai foi, mas também perturbei minha família com a mesma fé residual nas tardes de sexta-feira, quando a primeira estrela aparecia no céu e era hora de todos ficarmos em casa, juntos.

Por que será que meus pais esconderam isso tudo de nós?

Acho que queriam facilitar as coisas para mim e para Geoff. Talvez tivessem razão, na época. Os pais de Keith nunca teriam deixado que eu entrasse na casa deles se soubessem quem éramos. Mais tarde, no entanto, quando eu descobri, foi mais difícil. Para mim, aparentemente não para Geoff, que era quatro anos mais alemão que eu e quatro anos mais inglês também. Ele me contou muito mais tarde que sabia de onde éramos — já tinha seis anos quando saímos da Alemanha. Ou, de qualquer modo, ele meio que sabia, do jeito que sabemos de muitas coisas. Por que não me contou na época? Imagino que ele também inferisse pela reticência de meus pais, e sabia com certeza, que haviam coisas que nunca deveriam ser ditas.

Não, acho que era mais grave que isso. Acho que ele instintivamente sabia o seguinte: que algumas coisas não devem ser nem sequer sabidas.

Continuou a ser Geoff Wheatley, de qualquer jeito, e nunca pensou em voltar a ser Joachim Weitzler. Casou-se, mudou-se para uma casa muito parecida com a nossa da Vila e a menos de dois quilômetros dela, viveu sua vida como leiloeiro e avaliador local, continuou com seus interesses, principais, que eram as mulheres e os cigarros, entrou em várias complicações conjugais nada apetitosas e morreu de câncer no pulmão com muita dor mas, pelo que sei, sem nenhuma grande ansiedade sobre o passado. Não me contou nenhuma delas, pelo menos. Chegou até a esquecer cuidadosamente todo o alemão que sabia. Ou era o que eu pensava. Uma vez, quando o visitei no hospital onde estava morrendo, na sua mente já confusa pensou que eu era nosso pai. Pegou minha mão e, quando me inclinei bem junto aos lábios dele, chamou-me não de "papai", que era como chamávamos nosso pai na época, mas de "papi". E continuou falando numa vozinha infantil, com medo do escuro: "Papi, Papi, ich hab' Angst vor dem Dunkeln".

O que aconteceu a todas as outras crianças da rua? O filho

dos McAfee morreu num campo de prisioneiros de guerra japonês. Charlie Avery perdeu um olho e uma das mãos num exercício de guerra dois meses depois de ter sido convocado. Não tenho idéia do que aconteceu com Barbara Berrill. Acho que Keith é um advogado de alguma espécie. Vi o nome dele numa porta do Inner Temple* quando me divorciei. "Sr. K. R. G. Hayward" — não pode existir mais do que um K. R. G. Hayward, pode? Eu quase entrei para enfrentá-lo. E por que não entrei? Um resto de medo, talvez. Isto foi há trinta anos — ele hoje já deve ser juiz. Posso imaginá-lo como juiz. Ou talvez tenha se aposentado. Posso imaginá-lo aposentado, também, tomando conta de suas rosas e assobiando.

Ou talvez tenha morrido. Posso imaginá-lo morto? Não, na verdade. E por falar nisso, posso me imaginar deitado no meu túmulo estreito, com aquela mesma intensidade terrível com que imaginava a morte na minha infância? Não, a imaginação envelhece, como todo o resto. A intensidade desaparece. Você não tem tanto medo quanto antes.

Ando pela rua mais uma vez, para valorizar minha passagem aérea. Um último relance antes que alguém chame a polícia ou o serviço social local. Lamorna, vejo agora, é simplesmente o número 6. Teria o murmúrio "Número Seis" se entremeado tão confusamente com o cheiro do ligustro como as sílabas suaves de "Lamorna" o fizeram? As roseiras silvestres emaranhadas no jardim da frente haviam sido substituídas por pequenos canteiros de amor-perfeito na entrada da garagem, e uma velha senhora de cabelos brancos ajoelha-se para limpar as ervas daninhas. Ela levanta os olhos para mim e eu descubro, de repente, com o mais terrível golpe de reconhecimento, esperança e consternação, que é Barbara.

* Tradicional sociedade inglesa para hospedagem e treinamento dos estudantes de Direito; uma das principais escolas de Corte de Justiça do país, para atuação em tribunais superiores. (N. E.)

Ela me olha indiferentemente por um instante e volta a arrancar as ervas daninhas. Não é Barbara. Claro que não é. Acho que não é.

De qualquer jeito, não estou pensando em Barbara — ou em Keith, ou em nenhum dos outros. O negócio é aquele lenço de pescoço. Continua a me incomodar. Só queria saber o que aconteceu com aquele lenço, mesmo que não descubra nada dos outros.

Não acho que descobriria grandes coisas se o achasse, enfim, mesmo se pudesse de alguma maneira tê-lo nas mãos e finalmente abri-lo. Sei exatamente o que veria impresso no pano: um mapa da Alemanha e do resto da Europa até a extremidade mais a oeste do litoral do canal — não a paisagem que algum alemão quisesse espionar ou bombardear, ou cair nela de pára-quedas. Era o mapa de fuga que todo o pessoal de bordo *britânico* carregava no bolso do uniforme, na esperança remota de que, se fossem abatidos, pudessem tentar achar o caminho de casa.

Será que eu não sabia naquela época que o homem prostrado nos Barns era tio Peter? Claro que sabia. Soube no mesmo minuto que ele me chamou pelo nome. Não, antes mesmo. Quando eu o senti atrás de mim, respirando na minha nuca sob a noite de luar. Ou muito antes. Logo no comecinho, talvez. Assim como ele sabia desde o começo que era a ela que amava. *Sempre ela... desde o começo...* Quando teria sido o começo para os dois? Talvez desde a tarde em que a simpática e radiosa mocinha que ele encontrara em algum clube de tênis local o convidou para uma partida de duplas com a irmã mais velha, tranqüila e elegante, e o marido da irmã, um homem de meia-idade pouco sociável e insuportável. *Sempre ela*. Mesmo em frente à igreja, ele no uniforme da RAF, de braço dado com a irmã errada.

E provavelmente ele não sabia disso, não mais do que eu sabia sobre ele. Continuei achando, mesmo depois de ouvi-lo falar, que era um alemão. Eu me agarrava a isso, à idéia de que ele era um alemão. Sua germanidade pesava no ar, tão penetrante e transformadora como o cheiro do ligustro ou o som de Lamorna. O que eu secretamente sabia, o que eu compreendia, era que aquele conjunto de acontecimentos era um segredo que não deveria ser desvendado.

Olho para o céu, como fiz ao chegar; a única coisa da rua que ficara inalterada. Penso no horror incontrolável que o tomou, a dez mil pés de altura e a oitocentos quilômetros daqui. E penso no horror que deve ter se apoderado de minha tia e também das filhas dela, com os gases irrespiráveis da casa em chamas enchendo o porão escuro a dez mil pés abaixo dele, ou de alguém semelhante a ele.

Penso na vergonha que o perseguiu depois, a vergonha da qual ele tentou escapar fugindo para aquele buraco escuro. Pelo menos minha tia e as filhas escaparam da vergonha.

O que fizemos a nós mesmos naqueles anos de loucura! O que fizemos de nós!

Agora todos os mistérios foram resolvidos, ou tão resolvidos quanto podiam ser. A única coisa que sobrou é a familiar dor nos ossos, como uma ferida antiga que dói quando o tempo muda. *Heimweh* ou *Fernweh*? Uma vontade de estar lá ou uma vontade de estar aqui, mesmo que eu já esteja aqui? Ou de estar nos dois lugares ao mesmo tempo? Ou de não estar em nenhum, mas no velho país do passado que nunca será alcançado outra vez, nem num lugar nem no outro?

Hora de ir embora. Então, mais uma vez — obrigado a todos. Obrigado por terem me recebido tão bem.

E quando viro a esquina no fim da rua, um cheiro súbito de alguma coisa familiar. Alguma coisa doce, rude e intimamente perturbadora.

Mesmo aqui, depois de tudo. Mesmo agora.

ESTA OBRA FOI COMPOSTA EM ELECTRA PELA SPRESS E IMPRESSA
PELA PROL EDITORA GRÁFICA EM OFSETE SOBRE PAPEL PÓLEN SOFT DA
SUZANO BAHIA SUL PARA A EDITORA SCHWARCZ EM JULHO DE 2005